读金庸学行为经济学

岑嵘◎著

清華大學出版社
北 京

内 容 简 介

金庸小说让人百读不厌，但如果读者以行为经济学的视角去解读这些故事，会得到全新的理解。金庸小说最精彩的部分并非五花八门的武功，而是小说人物所展示的人性。各式江湖人物或爱憎分明，或险恶诡谲，令人着迷。那么这些人物行为的深层动机是什么？这些性格的产生原因是什么……

本书按照行为经济学的主要框架展开，通过金庸小说人物来说明和解释经济学概念，厘清行为经济学的主要脉络和框架，阐述行为经济学中的主要概念，如心理账户、前景理论、锚定效应、框架效应等，以及行为经济学的主要研究方向，如行为博弈论、幸福经济学、神经经济学等。

阅读本书，读者将感知生活中种种不易觉察的非理性，从而为购物、婚恋选择、企业决策等方方面面，找到一种理性的思维方法，避免走入各种误区。本书关于行为经济学的分支行为金融学和行为投资学的知识还将有助于读者在投资理财中做出更明智的选择。同时，本书也能帮助读者更好地理解金庸小说。

图书在版编目 (CIP) 数据

读金庸学行为经济学 / 岑嵘著 . —北京：清华大学出版社，2023.10
ISBN 978-7-302-64041-7

Ⅰ. ①读… Ⅱ. ①岑… Ⅲ. ①金庸（1924-2018）－侠义小说－小说研究②行为经济学－研究 Ⅳ. ① I207.425 ② F069.9

中国国家版本馆 CIP 数据核字 (2023) 第 125206 号

责任编辑：胡　月
封面设计：汉风唐韵
版式设计：方加青
责任校对：王凤芝
责任印制：丛怀宇

出版发行：清华大学出版社
网　　址：http://www.tup.com.cn，http://www.wqbook.com
地　　址：北京清华大学学研大厦 A 座　　邮　　编：100084
社 总 机：010-83470000　　邮　　购：010-62786544
投稿与读者服务：010-62776969，c-service@tup.tsinghua.edu.cn
质 量 反 馈：010-62772015，zhiliang@tup.tsinghua.edu.cn
印 装 者：涿州汇美亿浓印刷有限公司
经　　销：全国新华书店
开　　本：148mm×210mm　　**印　　张：**8.75　　**字　　数：**186 千字
版　　次：2023 年 10 月第 1 版　　**印　　次：**2023 年 10 月第 1 次印刷
定　　价：59.00 元

产品编号：100614-01

序 

有江湖的地方就有经济学

就像《笑傲江湖》中衡山派的刘正风和魔教长老曲洋一样，彼此遇到后就知道对方是今生的知己，1969 年两位以色列心理学家丹尼尔·卡尼曼和阿莫斯·特沃斯基在希伯来大学相遇，他们同时被对方的头脑所吸引，尽管两人性格迥异，但互为知己。在希伯来大学，除了睡觉时间，两人基本是形影不离。他们甚至肩并肩坐在同一台打字机前创作，两人仿佛合为一体，正如刘曲二人琴箫合奏一般。

也许他们没有意识到，两人正在开拓一项伟大的事业——把心理学引进经济学。

在世界的另一端，一位年轻的美国经济学教授理查德·泰勒误打误撞地走进了卡尼曼和特沃斯基打造的这个世界，自此以后，他开始一心一意地探索心理学理论对经济学的影响，并推动了一门新学科的创立，这就是“行为经济学”。

丹尼尔·卡尼曼在 2002 年的时候获得了诺贝尔经济学奖（特沃斯基不幸在 1996 年因病去世），15 年后的 2017 年，理查德·泰勒也获得诺贝尔经济学奖。如果以丹尼尔·卡尼曼与阿莫斯·特沃斯基的经典论文发表时间（1979年）算起，行为经济学在其快速发展道路上已经前行了四十多年。在这期间，行为经济学所研究的领域囊括了从经济学基本理论到博弈论、金融学、管理学，甚至到脑神经科学、心理学等分支的广阔领域。

那么武侠世界和行为经济学有什么关系？

美国经济学家罗伯特·J.巴罗在他的评论集《不再神圣的经济学》里开宗明义地宣布："我认为任何社会行为，包括爱情、犯罪都受经济推理的支配。"

武侠世界看似充斥着飞檐走壁、刀光剑影，和我们的世界截然不同。可是，当你仔细研究江湖人物的行为，会发现其实和今天的人也没什么两样。

我们把金庸的武侠故事放在行为经济学视野下研究，会发现很多有意思的结论。

灭绝师太念念不忘剿灭魔教来报仇，这种执着的复仇念头究竟如何在大脑中产生；游坦之为何心甘情愿忍受阿紫的百般虐待，甚至愿意挖出自己的眼睛；张无忌为何在众多他喜欢的女性中无法做出选择；慕容复为何心心念念复兴大燕这种根本无法完成的任务；柯镇恶为何一口咬定黄药师就是杀害师弟师妹的凶手……种种行为看似不可思议，然而却正是当今行为经济学研究的范畴。

我们的大脑是一部高度易错的"机器"，不过它总是以某种可预测的方式犯错，这取决于它是怎么进化而来。因此江湖人物的认知偏差并非是他们的专利，我们虽然不能和他们一样飞檐走壁，但是我们犯错的方式却是一样的。

另外，江湖上的人或展示武功，或深藏不露，或不经意间小露一手，这些行为和今天我们在商业竞争、人际交往中看到的是一样的，他们的行为被称为“发送信息”。迈克尔·斯宾塞、乔治·阿克尔洛夫、约瑟夫·斯蒂格利茨等人就曾经因为这方面的研究获得过诺贝尔经济学奖。

当我在中学阶段第一次接触到金庸小说时，常常是通宵把一本书读完。那个时代武侠小说很流行，如果我们拿起一本不怎么精彩的武侠小说，语言平淡如水，情节要么是没有高潮，要么是匪夷所思……没看几分钟，我们就开始哈欠连天，把书丢在一边。

同样是武侠小说，为什么给人的体验如此不同？我们的大脑是如何判断小说的精彩和乏味的？

我们先来说说为什么不精彩的小说让我们昏昏欲睡？

我们把这种情况称为“心理疲劳”，根据我们日常的经验，之所以产生心理疲劳，是因为能量耗尽了，这就像手机需要充电，我们也应该去休息或者外出散步，以补充能量。因为能量耗尽而感到疲惫的情况很多，比如我们通宵加班，或者踢完一场球赛，然而心理疲劳或许另有原因。

神经科学最新的一个模型对心理疲劳作出了解释。根据这一模型，疲劳是身体和大脑发出的信号，告诉我们目前正在做的事所消耗的生理成本超过了所取得的回报。大脑就像个精算师，一直默默探索如何分配注意力资源和新陈代谢资源才是最佳的选择，疲劳也是大脑得出的结论之一。

当我们经历某场恋爱或从事某项工作时，如果我们疲于奔命、难以应对，我们的大脑就会通过疲劳、分心等信号告诉自己，我们只是在浪费时间，我们应该放手这段恋情，或者换个工作试试。

治愈心理疲劳的正确方法不是休息，而是换一件事情去做。一段恋情让你感到疲惫不堪，这是来自心理的，正确的方法是开始新的恋情。一本小说让你昏昏欲睡，你应该放下这本拿起另一本试试。

那像金庸小说这样优秀的作品是如何引起大脑的兴趣的？

在生活中我们经常会看到这个现象：仅仅几个月大的婴儿看到熟悉的人做出意外的举动，很容易笑个不停。比如婴儿看到家人撕纸时，会咯咯笑个不停，是什么让他感到乐趣？答案就是“意外”。

希伯来大学理性研究中心经济学教授艾亚尔·温特说：我们对意外的情感反应带给我们某些生存优势，因为人们主要通过出人意料的经历来学习和认识我们的自然和社会环境，每次意外的经历，都会将重要的知识灌输到我们的大脑中，以备将来协助决策之用。

当我们在被窝里通宵不眠读着金庸的小说时，我们的大脑经历一个又一个意外，我们大脑中的“精算师”把更多的能量分配给注意力，我们在阅读中乐此不疲。熟悉的套路提供的知识我们早就具备，因此吝啬的大脑不愿意提供过多的能量。而出人意料的情节则不同，意外的经历能给予我们至关重要的新信息，从意外经历中获得的心理愉悦感驱使我们主动寻找这种经历并警惕其存在，从而增长知识，提高生存概率。

还有至关重要的一点，不是所有的意外都让人愉悦，比如陌生人的突然举动会让婴儿哇哇大哭。我们需要熟悉的结构才能从意外的经历中学到东西，在处处是意外的世界里，我们不会学到半点知识。

尽管金庸的小说天马行空，但小说中的人物又让我们感到真实，那些共通的人性让我们理解小说人物的行为，我们总是能找到身边的人对应小说人物的原型，说这个是韦小宝，那个是岳不群。而那些拙劣的武侠小说，常常过于荒诞离奇，我们很难认同这和我们是同一个世界，于是大脑启动关机模式，我们打着哈欠把书合上了。

有人的地方就有江湖，有江湖的地方就有经济学。

武侠世界并非无源之水，而是作者根据现实世界创作的。

所谓的江湖道义代表了我们想象中的武侠世界运行方式，而行为经济学则揭示了它在真实世界是怎么运作的。

武侠世界其实是我们真实世界的投射，所以武侠世界的行为法则仍然遵循现实世界的逻辑运作，行为经济学的作用就是把现实和虚构两者隐含的共同逻辑梳理和还原出来。

江湖上拿着刀剑的虬髯大汉，本质上和坐在办公室里敲击键盘的我们并没有区别。我们共同具备人类的独特属性，我们的行为模式在差不多 600 万年的时间里逐步形成，都是适应进化的产物，有着共同的“动物精神”，因此无论大侠还是巨盗，管理者还是打工人，他们之间的区别其实是很小的。

当我今天重新阅读这些武侠小说，和少年时代的体会很不一样。随着年龄的增长，那些所谓的招式、武功、秘籍渐渐淡去，我在这些故事中看到了我们自己（所有优秀的小说都有这个特点）。

优秀的武侠小说真正吸引我们的地方是共通的人性。这点和经济学一样，当我们真正着迷于经济学，就会发现经济学之所以吸引我们，不是那些复杂的模型、深奥的函数或者它可能带来金钱和荣誉，而是通过经济学揭示出人类社会的发展和命运以及我们永恒的人性。我们会发现，其实我们每个人都是韦小宝、岳不群、杨过、任我行、萧峰或者段正淳。

就像金庸喜欢让他的人物处于一个巨变的时代，我们今天也同样身处一个惊天巨变的时代，在这个时代，互联网带来的变革不亚于蒸汽机给 19 世纪带来的革命。奥地利经济学家熊彼特把这种机器和技术革命带来的破坏力称之为“创造性破坏”，他说，这种改变社会面貌的经济创新是长期和痛苦的，它将摧毁旧的产业，为新的产业腾出崛起的空间。

就像武侠小说中的大侠，他们的终极目标并不是打败对手，而是找到真正的自我。我想，我写这本书的目的也在于此，通过这些故事，让所有人更了解自己，我们为什么会这么做而不是那么做，我们如何找到最好的选择。

目录

第一章 参照依赖：人们奇怪的行为法则

第二章 成本收益：让人充满矛盾的小算盘

第三章 偏见自负：那些错误的决策是怎么来的

第七章 行为博弈：复杂环境中的优势路径

第八章 神经科学：你了解自己的大脑吗

第九章 幸福探索：获得幸福是一种智慧

第一章 参照依赖：人们奇怪的行为法则

张三丰对常遇春的赏识和憎恶

➤→ 我们的思维受框架效应的影响

在《倚天屠龙记》中，常遇春中了蒙古人的毒箭，张三丰出手救了他一命。

常玉春心中万分感激，自己在江湖上被别人看作是杀人放火、十恶不赦的歹徒，而张三丰明知他的身份，却还愿意出手相救。

张三丰见常玉春言谈举止间颇有英雄气概，于是有了爱惜人才的想法，他对常玉春说:“如果你愿意弃了魔教，那么我就让徒儿宋远桥收你为徒，日后你行走江湖就可以扬眉吐气。”不料常遇春果断拒绝，他说:“蒙张真人瞧得起，实是感激至极，但本人身属明教，终身不敢背教。”张三丰见他这么说，心中顿生厌恶，连“后会有期”四个字都不愿说。

在行为经济学中，同一个问题在不同的框架下表达或者思考，会对行为人的决策产生重大影响，行为经济学把这种现象称为“框架效应”(framing effect)，这个概念是由特沃斯基和卡尼曼于 1981 年首次提出。

张三丰对待常遇春的态度就是在两种框架下切换。

原著写道："他见常遇春慷慨豪爽，英风飒飒，对他甚是喜爱。"张三丰作为武林中人，自然欣赏豪爽的英雄，常遇春不顾性命千里护送小主公，这让张三丰有惜英雄重英雄的感慨。因此，张三丰不但帮助常遇春取下毒箭，敷药疗伤，甚至愿意将他收入门下。

在这里，张三丰对待常遇春的是"侠义框架"，江湖上的人讲究重义气，为朋友两肋插刀。同时，张三丰生性豁达，于正邪两途，原无多大偏见，他曾经对张翠山说过："正邪两字，原本难分。正派中弟子若是心术不正，便是邪徒；邪派中人倘若一心向善，那便是正人君子。"他还说天鹰教主殷天正虽然性子偏激，行事乖僻，却是个光明磊落之人，很可交这个朋友。因此在这种框架下，张三丰看中的是常遇春的个人品质，他是赏识常遇春的。

然而张三丰很快又把认知切换到了"正邪框架"。原因是他想起三弟子俞岱岩终身残疾，五弟子张翠山自刎身亡，皆由天鹰教而起，不论他胸襟如何博大，一提起"魔教"就会深恶痛绝。

在这种"正邪框架"下，张三丰就会不考虑对方个人品行究竟如何，而是看他身处正教还是魔教。只要是正教中人就是同类，而魔教教徒通通是异类。因此张三丰"想到他是魔教中人，不愿深谈"。无怪乎常遇春会说："真不知我们如何罪大恶极，给人家这么瞧不起，当我们明教中人便似毒蛇猛兽一般。"

即便是生性豁达的张真人，也难免陷入框架效应的思维，那就更别说是普通人了。

在生活中，仅仅是不同的表达，也会导致“框架效应”的产生。

我们来看看下面这个例子。

假设你是一名战场上的将领，正奉命率领一群勇敢的士兵，冒死和敌军奋战。

第一种情况：根据情报部门的消息，敌军已布下陷阱，可能会让 600 名士兵丧生。你必须从以下两条逃生路线中选择其一，才能减少伤亡。A：逃向山区，可以让 200 名士兵存活。B：逃向海边，600 人都存活的概率为 1/3，没有人存活的概率为 2/3。那么你会带领军队逃向山区，还是海边？

第二种情况，前提和第一种完全一样，你同样必须从以下两条逃生路线中选择其一，才能减少伤亡。C：逃向山区，将会使 400 名士兵丧生。D：逃向海边，无人丧生的概率为 1/3，600 人都丧生的概率为 2/3。那么你会带领军队逃向山区，还是海边？

行为经济学家发现，大多数人在第一种情况下选择了 A（比例高达 72%），而在第二种情况下选择了 D（比例高达 78%）。也就是说，人们对提问的方式非常敏感，提问方式能左右人们的抉择。其实第一种情况和第二种情况的方案是完全一样的，然而，提问方式的改变竟然会影响逃生路线的选择。

1992 年美国经济学家约翰逊等人做过一个研究，他们邀请受试者比较两种汽车保险金额报价，一种以免赔框架表述，另一种以返还框架表述，实验结果如下：

免赔框架——保费 1000 美元，保期一年。这款保单具有 600 美元的免赔额度，这 600 美元将从对保单提出的全部索赔额中扣除。换句话说，如果你基于保单提出了任何索赔，公司赔付的数额会从全部索赔金额中扣除免赔额。如果一年中你的索赔金额少于 600 美元，公司不会给予任何赔付；如果你的索赔金额高于 600 美元，公司将赔付超过 600 美元的所有部分。

返还框架——保费 1600 美元，保期一年。在这款保单下，公司会在年底把这 600 美元扣除赔付款交到你手中。换句话说，如果你没有根据保单提出索赔，公司会在年底还给你 600 美元，如果你提出一次或者多次索赔，你会拿回 600 美元减去公司赔付款之后的余额，如果总的赔付款高于 600 美元，公司不会返还任何金额，但仍赔付索赔。

其实这两种方案只是表达方式不同（如果还考虑到未来贴现，第一种还会更划算），然而研究发现，只有 44% 的受试者会接受第一种选择，当出现第二种选择时，68% 的受试者表示能够接受。

把一件事情描述成不同的框架，可以有效地改变人们的选择。例如医生说“手术后一个月内的存活率是 90%”的说法要比“手术后一个月的死亡率是 10%”更令人安心。食品行业宣称凉菜“90% 不含脂肪”要比说“10% 含有脂肪”更具吸引力。每组句子的深层含义都是相同的，只是表达方式不同而已，但人们通常能读出不同的含义。

在投资领域，我们同样也会受到框架效应的影响。

经济学家梅拉和普雷斯科特曾提出一个问题：根据美国 1889 年到 1978 年间的数据，股票的年均真实回报率是 7%，而国库券的年均回报率是 1%，这显示风险资产和无风险资产两者的风险溢价为6%，如此巨大的溢价是个谜——人们得要有多厌恶风险啊。

这个著名的“股权溢价之谜”问题提出后，立刻引起了巨大的争论，有些人认为根本不存在这么巨大的差异，这是统计失误，有些人把这种溢价归结为习惯，部分投资者就是爱买债券，不管股票市场的收益有多高。

行为经济学家理查德·泰勒和合作者什洛莫·贝纳奇认为这根本不是风险厌恶的问题，他们发现投资者关闭账户大约以13个月为一个周期，也就是说大多数人一年只评估一次他们的资产组合。

股票市场一年期的回报率起起伏伏，常有亏损，但从几十年的跨度来看，它的收益远远超过债券，所以注重一年期回报率的投资者一旦发生年度亏损，他们就会关闭股票账户，而那些能观察到数十年回报率的投资者则将资产大多投资于股票。

行为经济学家也将这种行为称为“短视的损失厌恶”，不管是专业人员还是缺乏经验的投资者都会产生这样的行为。短视的损失厌恶是框架效应中“窄框架”（narrow framing）现象的一个特例，“窄框架”是指在评估投资前景时，人们往往将前景单独评价，而不是将其看作全部组合的一个部分。人们原本应该把股票的收益放到更长的期限里去评估，但是事实上往往因为“窄框架”的缘故，把考察收益时间放在了一年左右。

日常生活中的一些例子更能帮助我们理解这个概念。

我们在下雨天常常很难打到出租车——这看起来是天经地义的事情，下雨天打车的人多，车又开得慢，不过经济学家还有新的看法。经济学家凯莫勒在 1997 年研究使用了纽约出租车司机在 1988 年到 1994 年间总共 1826 个观察值。这些数据不仅涉及不同司机，还包括同一司机在不同日子的数据，这些数据来自司机每天填写的车程单，它对应着每个乘客上下车的时间以及打车费用。通过这些数据凯莫勒发现，不管是下雨天生意好的日子，或者平时生意不好的日子，司机日总收益的变化很小。

理查德·泰勒用“窄框架”给予了解释：出租车司机同样运用“窄框架”来做生意。他们常常以每天的收入作为单独评价，当某天生意不好时，他们便会延长工作时间，直到赚到目标收入才收工，而某天比如因为下雨生意火爆，他们便会早早赚到目标收入，因此便心满意足地打道回府，结果使得市面上出租车更少，进一步加剧了下雨天打不到车的情况。

不过泰勒也发现，经验丰富的老司机常常能跳出这个“窄框架”，在容易赚钱的时候尽量多赚钱。

张三丰对常遇春的态度从“见常遇春慷慨豪爽，英风飒飒，对他甚是喜爱”，到“想到他是魔教中人，不愿深谈”，这种态度的变化，也和张三丰对常遇春的认知框架变化密不可分。

接下来的事情再次发生反转。张三丰一生和人相交，肝胆相照，向来信人不疑，当常遇春提出送重伤的张无忌找“蝶谷医仙”胡青牛看病时，张三丰要将爱徒唯一的骨血交在魔教弟子手中，实在放心不下，一时拿不定主意。

常遇春此刻豪迈地表示，自己送了张兄弟去胡师伯那里，随即便上武当山拿自己来做抵押。张兄弟若有什么闪失，张真人可以一掌把自己打死。

终于，这一番话让张三丰把他的决策模式从“正邪框架”又回到了“侠义框架”，他选择信任常遇春，把张无忌交给了他。

聚贤庄中群雄为何和乔峰势不两立

➤→ “锚定效应”让我们在股市中偏听偏信

在《天龙八部》中，薛神医在聚贤庄撒英雄帖对付乔峰，三百多豪杰摩拳擦掌要诛杀乔峰。

有些人曾经对乔峰有好感，此时感到失望，比如向望海，他说乔峰这个人一向名头很大，没想到是假仁假义，竟会干出这样滔天的罪行来。还有些人和乔峰有交情，此刻也愤怒不已，比如鲍千灵，他说乔峰过去的为人，他一向是十分佩服的，可惜终究是“夷狄之人”，和禽兽无异，现在终于兽性大发。

还有一些是乔峰的老部下，比如徐长老认为，乔峰的确为丐帮立过不少大功，可是大丈夫立身处世，总以大节为重，小恩小惠，也只好置之脑后了。他们这些长老虽都受过他的好处，却不能以私恩而废公义。乔峰现在已经丧心病狂了，丐帮也只有大义灭亲了。

为什么所有的人都认定乔峰是十恶不赦的恶人，往日里乔峰顶天立地的大丈夫行为群雄却视而不见呢？

首先一个原因是“羊群效应”（herd effect）。“羊群效应”也被称为“从众效应”，是指一种人们去做别人正在做的事情的行为，即使他们自己的私有信息表明不应该采取该行为，即个体不顾私有信息，采取与别人相同的行动。同时它也是一种社会群体中互相作用的人们趋向于相似的思考和行为方式，比如在一个群体决策中，多数人意见相似时，个体趋向于支持该决策，即使该决策是不正确的，也会忽视少数反对者的意见。

“羊群效应”之所以产生，是因为人们总是渴望融入某些群体，艺术潮流和意识形态在社会迅速传播就是这一现象的例子，在此种情况下，信息和概率修正并不产生影响，原因只是某些人想要获得其他人的认同。

当我们和群体发生冲突时，大脑中的杏仁核就会活跃起来，它是负责大脑情绪处理和恐惧的中心。当我们与群体不一致时便会引发恐惧，与群体中大多数人背道而驰让我们内心不安。另外，与群体不一致还会导致生理上的疼痛，被群体排斥会让大脑的前扣带皮层和岛叶变得活跃，这两个区域也可以被真实的身体疼痛所激活。

聚贤庄的三百多江湖豪杰大多和乔峰并无交集，但是投身到这样一个消灭契丹恶徒的群体中，会让这些豪杰感觉很好，自己融入这种为江湖清理败类的正义团体，有一种自豪感和被团体承认的安全感，至于乔峰有多大可能受冤枉，则是次要的。

“羊群效应”也就是我们常说的从众心理。既然大多数江湖人士都认为乔峰是恶人，那么剩下的人也会选择站到这个队伍里去。

在金融市场，“羊群效应”也很常见，投资者追涨杀跌，行为受到其他投资者影响，模仿他人决策，或者过度依赖舆论。

另一个重要原因让群雄产生这样的认识，是因为受到了“锚定效应”（anchoring effect）的影响。

其时中土汉人对契丹人切齿痛恨，视作毒蛇猛兽一般，因此，不论乔峰曾经做过什么，只要他的身份变成了契丹人，在天下英雄看来他就是无恶不作的败类。

当乔峰赶到少室山的家中，义父义母已经为人所害。一名少林寺僧人的话很有代表性，他大声骂道：“乔峰，你这人当真是猪狗不如。乔三槐夫妇就算不是你亲生父母，十余年养育之恩，那也非同小可，如何竟忍心下手杀害？……契丹人狼子野心，果然是行同禽兽。”显然，他心中认定，只要是契丹人，就是“狼子野心、行同禽兽”。

“锚定效应”也被称为“沉锚效应”，根据经济学家卡尼曼和特沃斯基的定义，锚定效应是指在不确定情境的判断和决策中，人们的某种数值估计会受到最先呈现的数值信息（即初始锚）的影响，以初始锚为参照点进行调整和做出估计，由于调整的不充分使得其最后的估计结果偏向该锚的一种判断偏差想象。

“锚定效应”不单单存在数值估计中，各种信息判断都存在初始锚。我们在无意中得到的信息就像沉入海底的锚一样，把我们的思想固定在某处，并在不经意间影响我们的决策和判断。

关于锚定效应最著名的一个实验是卡尼曼和特沃斯基设计的，他们制作了一个幸运转轮，上面刻有 0 到 100 的标记，但他们对这个转盘进行了改装，使指针只能停在 10 或 65 这两个位置上。他们从俄勒冈大学招募了一些学生做这项实验。他们两人中有一人会站在实验者小组前面，转动这个幸运轮盘，并让小组成员记下转盘停下时指向的数字，当然，这些数字只可能是 10 或

65，之后，两人向实验者提出两个问题：

（1）你刚才写下的数字和关于非洲国家占联合国（所有成员国）的百分比的数字相比是大还是小？

（2）你认为联合国中非洲国家所占的比例最有可能是多少？

幸运轮盘的转动根本不可能为任何事情提供有效的信息，实验者应该忽略它的影响，但是他们却没有做到这一点，那些看到10和65的人平均估值分别为25%和45%。

锚定效应在生活中也很常见。

《红楼梦》第十三回中，贾珍在秦可卿的丧礼上，想给贾蓉捐个前程，于是他就找到了大明宫掌宫内监戴权。戴权会意道："事倒凑巧，正有个美缺：如今三百员龙禁尉缺了两员，昨儿襄阳侯的兄弟老三来求我，现拿了一千五百两银子送到我家里……既是咱们的孩子要捐，快写个履历来。"

贾珍对捐一个龙禁尉要多少钱，他并没有概念，所以这件事情的初始值非常重要。戴权开口说他帮襄阳侯的兄弟捐龙禁尉花一千五百两银子，他抛出了第一个数字，这些很关键，因为以后的讨价还价都将围绕着这个数字展开。

另一个故事发生在《红楼梦》第二十五回中，宝玉寄名的干娘马道婆到府里来，见了宝玉被烫伤，便建议贾母供奉大光明普照菩萨。

贾母问："不知怎么供奉这位菩萨？"

马道婆回答说："也不值什么，不过除香烛供奉以外，一天多添几斤香油。"

贾母就问："那一天得多少油？"

马道婆说："南安郡王府里太妃，她许的愿心大，一天是四十八斤油；锦乡侯的诰命次一等，一天不过二十斤油；再有几家，或十斤、八斤、三斤、五斤的不等。"

在这里，马道婆就已经抛出了锚，贾母供奉香油的数量就会在这些数值上调整。最后，贾母拍板道："既这么样，那就一日五斤吧。"一天五斤的香油钱让马道婆狠狠赚了一票。

在市场投资中，我们也会受到锚定效应的影响。

比如当我们在报纸上看到近八成的"著名分析师"一致看好市场，还有些全国知名的"首席经济学家"给出了详细的有说服力的理由，告诉你"股市一定会上涨"，于是这一信息（锚）就会保持在你的记忆中，让你乐观地认为股市一定有出色的表现。

然而很不幸，股市却开始下跌了，但是因为在你的意识里存在一个很清晰的声音，"股市一定会上涨"，所以你会认为目前的下跌是阶段性的微调，股市一定还会上升的。于是你就不会认真客观地分析股价为什么会下跌，或者说你根本不愿意分析。

直到股市持续下跌，熊市已经成为共识，你才如梦初醒，后悔不该听所谓的专家意见，可是已经悔之晚矣。

在乔峰的故事中，"契丹人都是坏人"的锚深深地钉在每个汉人脑海中，他们脑中闪现的是契丹人残害汉人的画面。其实契丹人也有英雄好汉，汉人也有大奸大恶之徒。小说中，即便是对乔峰情深义重的阿朱，虽然知道乔峰是个十足顶天立地的好汉，但心中也有这样的锚，当他听乔峰讲小时候的故事时就说："这样凶狠的孩子，倒像是契丹的恶人！"

这样的故事我们在《笑傲江湖》中也能看到，以令狐冲的聪明为何想不到是师父岳不群一直在陷害他，最明显的就是当他受伤晕倒的时候，只有岳不群可能从他身上偷走“辟邪剑谱”，可是令狐冲从小是师父师母养大的，他对岳不群的认识已经从小锚定在“父亲一样的亲人”这一点上，所以根本不会往这个方面想。

我们在认知上受到“锚定效应”的影响，并非我们愚蠢，而是因为调整认知需要耗费能量和时间，而我们的大脑会尽量节约能耗，做出判断尽可能迅速，从而保证我们的生存，这也是人类在千百万年的进化中形成的本能。

段皇爷半夜爬上屋顶的奇怪举动

➤→ “损失规避”使得收益损失不对称

《射雕英雄传》中，一灯大师在出家前是大理国的第十八代皇帝段智兴。用他自己的话说：“我大理国小君，虽不如中华天子那般后宫三千，但后妃嫔御，人数也是众多。”

当段智兴得知自己的贵妃刘瑛姑和周伯通好上了，表现得很大度。他说学武之人义气为重，女色为轻，岂能为一个女子伤了朋友交情？并且当即解开周伯通的捆缚，还把刘贵妃叫来，命他们结成夫妇。

对于嫔妃众多的段皇爷，似乎失去一个嫔妃也不是什么了不起的事情，段智兴更大的兴趣可能还在武学上。他怕周伯通误解，又特地强调：兄弟如手足，夫妻如衣服，区区一个女子，又不是什么大事。

假如事情到此结束也就罢了，接下来段智兴却做出了令人匪夷所思的举动。

据段智兴自己描述，此后大半年中，他虽没召见刘贵妃，但睡梦之中却常和她相会。一天晚上他再也忍耐不住，决意前去探望。他悄悄去刘贵妃寝宫，想瞧瞧她在干什么。刚爬到她寝宫屋顶，便听到里面传出一阵儿啼之声。屋顶霜浓风寒，段智兴竟怔怔地站了半夜，直到黎明方才下来，就此得了一场大病。

一个堂堂大理国的皇帝，为了一个失贞的嫔妃，三更半夜爬到屋顶上偷看她在干什么，还呆呆地站了半夜，结果得了一场大病，这似乎就很奇怪了。

黄蓉猜测的是“你心中很爱她啊”，但事实并非如此，一个说出“兄弟如手足，夫妻如衣服”的“混球”，一个动不动要把老婆送人的家伙，怎会一转眼成了情圣？段智兴的前后举动为何如此矛盾？

我们可以用行为经济学的“损失规避”来解释这种矛盾现象。所谓“损失规避”（loss aversion）是指大多数人对损失和获得的敏感程度不对称，面对损失的痛苦感要大大超过面对获得的快乐感。

佳丽成群的后宫多一个或者少一个嫔妃在段皇爷心里并不会造成多大影响，因此他大方地说：“兄弟如手足，夫妻如衣服。”但是一旦确定要付出这种损失，刘贵妃的心永远回不来的时候，他则感到痛苦不堪。

行为经济学家做过这样一个实验：投一枚均匀的硬币，正面为赢，反面为输。如果赢了可以获得 100 元，输了失去 100 元。请问你是否愿意赌一把？

从整体上来说，这个测试的结果期望值为零，无论选愿意或者不愿意，都是绝对公平的。但大量类似实验的结果证明，多数人不愿意玩这个游戏。为什么人们会做出这样的选择呢？

这个现象同样可以用“损失规避”效应解释，虽然出现正反面的概率是相同的，但是人们对“失”比对“得”敏感。想到可能会输掉 100 元，这种不舒服的程度超过了想到有同样可能赢来 100 元的快乐。很多研究表明，人们厌恶损失的程度是对同等金额收益喜爱程度的 2 到 2.5 倍。也就是说，抛硬币，反面输 100 元，正面赢 200 元到 250 元，人们才愿意进行这个游戏。

再比如，我们会发现，人们总是愿意抛掉赚钱的股票，而留下亏损的股票，这里的原因，也是“损失规避”。

我们以 100 元一股的价格买进了某只股票，如果股价上升到了 120 元，那么我们就获得每股 20 元的收益，相反，如果这只 100 元买进的股票跌到了 80 元，那么我们就蒙受了 20 元的损失。

然而我们内心的感受并不与收益或损失的绝对值成正比。每股损失 20 元的痛苦会大于每股收益 20 元的愉悦，因此，我们通常会倾向把获益的股票抛售，而手头留下亏损的股票。因为账面亏损变成实实在在的亏损时，带来的痛苦会比得到收益的快感大得多。

理查德·泰勒还曾做过这样一个测试：

问题 1：你得了一种奇怪的病，这种病不疼不痒，也没有其他症状，却有万分之一的可能性会让你在五年内突然死亡。万幸的是医学界研制出了一种新药，经过严格的科学测定和实验证明，这种药没有任何毒副作用，不会给身体带来任何损害，但是吃了以后也没有什么别的好处，不能减少你面临的其他风险，就是可以把由这种怪病引起的五年中万分之一的死亡可能消除，那么请你想想，你是否愿意花钱买这种药？如果愿意，你最多愿意花多少钱来买这种药呢？

问题 2：假设你的身体很健康。现在医学界研制出了一种新药，医药公司想找一些人来测试这种药品。经过严格的科学鉴定和实验证明，这种药没有任何毒副作用，不会给身体带来任何其他损害，也没有什么好处，但是一旦服用了这种药，就会使你在五年中有万分之一的概率会突然死亡。那么请你想一想，你是否愿意服用这种药？医药公司至少要付多少钱给你，你才愿意服用这种药呢？

泰勒发现，对第一题很多人回答说只愿意出几百元买药，甚至有为数不少的人不愿意花钱买药；但是对第二题，即使医药公司花几十万元，他们也不愿意参加实验，有不少人甚至说无论给多少钱，他们都不会吃这种药的。这里的原因就是得和失的不对等。

芝加哥大学行为经济学家奚恺元说：很多美国年轻人在为退休金进行储蓄时，都会把钱都存在银行，而不是投资在股票上。客观上说，从长期来看，股市的回报率要大于银行的利率，理性的人应该选择最有利可图的投资。但股市总是有涨有跌，由于损失规避，人们在“得”的时候，也就是盈利时往往处之泰然，觉得是应该得到的。而在“失”的时候，也就是亏损时却心急如焚。所以人们选择将大部分钱存入回报率低的银行，不愿将资金投到股市中而承受亏损带来的痛苦。

所以当段皇爷拥有刘贵妃的时候，并没有感到多大的快乐，而一旦感到失去，痛苦却比想象的大得多。

这倒让我想起中国历史上的一则故事。

竟宁元年（公元前 33 年）正月，南匈奴首领呼韩邪来长安朝觐汉朝皇帝，以尽藩臣之礼，并自请为婿。于是汉元帝就将宫女王昭君赐给了他。

王昭君不肯贿赂画工，就被画得很丑，一直得不到皇帝召见。在王昭君将远嫁匈奴前，元帝见其美丽娴静，后悔不迭。遂命彻查此事，知道真相后愤怒地杀了画工毛延寿。

到了宋代王安石却为毛延寿翻案，他在《明妃曲二首》写道：“归来却怪丹青手，入眼平生几曾有。意态由来画不成，当时枉杀毛延寿。”王安石认为，王昭君的美可能不单是容貌，更是神态气度，神态是宫廷画匠难以通过画笔表现的，这些只有见到本人才能感受到，因此王安石认为，毛延寿被杀是非常冤枉的。

王安石的解释有一定的道理，但假如这个故事是真的，汉元帝很可能犯了和段智兴同样的毛病。佳丽三千从来看不上眼，可一旦要失去，王昭君就变成了他的心头好。毛延寿其实就是元帝为失去王昭君而感到后悔的替罪羊。

在恋爱和婚姻中这种现象其实很常见，当对方完全属于你的时候，我们往往不知道珍惜这份感情，忽略对方的感受，觉得一切理所当然。一旦等到某一天真正失去了对方，却又会神魂颠倒，或者痛苦得发狂。可是到了那个时候，一切都已经来不及了。

“海东青”为何认为屠龙刀比命更重要

➤→ “禀赋效应”让我们高估自己所拥有的

当张三丰的弟子俞岱岩拿出一颗解毒丹药给“海东青”德成时，没想到德成以为俞岱岩要下毒害他，以便抢他的屠龙刀。

俞岱岩告诉德成，他身中剧毒，这丹药也未必能够解救，但至少可延三日之命。到时候德成还是需将屠龙刀送去给海沙派，换得他们的本门解药救命。

德成却说，谁想要自己的屠龙刀，那是万万不能。

俞岱岩不解：“你性命也没有了，空有宝刀何用？”

德成颤声回答说，自己宁可不要性命，屠龙刀总是自己的。说着他将刀牢牢抱着，脸颊贴着刀锋，表现出说不出的爱惜。

俞岱岩告诫德成，除了以此刀去换海沙派的独门解药，再无别法。于是德成哭道：“可是我舍不得啊，我舍不得啊。”

性命和宝刀哪个更重要，答案是不言而喻的，命没有了稀世宝刀又有什么用？那么德成为什么不肯用宝刀去换海沙派的独门解药，而是说“可是我舍不得啊，我舍不得啊”，难道他不懂命比刀更重要的简单道理吗？

当然不是，就像他自己所说：“我千辛万苦地得到了屠龙宝刀，但转眼间性命不保，要这宝刀何用？”那他为什么不肯用刀去换命呢？

如果是文学评论，我们可以用“贪婪”这类的词语来评价德成，但是行为经济学却给出了更科学的答案。

我们先来听听理查德·泰勒讲的故事：

泰勒在美国罗切斯特大学求学时，时任经济系主任的是理查德·罗赛特，他是一名出色的经济学家，同时也是一位葡萄酒收藏者，对葡萄酒非常喜爱。

罗赛特告诉泰勒，在他的酒窖中，有的酒是他当初花 10 美元买来的，现在却价值 100 美元。当地有位叫伍迪的酒商，愿意以当前的市价 100 美元收购罗赛特收藏的酒，却被罗赛特拒绝了。罗赛特还说，自己会在某个特殊的日子开一瓶葡萄酒喝，但绝不会花 100 美元买一瓶葡萄酒喝。

泰勒认为这种行为很不理性。如果他愿意喝掉一瓶能卖 100 美元的酒，那么这瓶酒的价值就是 100 美元。既然如此，他为什么要拒绝购买任何价格接近 100 美元的酒，或者以 100 美元卖出这些酒呢？

作为经济学家，罗赛特也知道这样的行为并不理性，但他依然这么做了。

10 美元收藏的葡萄酒为何别人出价 100 美元仍然不愿意卖呢？泰勒把这种现象称为“禀赋效应”（endowment effect）。

“禀赋效应”是指一旦你拥有了某样东西，就会大大高估它的价值。与你即将拥有的那些东西相比，你更看重自己已经拥有的东西。用经济学的理论来解释，就是你拥有的东西属于你的一部分禀赋，这种现象的本质在于，效用并不是与占有无关，那些通过某种方式获得某物品的人，不管是购买还是获赠，他们对该物品的估价一般要高于旁人的估价。

关于“禀赋效应”最全面细致的研究是由卡尼曼、泰勒和奈奇三人在 1990 年一起完成的。他们进行了一系列的实验，其中最著名的就是马克杯和圆珠笔的实验。在这个实验中，卡尼曼、泰勒等人在康奈尔大学法律经济专业的一个高级本科班找到了 44 名学生，泰勒在康奈尔大学的校园书店里选中了两样东西，分别是印有康奈尔大学标志的马克杯和有外包装盒的圆珠笔，每个马克杯的售价为 6 美元，每支圆珠笔的售价为 3.98 美元，泰勒各买了 22 件，分配给了 44 名学生。

那些得到马克杯的学生就成了潜在的卖家，而没有获得马克杯的学生则是潜在的买家。泰勒让学生仔细查看自己的马克杯，了解这个杯子，然后让学生模拟拍卖。

这个时候研究者发现拥有杯子的学生极不愿意卖掉这些杯子，而没有这些杯子的学生对它也没兴趣，结果卖出价格比买入价格大致高了一倍，也就是说杯子在所有者和非所有者心目中的价值是不一样的。泰勒等人又用圆珠笔在另一些学生中做了同样的实验，结果和马克杯极为相似，同样证明了这个和标准经济学模型相矛盾的证据——人的偏好确实依赖于权利。

一旦拥有就不愿意放手，这就是“海东青”德成所犯的错误。屠龙刀自然是个好东西，可以赋予拥有者很高的江湖地位，可是怎么也不会比命更珍贵，但是当德成冒着极大的风险从海沙派的手里偷来了屠龙刀，使得他一度拥有了屠龙刀，这种短暂的所有权，便使德成又将屠龙刀的价值大大高估，以至于在性命和宝刀之间举棋不定。假若他从未拥有屠龙刀，而让他用性命去换宝刀，想必不用考虑就会被他拒绝。

行为经济学家还发现，不同物品的禀赋效应也不同，那些明确为了转售目的而购买的商品，或者以更低的价格可获得完全替代品的商品，比如代币券、购物卡，禀赋效应不大可能存在。当这件物品稀少不易被替代时，这时效应最大，比如售罄的演唱会门票。所以当这件物品是独一无二的屠龙宝刀时，这种禀赋效应当然会很大。

禀赋效应广泛存在，当你的朋友不停地让你看自己孩子的照片，希望你花几十分钟把影集从头看到尾时，你理解他们有多爱自己的孩子，只是这些照片和别的婴儿照片并没有太大区别。同样，在一个企业中，管理者总是不情愿自行削减曾经为之感到自豪的部门，一个工厂不到万不得已也不愿停产往日的明星产品。

美国杜克大学的行为经济学家丹·艾瑞里曾经提出过“宜家效应”，其实本质上就是“禀赋效应”。有一次，艾瑞里去宜家买了一个玩具柜，带回家后亲自动手安装组合。这并不是一个简单的过程，但最终玩具柜还是安装成功了，艾瑞里为自己的成就感到自豪，他说：“客观地看，我很清楚它在我买的家具中绝非上乘，而且我一没有参与设计，二没有测量尺寸，三没有拉锯操刨，甚至连个钉子也没敲进去，但是，我觉得仅仅因为花费了几个小时的功夫和力气，就把我和玩具柜的距离拉近了。”

丹·艾瑞里的另一个实验也证明了当我们付出了努力，会多么看重和高估自己的劳动成果。在这个实验中，艾瑞里在哈佛大学学生活动中心设立了一个临时实验室，招募了一批学生。他让这些学生按照操作指南用纸折成青蛙和仙鹤。然后艾瑞里等人又请了两位折纸大师制作了一些青蛙和纸鹤，他们请了另外一组非创作者对这些制作精美的大师作品客观地出价竞买，这些非创作者给出的平均出价是27美分。非创作者又对学生的业余作品进行估价，给出了5美分的出价。

但是让那些业余创作者对自己的作品进行估价时，他们居然给出了一个和大师作品接近的估价23美分。可见人们对自己的劳动成果有多看重。

德成得到屠龙刀的过程远远比安装一个玩具柜困难，需要冒着丢失性命的危险，因此他对屠龙刀的价值认定远远高于局外人。

丹·艾瑞里同时说，有一种被称为"虚拟所有权"的经历，我们不需要完全买下一件产品，也能获得拥有感。假设我们在eBay上看中了一款米奇手表，并出了最高价，虽然拍卖还没结束，但我们觉得自己赢了，已经是它的所有者了，我们开始想象拥有这件物品的感受，这个时候如果有人横插一脚，出了一个更高的价格，我们会很沮丧，短暂的拥有产生的禀赋效应让我们对拍品的估值随之增加，于是我们对那块米奇手表的估价也跟着增加……

即便虚拟的拥有也会大大增加对拥有物品的价值评估，更何况是德成真真切切已经抱在怀里的屠龙刀呢？这些因素加在一起使得他把屠龙刀的价值看得比性命更重。

韦小宝为什么敢赌自己的脑袋

➤→ “反射效应”中危机越大越会选择冒险

韦小宝一辈子都在“赌”，但最大的一次赌注是自己的脑袋。为了保护师父九难和心上人阿珂，韦小宝向武功高强的喇嘛发起了挑战。

韦小宝恐吓喇嘛说，自己已经练成了“金刚门”的护头神功，如果大刀砍在自己头顶上，那么这柄大刀会反弹回去，砍到喇嘛自己。

当时的韦小宝虽有宝衣护体，但见到刀光闪闪时，实在是有说不出的害怕，倘若对方当真一刀砍在自己头上，别说是脑袋，甚至连身子也非给剖成两半不可。只是一来他确定自己不是这个喇嘛的对手，除了使诈，别无脱身之法；二来他好赌成性，赌这喇嘛听了自己一番恐吓之后，不敢砍自己脑袋。

这场赌，赌注是韦小宝性命。这时韦小宝的生死，只在喇嘛一念之间，倘若不赌，这喇嘛提刀乱砍，韦小宝和师父九难、阿珂三人都会被他砍死。

丹尼尔·卡尼曼和阿莫斯·特沃斯基提出了前景理论（prospect theory）。根据前景理论，在确定的好处（收益）和“赌一把”之间，做一个抉择，多数人会选择确定的好处，这就是“确定效应”（certainty effect）。在确定的坏处（损失）和“赌一把”之间，做一个抉择，多数人会选择“赌一把”，这就是“反射效应”（reflection effect）。

人们对获利和损失的敏感度是不同的，损失的痛苦远远大于获得的快乐，这个我们也称为“损失规避”（前面段皇爷和瑛姑的故事中已经谈到过）。在正常情况下，人们都会倾向于规避风险。这就是“确定效应”。

比如有两个选择方案，甲方案肯定赢1000元，乙方案有50%的可能性赢2000元，50%可能性什么也得不到，你会选哪一个？

事实上，大多数人都会选择甲，人们会规避风险，而喜欢确定的收益。这就是“确定效应”在起作用。

下面我们再看一个例子：还是有两个选择方案，甲方案肯定会损失1000元，乙方案有50%的可能性损失2000元，50%的可能性什么都不损失，你会选哪一个？

这个时候，人们大多数会选乙方案，人们又会偏好风险。

其实两个问题几乎是完全一样的，可为什么人们给出的答案会不一样呢？

在第一个例子中，在确定收益的时候，人们都会选择拿了就跑。然而在第二个例子中，在面对确定损失的时候，人们的“赌性”却变得很强。

人们在巨大的亏损时，反而往往选择孤注一掷翻本。遇到的危机越大（甚至威胁到生存），人们越会选择冒险。就像韦小宝在师徒三人生命堪忧的时候，他选择了铤而走险。这就是“反射效应”：在确定的坏处（损失）和“赌一把”之间，做一个抉择，多数人会选择“赌一把”。

经济学家理查德·泰勒和埃里克·约翰逊共同发表过一篇论文，说明在两种情况下赌徒不那么厌恶风险，甚至会主动追求风险。第一种是他们赢钱的时候，即“用庄家的钱赌博的时候”；第二种情况是输钱但有机会翻本的时候。

卡尼曼和特沃斯基曾引用过一项研究，该研究发现，在一天的最后一场赛马中，获胜概率极小的马的赔率会变低，也就是说有更多的人把赌注压在了最不可能获胜的马身上去了。一天下来那些输钱的赌徒，会在最后的机会急于翻本，因此他们会倾向于把赌注押在赔率最高（最不可能获胜）的冷门马上。

不要以为这种行为只在非职业投资人身上会发生，即使在受过专业训练的职业投资者身上也很常见。

例如到每年的最后一个季度，如果共同基金经理所管理的基金落后于基准指数，如标准普尔 500，他们就会冒更大的风险，用更激进的方式买入高风险的股票，以期可以翻本。

下面这个故事的主角尼克·李森被称为国际金融界“天才交易员”，他曾任巴林银行驻新加坡巴林期货公司总经理、首席交易员。巴林银行是历史上声名显赫的英国老牌贵族银行，已故英国女王伊丽莎白也信赖它的理财水准，并曾是它的长期客户。

李森的投资以稳健、大胆著称。在日经 225 指数期货合约市场上，他被誉为“不可战胜的李森”。

1994 年下半年，李森认为，日本经济已开始走出衰退，股市将会有大涨趋势，于是大量买进日经 225 指数期货合约和看涨期权。然而“人算不如天算”，1995 年 1 月 16 日，日本关西大地震，股市暴跌，李森所持多头头寸遭受重创，损失高达 2.1 亿英镑。

这时的情况虽然糟糕，但还不至于能撼动巴林银行。但已然亏损巨大的李森却进一步冒险，押下了让人吃惊的赌注，他再次大量补仓日经225期货合约和利率期货合约，头寸总量已达十多万手。

要知道这是以“杠杆效应”放大了几十倍的期货合约。当日经225指数跌至18500点以下时，每跌一点，李森的头寸就要损失两百多万美元。2月24日，当日经指数再次加速暴跌后，李森所在的巴林期货公司的头寸损失，已接近其整个巴林银行集团资本和储备金之和。此时融资已无渠道，亏损无法挽回，李森本人也跑路了。

巴林银行面临灭顶之灾，银行董事长不得不求助于英格兰银行，希望挽救破产局面。然而这时的损失已达14亿美元，并且随着日经225指数的继续下挫，损失进一步扩大。因此，各方金融机构竟无人敢伸手救助，巴林银行从此倒闭。

人们普遍倾向于规避风险，但是当遇到巨大的危机时，更倾向于冒险，这些可能和人类的进化有关。

在有些情况下，进化可能并不喜欢真相和准确性，人们做出判断是为了提高生存概率。如果偏见和不准确在某些情况下恰好帮助人类提高适应性，那么大脑将持续做出带有偏见和不准确的判断。

回避损失是确保稳定生存的一种法则，冒险意味着可能失去食物也可能吃个大饱。然而当巨大的危机显现时，采取回避风险的策略并不能提高生存率，反而孤注一掷更有生存的希望。

行为经济学家约翰·凯格尔曾做过一项实验：鸽子要面对几个不同的鸽子洞，洞内所放置的食物量不同，有的鸽子洞始终保持等量的食物，有的则食物量每次均有变化，每个鸽子洞每次的食物量分配均受到严格控制，因而每个洞的平均食物量是相等的。比如一个鸽子洞每次都固定有 20 克的葵花子，另一个鸽子洞则半数时间有 40 克葵花子，半数时间是空的。

不同于人类通常表现出来的规避风险行为，鸽子倾向于食物量不定的鸽子洞。凯格尔认为，人类与鸽子对风险的态度有异或许来源于彼此所处的环境不同，鸽子要保证生存，食物量需要达到最低限度，供给量小于鸽子所需底线的食物来源对生存并无用处。

事关鸽子的生存，因此鸽子愿意为获得高于所需底线的食物量而甘冒风险。

同样，人类在进化过程中也如此，当生存出现危机时，早期人类只有甘愿冒更大的风险才能存活下来，比如食物短缺，人类可能选择更大的风险去狩猎大型凶猛的动物（要么获得充足的食物，要么死于猛兽之口），因为选择诸如采集野果这样折中的办法并不能保证其生存。

事关生死，韦小宝敢于下注，这也是他的生存之道。

第二章 成本收益：让人充满矛盾的小算盘

爱惜新衣的狄云为何不在乎黄金

➤→ "心理账户"让金钱有不同的分量

在《连城诀》中，少年狄云一直住在乡下跟着师父戚长发习武，有一天，师父受到邀请，要去荆州城给师兄祝寿。戚长发想把家里的黄牛"大黄"卖了，换点盘缠并让大家购置两件新衣，以免穿着太寒酸被人看不起。狄云和师妹戚芳都舍不得把黄牛卖给屠夫，因为黄牛是他们从小养大的，亲如家人。

当戚长发父女和狄云来到了荆州，他们身上穿着的，就是用卖掉"大黄"换来的新衣。三人来到戚长发的师兄万震山家里祝寿，刚好碰到仇家吕通来寻事，结果戚长发的新衣被粪水泼脏，为了这件新衣，狄云和吕通玩儿了命。

几两银子的新衣服就让狄云玩儿命。那如果是价值连城的黄金大佛呢？

在小说结尾中，师傅戚长发在金佛前对狄云说："你假惺惺的干什么？这是一尊黄金铸成的大佛，你难道不想独吞？佛像肚里都是价值连城的珍宝……"狄云摇摇头表示："我不要分你的黄金大佛，你独个儿发财去吧。"

为什么狄云会如此看重只值几两银子的新衣服，而对成吨的黄金却视而不见？

芝加哥大学行为经济学教授理查德·泰勒提出的心理账户（mental accounting）的概念或许可以给出解释：人的头脑里有一种心理账户，人们把实际上客观等价的支出或者收益在心理上划分到了不同的账户中。“心理账户”使个人和家庭在进行评估、追溯经济活动时有一系列认知上的反应。

泰勒在1999年的论文《心理账户的作用》中对“心理账户”作了如下定义：“心理账户是个人和家庭用来编码、分类和评估财务活动时使用的认知运算的集合。”“心理账户”的存在影响着人们以不同的态度对待不同的支出和收益，从而做出不同的决策。

买新衣服的钱被狄云划在卖掉老伙伴“大黄”得来的辛苦钱，在这个账户中的钱就显得特别珍贵，所以当师父的新衣服被弄脏后狄云不惜拼命。而黄金大佛则属于不义之财的账户，狄云并不认可这个账户中的钱属于自己，所以再多的财富他也并不动心。

现实生活中有很多例子，经济学家发现费城的犯罪团伙成员对手头的钱用“干净的钱”和“肮脏的钱”来严格分类。比如一个叫“马蒂”的成员喜欢去教堂，他经常从母亲给的钱中拿出一部分，进行小额捐赠，但是他不会拿偷来的钱作为捐款。“不，”他否定说，“这是肮脏的钱，这钱不干净。”

挪威奥斯陆的舞者会把工资、福利金记录在长期账户上，小心翼翼地把它们用于租金等长期费用。但是，她们会把夜总会献舞所得记录在短期账户上，这些钱被这些女人用于购买酒和衣服，如流水般挥霍一空。一位舞者说："不义之财分文不值。相比那些小费，我会更加小心谨慎地对待自己半个月一次领到的工资。"

我们通常以为钱可以互相替代，电视剧《潜伏》中谢若琳就说过一句很经典的话："现在放这两根金条，你能告诉我哪根是高尚的，哪根是龌龊的？"然而一系列的实验却推翻了"钱具有可替代性"的事实。

心理学家奇普·希思和杰克·索尔曾做过一项研究，他们发现大多数MBA学生都为吃和玩制定了周预算。希思和索尔询问两组实验对象，他们是否愿意买一张周末的演出票？其中一组实验对象被告知他们这周已经花50美元看了一场篮球赛（看演出和看球赛属于同一类预算），而另一组实验对象被告知他们这周已经被开了一张50美元的违规停车罚单（被开罚单和看球赛属于不同的预算），实验结果发现，那些看过球赛的学生不大可能去看演出。

泰勒还讲过一个例子：两个狂热的球迷计划到离他们约64公里远的地方看篮球赛，其中一个买了门票，另一个人在买票的途中遇见了一个朋友，免费得到了票。现在，有预报称比赛当晚会有暴风雪，这两位持票的球迷谁会更愿意冒着暴风雪去看比赛？

答案很明显，自己掏钱买了票的那个球迷更有可能会去。同样的门票来自两个不同的心理账户，一个是别人赠送的幸运账户，一个是自己掏钱的消费账户，虽然无论怎么得到门票，他们都会感到失望，但是对于自己花钱买票这个人来说影响更消极，因为现在他钱没了，还不能看比赛。对这个人而言，待在家里是个更糟糕的选择，所以他更愿意去看比赛。

经济学家贾斯廷·黑斯廷斯和杰西·夏皮罗研究的课题是：汽油价格的变化对人们选择普通汽油或优质汽油会有什么影响？在美国，汽油会根据辛烷值分成普通、中级、高级三个等级，而专家会建议某些车型应该使用好一点的汽油。2008 年汽油价格下降了约 50%，每加仑汽油从 4 美元的高位降到了不到 2 美元，两人研究了这次油价降低对高等级汽油销量的影响。

从理性经济人看来，金钱是可以互相替代的，省下来的钱用在哪里都可以。然而人们把用于购买汽油的钱归入了专门的账户，使得当油价暴跌后普通人改买优质汽油的概率是平常的 14 倍。两位研究者的另一发现进一步确证了“心理账户”的存在：加油连锁店还出售其他两样商品——牛奶和橙汁，但研究者发现那些家庭并没有购买更好的牛奶和橙汁。当时正值 2007 年后的金融危机，汽油价格因此大幅下降，在那段恐慌时期，大多数家庭会尽量节省开支，但是人们却在高等汽油上乱花钱。这就是“心理账户”的作用。

钱钟书的小说《围城》中，方鸿渐丢下身体不舒服的孙柔嘉去见了朋友赵辛楣，回来的时候他觉得撇下怀孕的孙柔嘉孤单一人太久了，于是经过水果店，买了些鲜荔枝和龙眼。回来后方鸿渐对孙柔嘉说：“我今天出去回来都没坐车，这东西是我省下来的车钱买的。当然我有钱买水果，可是省下钱来买，好像那才算得真正是我给你的。”

这里，方鸿渐就是刚好巧妙地运用了“心理账户”的原理。方鸿渐巧妙地将买龙眼和荔枝的钱归纳于“交通费账户”，这些水果变成了是自己节省了交通费而买来的，于是这些普通的荔枝就显得非常可贵。这一招果然起到了作用，刚刚还满腹怨言的孙柔嘉抬起满是泪痕的脸温柔一笑道：“那几个钱何必去省它，自己走累了犯不着。省下来几个车钱也不够买这许多东西。”

赌桌上的赌徒也会把钱分成“自己的本钱”和“赢来的钱”，当用自己的本钱下注时，他们会小心翼翼，而用“赢来的钱”下注，他们则会格外大胆。在《鹿鼎记》中，韦小宝是个赌钱的好手，但也常常会把银子慷慨送人，因为这些钱都是他赢来的。

人在赌桌前有时会变得很慷慨，不单单是韦小宝会这样，比如在赌场赢钱的赌客也常常会给服务人员令人吃惊的小费，而这其中的原因也和“心理账户”有关。

理查德·泰勒说：“赢钱的人似乎并不把赢的钱当钱看。”这种心理十分普遍，赌徒常说一句话：“用庄家的钱赌。”也就是说，赢钱时，你会认为是拿赌场的钱而不是自己的钱在赌博。赌桌上时常会发生这样的事：如果一个非职业赌徒晚上赢了一些钱，你可能会发现被称为“双兜”心理账户的情况，如果一个人带了300美元去赌场赌博，结果赢了200美元，此时，他会将300美元放在一个兜里，认为这些钱是自己的，然后把赢得的200美元筹码放在另一个兜里，而通常情况下，这些筹码会被用来继续下注。

“庄家的钱”来得快去得快，这就是因为“心理账户”的作用，韦小宝之所以出手这么大方，因为这些钱他认为是“赢来的钱”，和“自己的钱”不同，“赢来的钱”相当于白来，所以他丝毫不吝啬。随着“白来的钱”数额的增加，比如从鳌拜这里抄家贪污了 50 万两白银，韦小宝的出手也越来越阔绰了。而狄云，同样因为“心理账户”的原因对新衣和金佛的价值有完全不同的认识。

扫地僧是怎么说服萧远山和慕容博的

➤→ 我们为何会被沉没成本拖入泥潭

在《天龙八部》中，扫地僧对萧远山和慕容博喝道：“王霸雄图，血海深恨，尽归尘土，消于无形。”

萧远山和慕容博一起在扫地僧面前跪下。扫地僧问道，你二人由生到死、由死到生地走了一遍，心中可还有什么放不下？倘若适才就此死了，你们现在还有什么兴复大燕、报复妻仇的念头吗？

萧远山表示，自己生平杀人无数，要是被自己所杀之人的家人都来复仇索命，早就死一百次了。慕容博也开窍道，庶民如尘土，帝王亦如尘土。大燕不复国是空，复国亦空。

扫地僧点化萧远山和慕容博的佛学道理，如果用经济学来表述就是简单的四个字“沉没成本”（sunk cost）。

“沉没成本”是指那些已经发生且无法收回的支出，如已经付出的金钱、时间、精力等。从决策的角度看，以往发生的费用只是造成当前状态的某个因素，当前决策所要考虑的是未来可能发生的费用及所带来的收益，而不需要考虑以往已发生的费用。

当钱和精力都已经花了，并且这些都无法收回，那么这些钱和精力就是沉没成本。然而，面对“沉没成本”时，人们往往会陷入这样的思维陷阱：我已经为这个项目花了这么多精力，不能就这么简单地放弃了。

无论慕容博为了复兴大燕花了多少力气和心思，多少深谋远虑，整个家族付出多少代人心血，这个目标都无法实现，因此这些付出都是沉没成本。

同样，萧远山为了报杀妻之仇，无论他如何处心积虑、精心策划，如何隐忍煎熬，仇恨永远是冤冤相报没完没了，而死者并不能复生，所以他为报仇付出的代价也是沉没成本。

历史上最著名的沉没成本事件莫过于“协和谬误”（concorde fallacy）了。

协和飞机是英国航空公司和法国航空公司合作生产的世界首架超音速客机，曾经作为力压美国波音航空公司、维护了欧洲自尊心的飞机而广受瞩目。不过因其过高的投资和研发费用，在经济性方面受到质疑，后来又出现急速下降时发出巨大噪声和破坏环境等种种问题。另外，此飞机是由欧洲多个国家生产零部件，所以故障率也很高。

由于这些问题，中断协和式飞机生产的呼声理应很高，不过对于加入到协和飞机项目的人来说，已经做了大量的投资，到了无法放弃项目的地步。因此即便存在这么多的问题，政府对协和式飞机的财政支持却没有中断。1976 年完成首航之后，协和式飞机最终于 2003 年完成了最后飞行，就此退出了历史舞台。产业心理学家们就把这种现象命名为“协和谬误”。

原英国首相丘吉尔说：“放弃是失败的标志。”其实并非如此，有时候明智地放弃也是一种成功。因为很多时候我们投入的时间、金钱和血汗都已经是沉没成本，如果不及时放弃，只会使得这些成本越来越大。美国之所以持续在越南进行一场徒劳的战争，就是因为投入太多以至于无法中途放弃。美国管理学教授巴里·斯托写了一篇名为《深陷泥潭》的文章，在他看来，牺牲的数千条生命，花费的数十亿美元都使得美国宣布撤军难上加难。

在生活中，我们也经常会遇到这类问题。

假如你在购物节买了一双心仪已久的鞋，虽然打折力度不小，但买下来还是花了不少钱。你很高兴地穿着这双鞋去上班，然而很不幸，到了中午的时候你的脚开始疼了。

你让你的脚暂时休息一下，因为已经穿过，你也无法退换。于是过了几天，你又穿上了这双鞋。假设无论穿多少次这双鞋，你的脚都会不舒服，你会再穿多少次呢？如果和大多数人一样，那么这个答案将取决于买这双鞋花了你多少钱，花的钱越多，你就会忍受越多的疼痛，这双鞋在你的鞋柜里待的时间也会越久。

事实上无论这双鞋花了多少钱，这些都是沉没成本，不应该影响你的决策，当你觉得穿着不舒服的时候，最好的选择就是不穿。

再比如你花了 50 元买了一本很多人推荐的畅销书，可是你很快发现，这本书既不有趣，也没有给你带来新的知识，你读了一部分便想放弃阅读。可是你又觉得 50 元是个不小的数目，不读完太可惜了，于是继续看下去，可是越看越觉得没意思。

假如一本书没有意思，你就应该果断放弃，因为如果继续看下去只会浪费你更多的时间。此时，你只要问一下自己，假如这本书是从图书馆借来的，你还会读下去吗？如果答案是否定的，你就不该再读了。

很多身为父母的人也会犯这样的错误。例如父母们会在孩子很小的时候就开始培养他们对围棋的兴趣，父母付出的，除了请围棋教练培训的开支，还有每周接送的时间成本，甚至精神上的期望成本。可是事与愿违，孩子真正喜欢的是足球而不是围棋。明智的父母应该果断中断对孩子围棋兴趣的培养而转向足球，但是在现实世界中，父母因为投入了时间、金钱和感情，这些“沉没成本”往往令他们难以放手。

“都学了这么多年了，花了这么多钱，放弃岂不是太可惜了？”父母们常常会这么想，于是这些已经花掉的钱和时间成为了他们继续下去的理由，即使客观看来，对于孩子的兴趣发展并无帮助，但父母的钱花得越多，他们坚持将这件事情继续下去的理由也就越充分。

在婚姻中，很多人经过多年的努力尝试改善婚姻关系，却仍然无法改变。尽管如此，他们却不愿意放弃这段婚姻。尽管他们自己其实也知道，无论怎么努力，这段婚姻都不会幸福，但他们想到曾为此付出这么多，还是宁愿继续维持这段婚姻。

从某种意义上说，骗子都是“资深经济学家”。他们深知沉没成本的作用，并运用到了诈骗中，典型的如“中奖诈骗”，骗子通常不是一次下注，而是会对“中大奖”的受害者开出一笔不大的“手续费”，再接着是“公证费”“邮寄费”“所得税”……一步一步加大筹码，而受害者通常会想：既然前面的钱都花了，不如再信一次，于是被越骗越多。

由于之前所做的投入或者花费的力气和时间，使得人们普遍不愿意放弃本应该放弃的东西。人们总是想尝试通过努力，幻想着使沉没成本“浮上”水面，结果却使得错误的决策一再延续。

沉没成本有时也会随着时间发生变化。美国伯克利大学的经济学家斯特凡诺和马尔门迪尔对美国的三个俱乐部中 7752 名健身会员的详细数据进行了研究。这些俱乐部为客户提供三种支付选择：10 美元的价格购买次卡；80 美元的价格购买月卡；800 美元的价格购买年卡。另外，月卡或年卡到期如果不取消的话，还会自动延续。

结果有超过九成的客户选择了月卡，然而他们每月到健身房的平均次数仅为 4.7 次，这样算起来，每次的价格就是 17 美元左右，而次卡的价格每次只有 10 美元。

在会员卡刚刚办理的那段时间里，会员们信心满满，在这段时间内一般去健身房的次数比较多，也比较规律，即使如此，会员卡仍然不是物有所值。平均来说，新会员一般每月去 5 次，即每次的价格为 16 美元。几个月以后，当初的兴奋消失后，每个月到健身房的次数下降到 4 次，这意味着每次价格上升到 19 美元。持有会员卡的会员在其会员生涯中，白白扔掉的钞票平均高达 700 美元。

刚交完会员费的那个月，人们的健身次数会上升，然后逐渐下降，直到交第二次会员费。经济学家将这种现象称为“支付贬值”，意思是沉没成本效应会随着时间的推移不断降低。

不过这种现象通常在成本支付一次性完成的情况下，如果不断有新的成本投入，要抽身就很难。这就像一个在赌桌前输红眼的赌徒，他不会认识到之前无论输多少都是沉没成本，而是想着下一把就能翻身，输得越多使他越不能离开赌桌。

扫地僧通过“濒死体验”让萧远山和慕容博明白过往的投入都是沉没成本，这种投入无论再追加多少都是投入无底洞，于是双双顿悟。那老僧哈哈一笑，道：“大彻大悟，善哉，善哉！”

欧阳克为何对黄药师的绝技不感兴趣

➤→ “交易效用”让我们错过合算的买卖

欧阳锋带着侄儿欧阳克，洪七公带着徒弟郭靖来到桃花岛提亲。结果黄药师提出要出三道题目让二人一较高下。作为落选者的安慰奖，可以任选一项桃花岛的功夫，黄药师将亲自传授。

黄药师的武功绝学有劈空掌、落英神剑、弹指神功、兰花拂穴手、玉箫剑法等，其中任何一门武功，都是武林中人梦寐以求的。

后来欧阳克在比试中败北，黄药师便让欧阳克任选一门绝技，结果欧阳克选择了五行奇门之术。此时的欧阳克对黄药师的武功绝学并无兴趣，之所以说要学五行奇门之术，只是估计这门本事学起来要很花时间，这样他就可以赖在桃花岛，借口学艺与黄蓉多些亲近，然后施展风流解数，试图将黄蓉骗到手。

那么欧阳克为何对黄药师的武林绝学没有兴趣？是因为叔叔欧阳锋和黄药师并称“东邪西毒”，武功不弱于黄老邪，因而他看不上黄药师的武功？但是如果他学会黄药师的绝技，起码有助于欧阳锋在华山论剑中取胜。

如果我们用行为经济学领域的相关知识，可能就比较容易理解这个问题。

我们先来说说理查德·泰勒所做的一个实验：有两组高级工商管理硕士，他们都是经常喝啤酒的人，调查人员问了他们两个问题，这两个问题的不同之处仅在于括号中内容的差异：

一个炎热的夏日，你正躺在沙滩上，心想要是能喝上一瓶心仪的冰镇啤酒该有多好。这时，一个同伴起身要去打个电话，他说可以给你带一瓶啤酒回来。海滩附近只有一个卖啤酒的地方（一家高档的度假酒店 / 一家又小又破的杂货店）。同伴说那里的啤酒可能卖得很贵，问你愿意花多少钱购买。他还说，如果啤酒的售价与你愿意支付的钱一样多或是更低，就会帮你买一瓶；如果高于你能承受的价格，就不买了。你很信任你的伙伴，同时你也没有与（调酒师 / 杂货店老板）讨价还价的可能，你愿意出多少钱呢？

调查的结果是：如果啤酒是在度假酒店而非杂货店买的，调查对象就会愿意支付更多的钱。人们愿意为两者支付的现金中位数分别是 7.25 美元和 4.10 美元。

同样的啤酒在同样的地方饮用，人们却愿意因为购买地点不同而支付不同的钱。人们为什么会在意啤酒是在哪里买的呢？

首先我们先来了解一个由理查德·泰勒创造的被称为“交易

效用”（transaction utility）的概念。所谓交易效用，就是商品的参考价格和商品的实际价格之间差额的效用，而参考价格是消费者的期望价格。“交易效用”也会被称为“合算交易偏见”。这种“合算交易偏见”的存在使我们经常做出欠理性的购买决策。

我们之所以愿意为酒店的啤酒支付较高的价格，其中一个原因就是心理预期。在人们看来，高档酒店里物品的售价会比较高，因为成本显然更高。在度假胜地花 7 美元买一瓶啤酒，你不是很高兴，但却在你的意料之中；要是杂货店开出这么高的价格，你肯定会怒气冲天。这就是交易效用的本质。

交易效用和欧阳克有什么关系呢？

在这里，他向黄药师学习武功绝技的期待就相当于支付啤酒的价格，但正如我们以上看到的，支付这个啤酒的价格并非一成不变的，当在正常情况下，他愿意为学习这种绝技支付很高的价格，毕竟黄药师是武林的顶尖人物，他的武功绝学可以说是在江湖上用钱都买不到的宝贝，可遇而不可求，普通人习得一招半式就可以成名江湖。

而在桃花岛求亲的时候，欧阳克却是另外一种更高的心理预期，欧阳叔侄是奔着欧阳克做黄药师女婿，更是奔着武林至尊《九阴真经》来的，在这种预期下，黄药师的武功绝学反倒显得不那么重要了，所以欧阳克对这个天上掉馅饼的机会并不太在意。

交易效用无时无刻不在影响着我们的生活。我们再举一个泰勒讨论过的例子：

你打算购买一床羽绒被，商店里有三种款式可供选择：普通双人被、豪华双人被和超大号的豪华双人被，它们的售价分别是 200 美元、250 美元和 300 美元。对你而言，豪华双人被无论尺寸、款式还是厚度都是最合适和中意的。到了商场，你意外地发现这个星期羽绒被在做促销活动，所有款式售价一律为 150 美元，这可是一笔不小的折扣。面对这样的情况，你会选择买哪种被子呢？

豪华双人被本来是最适合你的，但是促销活动很可能让你改变了主意。你觉得豪华双人被的优惠力度似乎还不够，既然价格一样，何不买原价最贵的超大号豪华双人被呢？这样一来，就相当于得到了 150 美元的优惠，比豪华双人被 100 美元的优惠更合算。

当你兴冲冲地买来超大号豪华双人被，还没为这笔“合算交易”高兴几天，就发现超大号豪华双人被很难打理，被子的边缘总是耷拉在床角，更不能忍受的是，每天早上醒来，超大的被子还会拖到地上，为此你不得不经常换洗被套。没过几个月，你就开始后悔当初的选择了，这就是“合算交易偏见”造成的后果。

行为经济学家奚恺元也举过一个例子：假设你现在正在法兰克福机场候机，马上就要乘飞机飞回上海。你很希望可以在飞机上睡上一觉，但不幸的是，你有失眠的毛病，在飞机上从来都睡不着觉，而且对所有的安眠药都过敏，除非吃一种叫“好梦”的安眠药片。吃一粒这种药片，你就可以安安稳稳地睡上 5 个小时。你曾经在上海买过这种药片，你清楚地记得它在上海的价钱是每片 500 元（或者 5 元）人民币。你在法兰克福机场的一家商店中找到了这种“好梦”药片，每片标价相当于人民币 250 元。那么请问，你会不会买一片“好梦”药片在飞机上吃呢？

很显然，如果在上海的价格是 500 元，你会很乐意购买“好梦”安眠药品，而如果它在上海的价格是 5 元，你会强烈地感到这个交易的不公平。

事实上，作为一个理性的决策者，你应该考虑的是“好梦”药片的价钱与 5 小时睡眠对你的效用的比较和权衡。如果你觉得睡了这 5 小时可以让你之后的一天精力充沛，更有效率地工作，而这给你带来的效用要大于“好梦”药片的价格，那么，你应该毫不犹豫地买下药片，而不去考虑它在上海的价格。因为无论在上海这种药片是 500 元一片还是 5 元一片，当时身在法兰克福机场的你都无法到上海完成购买行为，此时，上海的价格是一种无关的参考价，我们不应该让它来影响我们的购买决策。

理查德 · 泰勒说，交易效用既可能是正的，也可能是负的，也就是说，交易既可能是划算的，也可能让人感觉上当受骗，所以交易效用不仅可以阻止人们购买划算的产品，也会引诱人们购买昂贵的产品。

关于这一点，我们只要经过“双十一”等购物节就会有深刻的体会，每到“双十一”，我们会买进很多日后根本连包装都不会打开的东西，而购买的原因仅仅是因为它便宜。划算的交易会引诱我们购买没有使用价值的商品，到最后这些“划算”反而变成了最不划算。当然，在购物节我们也会买到合算的常用产品，它的价格的确比平时便宜很多。

另外，在购物节有些卖家会操控价格，让消费者产生划算的错觉。每到“双十一”之前，总有些精明的商家悄悄地提高了价格，然后再在购物节活动当日打折，通过这种虚假的价格比较，让消费者产生划算的感觉。

消费者也会对交易效用所带来的兴奋感上瘾。著名的梅西百货曾试图让消费者不再对打折商品上瘾，最后都失败了。梅西百货的管理者希望减少优惠券的使用。他们将优惠券视为一种威胁，认为它会影响自身品牌的声望。梅西百货在 2007 年春天减少了 30% 的优惠券，但这一做法并没有得到消费者的认可，梅西百货的销售额骤降，公司只好赶紧承诺这一年节假日期间发放的优惠券和往年一样多。

欧阳克错过了一次绝好的机会，事实上，得到黄药师的绝技和他是否要把女儿嫁给自己无关，只要习得这些绝技都是合算的买卖，关于娶亲这件事情其实已经结束了，然而欧阳克没有意识到这点，在他的心里面，想的还是黄蓉和错过的婚姻。

当黄药师拿出一个卷轴对他说："这是桃花岛的总图，岛上所有五行生克、阴阳八卦的变化，全记在内，你拿去好好研习罢。"五行奇门之术其实也不错，可是欧阳克面对这样千载难逢的机会，却感到"好生失望"。

过高的预期让他最终失去了学得黄药师武功绝学的大好机会。

范遥卧底二十年到底值不值

➤→ 决策时我们常常忘了"机会成本"

《倚天屠龙记》中，范遥是明教的光明右使，杨逍是明教的光明左使，光明左右使在明教中地位尊贵，同时他们也身负振兴明教重任。

范遥这个人物在小说的很后面才出场。他出场时的身份和形象是汝阳王手下一个相貌丑陋的哑巴“苦头陀”，跟随赵敏进行破坏中原武林的阴谋，当他碰上张无忌时才透露本来身份。

范遥如此隐姓埋名、忍辱负重是有原因的，原来当年明教教主阳顶天失踪后，他怀疑是成昆勾结朝廷所做的手脚，眼见明教内部起了分裂，他便一心要深入蒙古人的巢穴查探真相。为了避免庐山真面目被成昆识破，他竟然自毁容貌并扮成哑巴，打入了汝阳王府。

范遥本以英俊出名，自毁容貌固然代价很大，不过大丈夫对脸蛋并不看重。但是从西域混至汝阳王府之中，一待近二十年，这个代价可大了。范遥忍辱负重投身元室，成为汝阳王亲信，这二十年到底值不值呢？

书中给出的答案是范遥卧薪尝胆的卧底生涯起了非常重要的作用，不但取得了汝阳王爱女赵敏的信任，更是在关键时候和张无忌联手救人。

可是在经济学世界中有一样东西叫作“机会成本”（opportunity cost），如果从机会成本的角度来考虑，范遥做的种种牺牲，是否值得呢？

经济学家认为，每一个选项的价值都不能独立于其他选项而单独评估，做选择的其中一项成本就是放弃其他机会，这被称为机会成本。

机会成本是经济学和会计学进行分析的一个重要区别，比如你手头有一笔钱，你有两种选择，要么存银行，要么买股票。当你最后决定用手头的钱去购买股票时，那么这笔钱原来存银行可得的利息收入就是买股票的机会成本，而会计学中是不会体现出这种成本的。

机会成本还分为显性成本和隐性成本，显性成本是指需要企业支出货币的投入资本，如购买机器和设备，以及支付给工人的工资，而隐性成本则指不需要企业支出货币的投入成本，如老板自己管理自己的企业，那么他在其他企业担任管理工作的工资收益就是隐性成本。

打个比方，有个大厨决定自己开家餐厅，而他原来打工时每年收入是 30 万元，他开店装修和购置设备花了 100 万元，假设银行利率是 5%，那么投入资金的机会成本（显性成本）就是 5 万元，投入时间的机会成本（隐形成本）就是 30 万元。而普通人却常常会忽略这 35 万元的机会成本。

有个故事，说一个叫斯蒂夫·罗斯坦的银行家在 1987 年的时候，花了 25 万美元购买了一张美国航空公司无限次的头等舱乘坐票。航空公司万万没想到的是，斯蒂夫最喜欢的事就是某个周末大早醒来，坐早机去底特律，租辆车去加拿大的安大略湖逛一圈，买点特产，然后坐下午的飞机回来和家人朋友吃晚饭。

20 年的时间里斯蒂夫飞了超过一万次，光英国就去了 500 次，算一下账，虽然这张票花了 25 万美元购买，但是他消费了航空公司大概 2100 万美元。终于，美国航空在 2008 年取消了斯蒂夫的永久使用权。这件事情也许不能怪航空公司事先没有料到。《显赫生活》是美国航空公司航班上提供的奢侈品季刊，该刊物的编辑就在评论中写道：我们的报道对象是一些世界上最有名的人，在每次采访中，这些富有魅力的名人都挑选了同一件终极奢侈品，那就是时间。钱不是问题，时间才是最宝贵的。

当航空公司出售这张无限次机票时，是出于这样一种假设，能够购买这张机票的人（比如银行家），投入时间的机会成本会很高。他们一般只会出于自己的实际需求而乘坐航班，而不是出于享乐无节制地飞行。漫无目的地飞行会让银行家损失更多。

美国经济学家丹尼尔·哈莫米斯教授说过这样一件事情：他所在的大学举办了一场广场聚会，当他路过此处时，学生提醒他，某个展台提供免费的冰激凌。教授有点心动，当来到展台前，他发现至少有 20 个人在排队，并且队伍移动的速度非常慢，教授马上意识到，这里的冰激凌表面上看起来是免费的，但是得到冰激凌的机会成本，也就是排队所花费的时间是漫长的，因此他决定放弃领取冰激凌。他认为机会成本太昂贵，因此不适合去排队。

经济学家曾一度对一种现象非常费解，那就是社会调查表明，有两个孩子的母亲工资收入普遍高于只有一个孩子的母亲。他们设想了很多种可能性，比如家庭背景、教育程度等，最后发现原因很简单，母亲们之所以愿意出来工作，是因为工作收入高于雇用保姆照顾孩子的支出。两个孩子的家庭相对来说雇用保姆的费用更高，因此只有获得更高的收入时，母亲们才会出去工作。

斯坦福大学胡佛研究所的客座研究员查尔斯·胡珀也讲过一个故事，他的哥哥道格拉斯·胡珀是旧金山湾区的一个摄影师，他承办过数百场婚礼的摄影工作。其中有一场婚礼是1999年夏天在斯坦福俱乐部举办的，婚礼仪式举办得十分圆满，墨西哥街头乐队的精彩表演让在座的宾客兴高采烈，大家都沉浸在愉快的庆典气氛中，参加这对新人庆典的宾客度过了一段美妙的时光。

道格拉斯正准备拍摄婚礼招待会的其他环节，如切蛋糕、新娘抛花束、新郎抛吊袜带等等，忽然那对新人朝他走过来，面露难色。他们解释说下午5点之前必须离开这里，时间马上就要到了。不久这场招待会就宣布结束，新郎新娘离席，大家也陆续离开了。

他们突然离去的原因很快揭晓了。按照规定，等待他们的豪华轿车司机对迟到乘客会收取罚款，罚款标准为迟到1分钟1美元。这对新人的确省了几十美元的罚款开支，但他们忽略了这背后高昂的机会成本：经过了一年的准备工作，宴请了数百名宾客，花费了数千美元的费用，这对幸福的新人却人为地把他们将铭记一生的美妙时光缩短了。

回到《倚天屠龙记》，在我们讨论范遥卧底是否值得时，我们不仅要看他的成本和收益，也要看他的机会成本。

他付出代价所获得的收益是显而易见的，在关键时刻发挥了作用，然而我们结合他的身份考虑他这20年的机会成本，就会发现这样的收益就并不特别值得夸耀。在他离开明教这20年中，明教陷入了四分五裂的状况，并且如果不是张无忌力挽狂澜，明教已经全军覆没不复存在了。

身为明教光明右使，如果他不去做卧底，他能做的还有振兴明教，让明教从一盘散沙的状态中重新凝聚起来。查明教主失踪真相固然很重要，但是范遥的确还有更重要的事情要做。如果明教不复存在了，那么又是毁容又是装哑巴这些付出根本没有了价值。

我们常常会规避损失，但同时又会忽视未得收益。假如我们是有很多套房子的房东，一旦发现有房客不按时交纳租金，我们就会生气和着急，然而如果房子一两个月空闲着没有租出去，却不会那么着急。

正是由于范遥在这 20 年里卧底的机会成本太大，尽管在我们的直觉上（相当于会计意义上），他取得了不小的收益，然而在经济学上，他的功劳就不那么耀眼。

华山论剑天下第一的代价

➤→ “赢者的诅咒”广泛地存在

第二次华山论剑中，洪七公、黄药师、郭靖都不是欧阳锋的对手，但此时的欧阳锋已经走火入魔，所以黄蓉便使了鬼点子，说欧阳锋的影子才是天下第一，欧阳锋见影子紧紧跟随，驱之不去，斗之不胜，吓得心胆欲裂地逃下山去。

黄药师与洪七公眼见这位一代武学大师竟落得如此下场，不禁相顾叹息。

为争天下第一的名号，为争至高的权力，赢者却往往落得悲惨的下场，这可不只是欧阳锋一人。岳不群花尽心思夺得了五岳派掌门的称号，他的下场却是先被任盈盈逼迫服下魔教毒药三尸脑神丹，后被恒山派尼姑仪琳杀死。东方不败登上日月神教权力巅峰，等待他的是杀身之祸，任我行虽然夺回了教主宝座，但很快也一命呜呼。

为什么赢者的下场往往都不好呢？

我们来看看行为经济学中的“赢者的诅咒”（the winner's curse），或许能从中得到启发。

经济学家威廉姆·萨缪尔森和马克斯·巴泽尔曼曾经做过一个实验，实验的对象是波士顿大学选修微观经济学课程的 MBA 学生。两位经济学家组织了若干场拍卖，拍卖的标的是一整罐硬币，价高者得到这罐硬币。每罐硬币真实价值为 8 美元，但是受试者并不知道这一点。

实验一共进行了 48 次拍卖，12 个班级里每班 4 次。在这些实验中，对真实价值的估计结果是偏低的，对这些罐子的估价均值是 5.13 美元，远低于真实价值 8 美元，这种偏差，表现出出价者对风险的规避。

然而有意思的是，赢者出价的均值却是 10.01 美元，平均每位赢者亏损 2.01 美元。

在那些激烈的珍贵文物或者艺术品拍卖中，各方争相举牌竞价，场面火爆，那么最后拍下的物品一定物有所值吗？答案常常是否定的，在激烈的竞拍竞赛中，最后赢家的出价往往远高于物品的实际价值，比如藏家用了数亿元人民币从各大拍卖行拍得的珍贵艺术品，价格可能远高于真实价值。

体育比赛中也常如此，足球联赛新赛季即将开始前，联赛各大球队的老板都想签下当今最炙手可热的选手，转会竞价就此展开大战。假设各个球队都想获得梅西，而梅西对于所有竞价球队来说价值是相等的（也就是说，所有球队都基于同样的评估标准参与竞价），各球队老板都向自己最信任的专家咨询选手的价格评估意见。

一般来说，专家的判断基本上是正确的（也就是说，平均估价等于球员的实际价值），但足球运动员的能力（如传球、控球、射门、在球门前保持冷静的稳定性等）并不容易评估，所以专家的评估意见与实际情况总会存在或多或少的差异。

在交易选手时，球队老板必须积极出价，然而愈拼命抢人，对选手评估过高的风险就愈大。胜出的球队老板出价就会明显高于其他竞价对手。球队老板争夺的球员往往素质很好，但是真正个人产生的价值却往往并非老板想象的那么大，这样一来，赢得选手的球队老板自然会吃亏。这时就会出现“赢者的诅咒”现象。

在行为经济学家理查德·泰勒的著作《赢者的诅咒》一书中写道：“赢者的诅咒”这个概念最早是卡彭、克拉普、坎贝尔三位工程师提出的，它的思想很简单，假设许多石油公司对特定的某块土地很感兴趣，想要购买它的开采权，假设对所有出价者来说，开采权的价值是相同的，也就是说这个拍卖属于“公共价值”拍卖。另外，假设每个竞标公司都从专家那里得到了关于开采权价值的估价，而且这些估价都是客观的，所以这些估价的平均值和这块地的公共价值相等。那么拍卖结果将会怎样呢？

由于某块特定油田的石油产量很难准确估计，专家的估价也就会有很大不同，有的估价太高，有的则太低。即使公司的实际出价比专家的估价要低一些，估价较高的公司肯定会比估价较低的公司出价高。事实上，赢得拍卖的公司很可能就是专家估价最高的公司。如果真是这样，竞拍的赢者就很可能会亏损。

卡彭等人通过一些数据来证明他们的观点，在 1969 年阿拉斯加北湾原油的出售过程中，赢者的出价是 9 亿美元，而次高的投标却只有 3.7 亿美元。在 26% 的案例中，中标价超出了次高价 4 倍甚至更多；在 77% 的案例中，中标价超出了次高价至少 2 倍。

经济学家理查德·罗尔还运用“赢者的诅咒”这个概念解释令人困惑的公司接管现象。为什么一些公司愿意支付高出市场价相当多的溢价来收购另一家公司。经验证据告诉我们，当目标公司被收购后，如果他们的股东赢得了大量利润，那么对收购方来说就会只有很少盈利甚至无利可图了。那么，为什么会发生收购行为呢？

罗尔提出了被他称为“傲慢假说”的理论作为一个可行的解释。根据这一观点，投标的公司，特别是那些资金充裕的公司，甄别出潜在的目标公司对其进行估价，当且仅当估价超过市场价值的时候，才对它进行投标。而收购者们认为自己能比市场更准确地估计公司价值的信念很可能是错误的。

在美国、英国等国家，移动通信技术执照竞标能为政府带来丰厚的利润，至于那些在竞标中胜出的企业，因无法将巨额投资立即转化为利益，则会在短期内背负庞大的债务。在通信市场执照的竞价中也出现了“赢家诅咒”的现象，这是因为需要经历若干年的时间，我们才能在市场经济中验证该执照真正的价值。

“天下第一”也好，“武林盟主”也好，热衷于争夺这些称号的人往往高估了这些称号的实际价值，于是他们不惜投入一切前去争夺，如同火热的竞拍现场一样，他们付出的代价远远高于真实的公允价值，而所谓的“天下第一”“武林盟主”或者“五岳掌门”还常常会带来众人的嫉妒，引来杀身之祸，真实价值大打折扣，这些充满野心的家伙却往往押上全部身家，诸如东方不败、岳不群等人甚至不惜挥刀自宫，最后到了和欧阳锋一样走火入魔的境地。

第三章

偏见自负：那些错误的决策是怎么来的

柯镇恶师徒为何认定黄药师是凶手

➤→ “确认偏误”使我们头脑中的偏见得到强化

江南七怪中的五位弟兄在桃花岛遇害后，柯镇恶便认定了黄药师是凶手。柯镇恶对郭靖说：“你别听黄药师父女的假撇清，我虽没有眼珠，但你四师父亲口说，他目睹这老贼害死你二师父，逼死你七……”头脑简单的郭靖不等师父说完，就向黄药师扑去，柯镇恶铁杖也已疾挥而出。

柯镇恶看不见也就罢了，偏偏还遇上郭靖这个没头脑。当郭靖踏上桃花岛，见到师父们惨死的现场，不由分说，就把凶手认定为黄药师。

美国政治家托马斯·杰斐逊说：“一旦某人形成一个理论，他的想象力就会让他从每一个对象中看到仅有利于这个理论的蛛丝马迹。”杰斐逊所说的这个观点被行为经济学家们称为“确认偏误”，柯镇恶师徒二人所犯的错误就是“确认偏误”。

“确认偏误”（confirmation biases）是指一旦人们形成先验信念，他们就会有意识去寻找支持或者有利于证实自身信念的各种证据，有时甚至会人为地扭曲新证据。人们在脑中选择性地回忆、搜集有利细节，忽略矛盾的资讯，并加以片面诠释。

《列子·说符》中的“疑邻盗斧”就是说了一个这样的故事：“人有亡斧者，意其邻之子。视其行步，窃斧也；颜色，窃斧也；言语，窃斧也；动作态度，无为而不窃斧也。”我们放到现代场景通俗地表述大致就是这样一个故事：有天你发现自己家修车用的千斤顶不见了，你十分怀疑（或者更确切地说，你“告诉自己”）是邻居王二偷去了。当然，你也不能平白无故诬陷邻居，于是去寻找证据。你开始绞尽脑汁回忆，你想起王二的车后轮好像刚刚换过，他以前不常锁门的车库也大门紧锁，他最近好像还故意避免和自己照面……没错，所有的证据都有力地证明王二就是那个贼。直到有一天，你在自己上锁的柜子里找到这架千斤顶……

“确认偏误”被称为所有思维错误之父，它就相当于人们大脑中的一个过滤器，过滤掉与我们现有观点自相矛盾的新信息（反驳证据），只留下自己愿意相信的信息。

换句话说，人们总是更愿意相信那些他们愿意相信的事情。如果人们在潜意识里是支持某种言论的，那他肯定希望这种观点能够成为事实，自然也就更愿意找更多的证据来证明这一观点，从而选择性地忽略那些有可能推翻自己观点的言论。

认知心理学家蒂莫西·布罗克和乔·巴鲁恩在20世纪60年代做了一个实验，他们给一群人听一段磁带，里面的内容是关于吸烟致癌的。受试者一半是烟民，另一半则不是。为了让实验更有趣，实验者给磁带加上了“噼里啪啦”的静电白噪音，但是允许受试者通过按钮调低噪音。

实验的结果是非烟民倾向于调低噪音，以便听清内容，而烟民则拒绝调低噪音，他们宁愿听不清磁带内容。

另一个实验是让支持死刑的实验者和反对死刑的实验者阅读同一份报告，当阅读完这份报告后，支持死刑的实验者和反对死刑的实验者均认为，报告中所支持的论点是和他们的观点是一致的。

还有一个实验在芝加哥大学研究生中进行。研究者根据某个容易引起对立观点的议题，比如是否应该禁枪，伪造了两篇学术报告，受试者只能随机地看到其中一篇。这两篇报告的研究方法乃至写法都完全一样，只有数据对调，这样其结果分别对某一种观点有利。

受试者们被要求评价其所看到的这篇报告是否在科学上足够严谨。结果，如果受试者看到的报告符合他原本就支持的观点，那么他就会对这个报告的研究方法评价很高；如果是他反对的观点，那么他就会给这份报告挑毛病。

为什么我们会有意识地忽略不想接受的信息，从而淡化认知失调呢？美国埃默里大学教授鲁德·威斯顿在一项实验发现，对于那些已经强烈支持共和党或民主党的学生来说，如果你给他们关于其支持的党派的负面新闻，功能性磁共振成像会显示这些人大脑中负责逻辑推理的区域关闭了，而负责感情的区域却激活了。换句话说他会变得感性大于理性，从而屏蔽这些信息。

即便是放在眼前相反的证据，仍然会因为“确认偏误”被看作对自己有利的证据。在伊拉克战争明显恶化的时候，时任美国总统的乔治·布什却解释说:“伊拉克不断升级的暴力，正代表敌人对美军的胜利感到恐慌。”

当我们的大脑处理和自己的认知相悖的信息时，厌恶、逃避和视而不见就是一种保护大脑正常运作的合理机制。这个时候，我们的前额叶皮层就成了信息过滤器，被用来阻挡令人不快的观点，选择性地接受自己相信的信息。

投资者也普遍存在这种“确认偏误”，比如在牛市中，他们坚信股市会一直涨下去，于是看到什么样的新闻都会认为是好消息。经济增长势头强劲，意味着公司和家庭财务状况改善，因此股价和风险资产价格会上升；经济增长放缓，意味着利率降低，因此股价和风险资产的价格也会上升；本国货币升值，意味着外国人喜欢本国的资产，因此股价和风险资产的价格会上升；本国货币贬值，意味着出口会改善，因此股价和风险资产的价格也会上升……所有的消息都能转化成利好。

当郭靖看到韩宝驹半身伏在棺上，脑门正中清清楚楚的有五个指孔。郭靖认为梅超风已死，天下会使这九阴白骨爪的，除了黄药师还能有谁？这时郭靖已经先入为主地认定黄药师是凶手，确认偏误起了作用，先验性的结论让他觉得这九阴白骨爪就只有黄药师会使，其实他只要仔细想想便不难想到，人家一代宗师怎么会用这么不入流的招数杀人？

根据确认偏误，在信息模糊和不足的情况下，我们头脑中原先保留的偏见会得到强化。于是郭靖继续犯这样的错误，他说，除了黄药师，谁能知道这机关？谁能把自己恩师骗入这鬼墓之中？不是他是谁？当郭靖见到南希仁写了一小半的字，刚刚写到一个小小的“十”字，他便固执地认为四师父要写的是个

"黄"字。

当一个人陷入了确认偏误，所有的证据都会指向他所认为的情况，对显而易见的不利证据却视而不见。郭靖看到凶案现场留下的一只鞋的鞋底刻着一个"招"字，鞋内刻着一个"比"字，他随手便把鞋抛在地下。"比武招亲"四个字其实已经告诉他一半的答案，可是他却全然不会联想。

我们如何避免确认性偏误的发生呢？

英国哲学家卡尔·波普尔曾提出测试假说的唯一途径——寻找与它不一致的所有信息，这一过程也被称作"证伪"。所以在证实我们观点的时候，可以采用逆向思维也就是证伪来验证自己的观点，如果没法证伪自己的观点，那就可以大胆采取行动了。

查尔斯·达尔文就经常寻找证伪证据，每次他遇到一个似乎与进化论相悖的证据时，他总会记下来试图弄明白这一事实的合理性。

下面的故事表明了"证伪"的重要性。

一位教授让他的学生看一组数字："2""4""6"，要他们找出其中的基本规则。教授将规则写在了一张纸的背面。他要求受试者说出下一个数字，教授要么回答"符合规则"，要么回答"不符合规则"。受试者可以想说多少个数字就说多少个，但规则只能猜一次。大多数学生说的是"8"，教授的回答是"符合规则"。为保险起见，他们还试了"10""12"和"14"，教授每次都回答"符合规则"。于是学生们得出一个简单的结论：规则就是在前一个数字的基础上加上2。教授摇摇头："写在纸背后的规则不是这样的。"

唯一一位头脑灵活的学生是用不同的方法破解这道题的。他试了“4”，教授说：“不符合规则。”“7呢？”“符合规则。”这位学生又用各种数字试了一阵儿，“–24”“9”“–43”……他显然有个想法，并试图证明它不对。直到再也找不到反例了，他才说道：“规则是：下一个数字必须大于前一个。”教授将那张纸翻过来，上面正是这样写的。

这位机智的学生与他的同学的区别在哪里呢？他的同学只想证明他们的理论是对的，而他试图证明他的理论是错的——有意识地寻找反驳证据。

最后当黄蓉不惜牺牲自己来向柯镇恶揭露真凶时，柯镇恶不由得又是悲愤，又是羞愧。他骂郭靖道：“我是瞎子，难道你也是瞎子。”

杨康为何执迷认贼作父

➤→ “现状偏差”的力量超出我们的想象

在《射雕英雄传》中，杨康是杨铁心和包惜弱的儿子，也是抗金名将杨再兴的后人。包惜弱嫁给金国六太子完颜洪烈后，完颜洪烈对杨康视如己出，疼爱有加。

丘处机曾经这样骂杨康道：“无知小儿，你认贼作父，糊涂了十八年。”

忘记生父，贪图荣华富贵，违背了江湖道义和基本伦常；选择做金国小王爷，则是忘记了金国是大宋的死对头，丢了民族大义，所以杨康会被丘处机骂作“认贼作父”。

但是杨康这么选择也有他自己的道理。

杨康虽然是杨铁心的亲生儿子，但是杨康对这个亲生父亲却没有丝毫感情可言，在他成长的道路上，并没有杨铁心这个人，一直到了十八岁，他才知道世界上还有这么一个人。也就是说，杨康和杨铁心之间，除了血缘关系之外，没有任何其他关系可言。

然而杨康和完颜洪烈的关系则完全不同，完颜洪烈并没有因为杨康不是亲生的而歧视他，相反，抛开完颜洪烈的为人，在这一点上，他是超越普通人的，他对杨康完全是和亲生子一样对待，履行了一个父亲的职责和疼爱。这一点从小说中的一个细节可以看出。

当时在铁枪庙，杨康畏惧黄蓉说出自己杀害欧阳克的真相，用九阴白骨爪偷袭黄蓉，结果中了软猬甲尖刺上留下的欧阳锋的蛇毒。眼见杨康即将中毒而亡，完颜洪烈走到欧阳锋面前，居然双膝跪地乞求道:“欧阳先生，你救小儿一命，小王永感大德。”

以王爷这样的尊贵身份，肯忍受如此屈辱向一个江湖人士下跪，可见完颜洪烈对杨康的父子之情没有半点虚假。

杨康不愿意做出改变，继续“认贼作父”，从行为经济学上也可以找出动机。

前面所说的“禀赋效应”使得人们对自己拥有的东西不但非常珍惜，还会给予过高的估值，让他们放弃自己所拥有的物品也需要付出很大的代价。这一结论其实可以进一步延伸，人们拥有的不仅可以是具体的物品，也可以是某种已有的生活状态。换句话说，在某种程度上人们宁愿安于现状而不愿作出改变。行为经济学上把这种状态称为“现状偏差”（status quo bias）。

假设你是一家工厂的负责人，你的工厂现在的盈利状况还不错，但你们的生产工艺比较陈旧。现在有一种新的工艺，你正在考虑要不要改进。现在的工艺能让你每月赚100万元，如果换成新工艺，你估计会有50%的机会每月多赚300万元，但也有50%的可能性失败，让你每月亏损100万元。你会如何选择呢？

从期望值来说，改变工艺带来的是正的盈利值。但是大部分人的倾向是保持现状，不改进工艺，即使在换新工艺后有可能赚更多钱的情况下，大多数人仍然不愿意放弃旧的工艺，这就是典型的“安于现状”的行为。

在日常生活中，这种“现状偏差”也随处可见，用我们今天更流行的词语来表述就是“舒适圈”。人们不愿离开自己的舒适圈，即便有些人工作很不顺心，在自己的岗位上长期得不到重视，还和自己的老板处得很不好，可就是不愿意跳槽，有时并非不能找到更好的工作，而只是在这个岗位工作了十几年，不愿意挪动地方罢了。还有些人夫妻关系很糟，彼此长期冷暴力，但又不愿意离婚，就是因为习惯了这种夫妻生活，想想这么多年都忍了，孩子也这么大了，何必去折腾离婚呢？

波士顿大学的经济学教授保罗·萨缪尔森和哈佛大学的政治经济学教授理查德·泽克豪泽的一个经典研究揭示了人们的这种心理。

设想你是一位很认真的投资者，你叔叔去世后留给了你一笔现金，现在有四种投资方案供你选择，而你只能择其一：

（1）A 公司的股票，预测有 50% 的概率它会在未来一年内上涨 30%；20% 的概率一年后股票价格基本持平；还有 30% 的概率在这一年中下跌 20%。

（2）B 公司的股票，风险性更大一些，它有 40% 的概率在一年内股价翻倍；30% 的可能股价持平；还有 30% 的概率股价会下跌 40%。

（3）国库券，固定的 9% 的利率。

（4）地方政府发行的债券，利率为 6%，并且免税。

你会在这四种投资方案之间怎样进行选择呢？

每个人有自己不同的风险偏好和对风险的承受能力，因此肯定也会有不同的选择，所以不管选择哪个公司的股票或者是哪种债券，都可以说是理性的行为。随机选择出来的人中，有 32% 的人选择 A 公司股票，18% 的人选择 B 公司股票，18% 的人选择国库券，还有 32% 的人选择地方政府债券。这个结果本身没有什么意思，需要我们关注的是在下面一种情况下人们选择的变化。

两位教授又把问题给了另外一群也是随机找来的人回答。但这次的问题和上次有一个微小的差异：如果叔叔的遗产中有一部分是地方政府债券，剩下的都是现金，总金额是一样的，可供选择的四种金融方案也是一样的。

正常的情况应该是这样的：遗产中本身有一部分地方政府债券并不会影响你的风险偏好和对风险的承受能力。如果你不认为地方政府债券是最好的投资，你完全可以把地方政府债券卖了转而进行其他投资，假如你认为四种投资里面国库券最好，你应该还是坚持买国库券。

因此，在调查人数足够多的情况下，第二次调查的结果应该和第一次是一样的。可结果在第二次选择中，有47%的人选择投资地方政府债券，明显高于前面一种情况下的32%。

这个结果确实让人们感到惊讶，为了进一步证实这种效应，题目又被教授修改为“叔叔的遗产中有一部分A公司股票”，或“B公司股票”或“国库券”，给不同的人群来回答。每次试验的结果都显示，在已经拥有的投资产品上继续追加投资的人，比一开始没有这种投资产品但决定投资该种金融产品的人比例更高。

人们为何会如此选择呢？让我们看看那15%原来并不打算投资地方政府债券的投资者：他们一定认为其余的金融工具收益更高或风险更小，所以才没有去选择地方政府债券。现在叔叔的遗产中有一部分地方政府债券，既然觉得这不是最好的投资，那为什么不卖掉去投资更好的金融产品呢？这其实是一个典型的“现状偏差”行为：把已经拥有的东西看得更重，舍不得换掉。

还有一个例子：在地理位置相邻的宾夕法尼亚州和新泽西州，汽车保险公司的汽车损失保险条款却恰好相反。宾夕法尼亚州规定，保险费不高，并且只要投保人未提出变更合同的要求，被保人也没有因个人疏忽而引发交通事故，保险费就会维持若干年不变。

新泽西州则规定，保险费极高，但只要投保人未提出变更合同的要求，并且被保人也没有因个人疏忽而引发交通事故，投保人就可以享受一定的无事故折扣，保险费会愈来愈低。

宾夕法尼亚州和新泽西州的大多数投保人并没有对此提出异议，都选择了接受该州保险公司出示的保险条款。只要不出现特殊情况，维持现状就好了。也就是说，人们往往倾向于保留自己已有的东西，而不愿有所改变。

理查德·泰勒在其著作《助推》中提出了如何改变“现状偏差”的一些方法。

自 1932—1933 年的美国经济大萧条时代后，美国人的储蓄率在 2005 年第一次低于零。也就是说，美国家庭的平均综合经济状况的支出大于收入。对许多美国人来说，储蓄率（特别是养老储蓄率）低得可怜，甚至低于零，人们对参加养老保险漠不关心。

那该如何改变这种不为将来考虑的“现状偏差”呢？

理查德·泰勒说：我们经常面临的一个问题是如何改变默认选项。比如，面对目前的养老计划，默认选项是不参加，因为你必须采取行动才能加入这项计划。当员工具备了参加保险的资格之后，他们通常会收到一张需要填写的表格，那些希望加入保险计划的员工，必须确定自己愿意为此付出多少钱，以及如何按照计划中提供的方案进行投资分配，不幸的是，对许多人来说，填表是一件痛苦的事情，许多人会因此将表格扔到一边去。

泰勒给出的办法是采取自动登记。让我们来看一下具体的过程：在一名员工刚刚取得参加保险的资格时，他便会收到一张表格，这张表格声明他将会被纳入养老保险计划，如果员工要退出养老计划，那么他必须主动填写表格提出申请。这么做的结果使得参加保险的人大大增加。

我们把目光再次回到杨康身上，他在王府中长大，显然不知道自己的身世，并且也早已习惯了王府的锦衣玉食、受人尊崇的小王子生活。他也不像郭靖，从孩提时代开始，郭靖的母亲李萍就不断向他灌输金人是如何凶残，如何被害得家破人亡等，这一切使得郭靖从幼年起，就对金人充满了仇恨。

要杨康突然之间得做出抉择，他自然是本能地回避。当杨康得知自己的身世后，他的反应是惊疑万分，又感到说不出的愤怒，惊疑是因为突然之间要接受一个身世的秘密，有一个亲生父亲的出现，而愤怒则恐怕是可能要告别自己在王府优渥的生活。

一灯大师一生最悔恨的是哪件事

➤→ “忽略偏见”和“后悔厌恶”会让决策失误

“不想后悔”的信念对于人的决策影响甚大，因此有“后悔厌恶”（regret aversion）的现象。

在荷兰，彩票玩家可以购买两种类型的彩票，一种是标准类型的彩票，人们买彩票时选出一组数字，如果该数字被抽中就会中奖，这种形式很普通。

另一种则是邮政编码彩票，这种彩票我们就相对陌生。对于这种彩票，彩票上的数字是他们居住地的邮政编码，如果他们的邮政编码被选中，彩票就会中奖。

荷兰人为何设计出这种彩票，其中大有奥妙。如果彩民没有购买这期的邮政编码彩票，但是其编码被选中，这就意味着他们的邻居会赢得大奖，而自己只能在一边眼热地看着邻居们买新车办聚会。其结果就是该彩民会因为没有购买邮政编码彩票而感到强烈后悔。而标准型彩票的大奖，却往往是你大脑中并不存在的一串数字，即使你没有中奖也不会为此感到后悔。

针对这两种彩票，荷兰心理学家马塞尔和里克·皮埃特斯对荷兰的彩票玩家（包括潜在的彩民）进行了调查，相比标准彩票，有更大比例的玩家将懊悔感觉与邮政编码彩票联系在一起。此外，这种被预期到的懊悔感觉也会影响人们购买彩票的意向。因为得知自己错失了中奖机会而预期的后悔程度越高，他们就越有可能购买邮政编码彩票。相反，懊悔感则与标准彩票没什么关系。

通常来说有两种原因会引起人们极度后悔的感觉。

一种因为做错了某件事，比如洪七公就因为贪吃误事后悔不已。有一次为了贪吃，洪七公误了一件大事，一发狠甚至一刀把自己手指头给砍了。

还有一种是没有做某件事，比如一灯大师因为没有救瑛姑的孩子而后悔。

王重阳带着老顽童到大理拜访段智兴（出家后为一灯大师）切磋武功，没想到老顽童在宫中和刘贵妃（瑛姑）互生情愫，结果还生下了一个男孩，这让段皇爷非常生气。有一天刘贵妃抱着孩子，求段智兴医治，孩子肋骨已折断，显然是武功高强的仇家所伤。当段智兴准备救治时却看到孩子胸口的肚兜，这肚兜正是用当年周伯通送给她的那块锦帕做的，这让段皇爷醋意大发，最后拒绝救治刘贵妃的儿子，刘贵妃也在绝望中亲手杀了自己的儿子。

在现实世界中，我们也会遇到这两种形式的后悔，一种是做了不该做的事，即我们做错了某件事；另一种是我们当初应该做而没做的事。

那么究竟是哪一类事情更让我们后悔？

这并不是武侠世界才有的故事，在我们的生活和投资中也都会遇到。

假设你手头上有一些“少林医药”股票，去年你本来想卖掉这些股票，改买“武当旅游”股票，但没有付诸行动，结果“武当旅游”大涨，而“少林医药”原地不动。如果当初你改买“武当旅游”股票，现在可以净赚 10 万元。

我们再接着假设第二种情形：你手头上有一些“少林医药”股票，去年你果断地卖掉这些股票，买进了“武当旅游”股票，结果人算不如天算，“武当旅游”股票没有动静，而“少林医药”股票上涨了 10 万元。

那么这两种情况哪种更让人后悔？

一般来说，第二种情形会让人更感到后悔。那么同样都是错过了净赚 10 万元的机会，为什么第二种情形比第一种情形更让人沮丧呢？

道理很简单，前者你只是后悔自己“没有做”应该做的事，而后者则是后悔自己“做了”不该做的事，虽然结果都一样，但主动做错某件事比不做某件事更让人感到懊悔。

行为经济学把这种现象称为“忽略偏见”（omission bias），即人们更容易接受由于自己的忽略或不作为导致的损失，而不愿意接受自己的行为导致的同等损失。

那么这些是不是说明做错事比不作为更痛苦呢？

行为经济学接着告诉我们，究竟是自己做错了某件事更令人痛苦，还是没做当初该做的事更令人后悔，得视经过的时间考验而定。

人在短期内对于自己的失败会有强烈的懊悔，可是长期来说，却经常懊悔自己没有做某件事。

在短时间内（几天或几星期），人总会深深后悔自己做了的选择，做了不该做的事。可是经过长时间之后（几年甚至十几年），人们反而会比较后悔自己“错失良机”，后悔当初怎么没有做自己该做或想做的事。

如果有人问你，最近几个月内最令你感到后悔的是什么事情，你可能回答自己已经做了但结果却不如预期的某件事。

但如果有人问你，人生中最让你感到后悔的是什么事，你应该会遗憾自己当初没有做的某件事。

比如短期内我们会后悔选择了一个自己不喜欢的兴趣班，但长远来看我们会更后悔没有为自己当初的爱好去努力；短期内我们会后悔刚买的房子物业不好，环境太吵，长期看来我们会更后悔十年前没有买房；短期内会因为表白失败而感到后悔，可是长期看来，我们会比较懊悔当初没有尽力去追求自己喜欢的人。

一灯大师当时对自己的行为可能并没有感到怎么后悔，可是他在十多年后的每一天，脑海中都会出现痛苦的母亲抱着垂死的孩子那一幕，都在为自己该做而没有做的事情而后悔，他日日夜夜饱受着良心的自责。

而洪七公因为贪嘴误了大事（说不定还连累了弟兄的性命），当下一定万分后悔（甚至不惜砍了自己的手指），可随着时间的推移，这种悔恨会逐渐减弱。

还有一个故事。20世纪80年代，国内的一位文学杂志编辑去陕西组稿，他听说作家路遥手里有一部长篇小说，就登门求稿，当他读完小说第一部的30万字后表示“看不下去”，认为“太写实，不符合潮流”而拒绝采用。之后，这部小说获得了茅盾文学奖，出版30多年长盛不衰。小说明明到了自己手上，却没有发现它的价值，编辑一定感到后悔。如果当时他没有去登门求稿见过这部作品，那么这种懊悔一定会小很多。

可是很多年后，编辑被问及选择了退稿是否后悔，编辑却放下了，因为这只是择稿标准的问题。他回答说：“我承认，当年是我错了，但是我不后悔。”如果当时他听说了这部小说，却没有去求稿，恐怕他这一生都会懊悔和这部经典失之交臂。

我们会对自己已经做的事情敞开心扉，慢慢释怀，但是随着时间的推移，没做成的事造成的悔意却会像滚雪球一样越滚越大。

当你有一天遇到自己喜爱的人时，无论你觉得配不配得上对方，至少表白一下，争取一下，以免你的余生沉浸在后悔中——我当初应该告诉她我爱她。

明知是输江南七怪为何还要“靖康比武”

➤→ “自尊效应”会影响和歪曲后面的决策

《射雕英雄传》中，丘处机和江南七怪为了一争高下彼此约定：杨铁心的妻子和郭啸天的妻子都已经怀了身孕，待她们安顿好产下孩子，丘处机教姓杨的孩子，七怪教姓郭的孩子。十八年后再在嘉兴府醉仙楼大邀江湖上的英雄好汉，让两个孩子比试武艺，看看是丘处机的徒弟高明，还是七怪的徒弟了得？

柯镇恶当时豪气充塞胸臆，铁杖重重在地下一顿，叫道："好，咱们赌了。"

这场比试投入了江南七怪十八年中大部分的精力。他们在大漠花了六年，千辛万苦找到郭靖后，却发现这个孩子习武资质极差。师父们对郭靖显然没什么信心，全金发曾说："比武之事，咱们认输算了。"韩宝驹也说："郭靖没一点儿刚烈之性，我也瞧不成。"

郭靖看起来并不是习武的料，他日后能成为一代大侠并非他有多高天分，而是不断有名师指点加上坚韧的毅力，否则作为江南七怪的徒弟，他终身只是个三流角色。然而以柯镇恶为首的江南七怪决策团队，却不愿意放弃这场比试。

郭靖很让这些师父失望。教得十招，郭靖往往学不到一招，师父们总是摇头叹息，均知他要胜过丘处机所授的徒弟机会渺茫，只不过有约在先，不能半途而废罢了。

显然，比试的结局柯镇恶等人心知肚明。但明知是输，为何还要继续比试？

这里一方面固然是侠之本色，一诺千金，另一方面也可以从行为经济学去考量。

比武对七怪来说，是种江湖责任。所谓"责任"，是指现在为将来做出一些决定，而且要求自己必须严格执行这些决定。我们在严格执行一个项目时，会先计划好将投入多少钱，多少时间和劳动等。投入资源的多少对运营有很大的影响。投入越多，越希望项目能够圆满达到目标，这就是人们的心理。

但是之所以会有“圆满达到目标”的想法，有时是为了提高经济收益，有时仅仅是因为“已经投入了那么多资源，绝对不能放弃”，所以才希望坚持下去，这种情况下，人们已经将项目本身是亏还是盈置之度外了。

从决策来说，以柯镇恶为首的江南七怪团队之所以坚持自己失败的决策，主要有这几个原因：

首先是“选择的自由”产生的。

因为和丘处机的这场比赛是江南七怪众人心甘情愿决定的，当决策是自发进行的才会产生责任，也就是说，如果是被别人强迫或受人指使做出的行为，自己的责任就比较小。如果不是自发地进行决策的话，就会感觉自己没有承担的必要。

当年柯镇恶豪气充塞胸臆，铁杖重重在地下一顿，叫道：“好，咱们赌了。”因此，江南七怪也会赋予这场比赛的责任更高的权重，尤其是决策拍板人柯镇恶。

另一个原因是无法收回的“沉没成本”（可以参见前面扫地僧劝服萧远山和慕容博的故事）。

沉没成本是指在决策过程中以及决策本身花费掉的成本。通常人们会想，“我已经为这个项目花了这么多精力，不能就这么简单放弃了”。但是事实上，成本已经付出了，无论这个项目后来是成功还是失败，都与这部分成本没有关系。明白了这一点，我们就能够知道，如果这个项目的成功率很低，理性的选择就是果断撤退。

江南七怪为了这场比武付出了巨大的成本，首先千辛万苦地寻找郭靖，然后又花费大量的时间教习郭靖武功，最大的成本是他们还失去了自己的好兄弟张阿生，七怪事实上已成六怪。既然投入这么大的成本，无论输赢，他们都要把这场比武继续下去。

再一个就是“说明责任”。

决策上的责任和“说明责任”成正比。所谓“说明责任”，就是解释决策失败或者成功的责任。

你的决策可能会出现什么样的结果，你有必要对此做出一定程度的预测。如果预测对了，而且实际结果比预测的更好，人们倾向于归功自己的能力高。

如果实际的结果是失败的，那么决策者就负有说明责任。在现实中，人们倾向于把责任推卸给他人，即便江南七怪都是敢作敢当的江湖侠客，他们也会同样有这种倾向，比如“之所以会失败，不是我们兄弟能力合起来不如牛鼻子老道，而是郭靖这小子实在太笨了……”朱聪就说过这样的话:“这孩子资质太差，不是学武的坯子。”他们也不想想，他们七人本来就不是丘处机的对手。

因为有了大量的客观理由，而不是自己能力出了问题，所以即便失败了心里也会好受点。

还有一个原因就是“自尊效应”。

人们就自己之前做的决定所产生的自尊心理，会影响和歪曲后面的决策，我们把这称为“自尊效应”。从性格角度分析，江南七怪的首侠柯镇恶是个自尊心极强的人，他把七怪的荣誉看得比性命还重要。即便是输，碍于面子，他也会死撑到最后一刻。

这种自尊效应在投资者中也经常可见，当出现亏损时，投资者由于不愿意承认自己的失败，在该止损时便会犹豫不决。2008年，雷曼兄弟破产，全球金融海啸发生时，很多投资者由于没有及时止损而损失惨重。当自己的预测和市场大相径庭时，止损就是承认自己输了。所以很多投资者才不愿意及时止损，止损会使自己的自尊心受损。

在小说的最后，郭靖成为一代大侠，而丘处机的徒儿杨康，则是个认贼作父的小人，江南七怪获得全胜。可是人生或投资毕竟不是武侠小说，没有这样的奇遇让你峰回路转，发现错误及时止损才是最佳策略。

慕容复为什么一心想复兴大燕

➤⟶ 我们被“内部观点”所迷惑产生自我欺骗

王语嫣曾经对段誉说，在表哥的心中，兴复大燕是天下第一等大事。西夏公主是美是丑，是泼辣悍妇，他都不放在心上，最要紧的是能助他光复大燕。

慕容复当然喜欢自己这个表妹，王语嫣不但貌美惊人，还精通各家武学，但比起自己的大事，就算不了什么。

慕容复心头的头等大事始终是大燕的复国大业。

事实上，任何一个局外人都能看出，大燕复国根本就是痴人说梦罢了。

慕容复的祖上慕容氏是鲜卑族人。鲜卑慕容氏入侵中原，曾建立前燕、后燕、南燕、西燕等国。后来慕容氏为北魏所灭，子孙散居各地，但世世代代始终存着复国的念头。后经隋唐各朝，慕容氏日渐衰微，“重建大燕”的雄图壮志虽仍承袭不替，但这种所谓雄图壮志实际上只是个白日梦罢了。

尽管“重建大燕”是一件显而易见“不可能完成的任务”，但慕容复固执地认为自己有能力实现。这一切究竟是怎么发生的呢？

我们常常被一种称为“内部观点”（inside view）的观念所迷惑。与外部观点相比，我们看待问题更喜欢内部观点。

所谓“内部观点”，是指通过关注特定任务和使用近在眼前的信息来考虑问题，并根据这样一组有限而独特的信息做出预测。这些信息可能包括轶事证据和谬误的看法。

与“内部观点”相对应的“外部观点”（outside view）则提出这样一个问题：是否存在一些可能为决策提供统计学基础的类似情况。外部观点不会把一个问题看成是独特的，相反，它要弄清楚的是，如果其他人所面临的问题具有可比性，那么会有什么样的情况发生，也就是说，你要把你收集到的所有珍贵信息搁置一边，用局外人的思维去重新看这个问题。

一直以来，慕容氏家族内部，以及慕容复的核心小团队，即包不同、邓百川、风波恶、公冶乾等人都在用“内部观点”看待“重建大燕”这件事情，因此得到了乐观却错误的结论。

诺贝尔经济学奖获得者丹尼尔·卡尼曼曾经说过这样一个故事，他的团队为以色列教育部在高中开设有关判断和决策的课程，并设计课程和编写教材。他问他的团队成员——其中包括希伯来大学教育学院院长希莫·福克斯，多久可以完成这项任务？大家对完稿时间的预估集中在两年左右，最低估值为一年半，最高估值为两年半。

卡尼曼又问希莫这个课程编制专家，那些类似的团队编制课程的计划，这类团队失败的概率为多大？希莫说："40%（在这之前卡尼曼的团队从没有考虑过失败）。"卡尼曼接着问："那些完成了任务的团队用了多长时间？"希莫回答道："没有一个团队是少于 7 年的，最多用了 10 年时间。"

当希莫使用内部观点的时候，被团队乐观气氛感染，得出两年成功的观点，但当他使用外部观点的时候，却能准确地得出 7 到 10 年，60% 成功率的答案。

有时内部观点带来的结果是灾难性的。

1986 年 1 月 27 日，就在美国挑战者号航天飞机发射的前夜，航天飞机生产商之一的莫顿·蒂奥科尔公司召开了一次会议，会议会集了不可调和的两派，工程师代表其中一派，他们认为火箭助推器上的"O 形密封圈"有潜在的危险。项目经理们属于另一派，他们为这项浩大工程声名岌岌可危感到担心，因此发射不能再拖延了。

需要拍板的莫顿公司工程部副总裁鲍勃·伦德夹在两派之间，坐在鲍勃身边的总经理杰里·梅森问道："鲍勃，你怎么看这个问题？"

鲍勃有些犹豫。梅森接着说："摘下你工程师的帽子，戴上你作为管理者的帽子。"

这句话让鲍勃的态度发生了微妙的变化，他采用了管理者的内部观点:“O形密封圈”大多数时候运行是正常的，再说哪里都存在风险，这么多赞助商还在看着自己……

鲍勃推荐发射，美国航空航天局几乎没有任何质疑地接受了推荐。第二天，航天飞机发射，“O形密封圈”果然发生故障，73秒以后发生爆炸，7名宇航员全部丧生。

为什么团队中没有一个人提出反对意见，难道是这些人的见识都太短浅吗？

在通过“内部观点”做决策时，我们容易受到一种称为“信息瀑布”（information cascades）效应的影响，“信息瀑布”有时候我们也称为“信息级联”。

当我们讨论一个问题的时候，我们常常无法坚持自己的观点，所有参与者都会对自己的观点进行“理性调整”。

打个比方，如果慕容复首先发言，说复兴大燕指日可待，那么第二个准备发言的包不同就会将这一点考虑进去。而如果是包不同有机会先发言的话，他就可能会对复兴大燕表示心存疑虑。但是当第一个发言的人是慕容复时，在听了他的发言之后，包不同对这件事就更有信心了，更有可能毫无保留地支持这个计划。然后轮到第三个邓百川发言了，他发现前面的人都表示了赞同，于是他也更有可能表达赞同。依此类推，每个人都会以一种完全理性的方式调整自己的判断，以便将前面发言人表达的观点考虑进去。

这样就构成了“信息瀑布”，观点如同瀑布一样从上至下产生影响。

这同时又会产生两个效应。第一个效应是，群体最终往往会得出一个比其一般成员最初倾向于提出的结论更加极端的结论。例如在刚刚讨论的时候慕容复说，十年之内有望复兴大燕，而讨论到最后，这个团队甚至会得出“只要五年就能复兴大燕”这样更为乐观的观点。

第二个效应是，群体中个体对群体结论的信心，将比没有进行讨论的情况下更强。这种双重放大，即结果本身的强化和群体对结果的信心的增强，也就是通常所说的群体极化（group polarization）。因此，每次讨论并不会让慕容复这个团队对兴复大燕产生疑惑，反而会增强他们每个人的信心。

慕容复对兴复大燕的判断是使用了内部观点，他手下的小团队也同样使用了内部观点，信心不断地在他们之间反馈和放大，于是他们几个人就会对这项根本没有成功机会的事情充满了希望。他们陷于一种乐观假象中，认为对于这项别人无法完成的事业，自己更有能力完成。

我们总是容易受小团队的气氛感染，互相传递乐观的看法，高估自己的能力。这个时候就尤其需要“外部观点”，也就是考虑当别人遇到这样的情况，会有怎样的结果。我们要把自己感受到的团体情绪和收集到的私人信息搁置一边，用局外人的思维重新看待眼前的问题。

当希莫使用内部观点的时候，被团队乐观气氛感染，得出很快能完成教材编写的结论；当伦德使用内部观点时，得出航天飞机发射“不至于那么糟糕”的结论；而慕容复的小团队，也同样用内部观点得出有希望兴复大燕的结论。

因此，慕容复无法清楚认识现实，一心想着复国的春秋大梦，直至最后精神错乱。

左冷禅为什么会觉得五岳派掌门是囊中之物

➤→ 人们都希望根据自己的能力来支配环境

左冷禅对五岳剑派并派这件事胸有成竹。

他认为五岳剑派之中，东岳泰山、南岳衡山、西岳华山、北岳恒山和中岳嵩山，五派一致同意并派。那么自今而后，这五岳剑派的五个名字，便不再在武林出现了。他手一挥，接着就鞭炮齐鸣，庆祝“五岳派”正式开山立派。

看起来一切都在他的掌控之中。

掌控欲是人的基本欲望，不要说左冷禅这样野心勃勃的人，其实我们每个人身上都有。掌控需求来源于人类内心深处的心理上和生物学上的欲望，这也是剥夺了掌控能力是如此折磨人的原因之一。

当我们还是小学生的时候，班会讨论一些问题，总有那么几个同学处于讨论的核心位置，是发言的主力。那些没能进入话题中心，安静地坐在角落里的小孩子，有一种没能进入讨论核心的挫败感。

掌控一切不是自我感觉良好和操纵欲望强烈的人的专利，我们所有人的潜意识里都有这种心理因素。

曾经有个实验，将志愿者分为A、B两组，要求志愿者集中注意力完成某项工作。A 组的志愿者们不仅要在噪声中工作，而且对噪声无能为力。B 组的志愿者也被要求在同样的环境中工作，但是他们可以通过一个开关将噪声关闭，不过实验组织者要求他们尽量不要关闭噪声。

结果，B 组在没有关闭噪声的情况下，工作的完成情况比 A 组好。

从这个实验我们可以得知，噪声不是唯一影响注意力的因素，对妨碍因素的控制，也就是能否根据自己的意志控制环境，也能影响我们的注意力。

如果对于某件事情，我们有掌控能力，我们的心里就会产生一种自在的感觉，而且这种感觉还会释放我们的一些潜能。

左冷禅为了成为五岳剑派的新掌门人（他之前已经是五岳剑派的盟主），在并派这件事上可谓煞费苦心。他对这件事的掌控力，是通过自身的能力，对全盘的布局和对时局的预测来实现的。

左冷禅早早开始精心布局。衡山派中，二号人物刘正风全族被左冷禅派人诛杀，掌门人莫大不问江湖事，又有杀死嵩山派弟子费彬嫌疑的把柄被左冷禅抓着；泰山派左冷禅早有安排，促使派系斗争，最后掌门天门道人在嵩山惨死；恒山派中武功最高的定静、定闲师太因反对并派双双被左冷禅除去；而针对实力最强的华山派，左冷禅更是早早派出他的得力弟子劳德诺做卧底，把岳不群的老底摸清楚，甚至还盗取了“紫霞神功”。

左冷禅在筹谋合并五岳剑派之时，于另四派中高手的武功根底，早已了然于胸，同时左冷禅对自己的武功和能力也相当自信，他相信能通过这些以及五岳盟主的影响力来掌控大局。

人们通常希望根据自己的能力来支配周围的环境，自己对周围人的影响越深，对环境的支配能力越大，心中的满足感也越大。

人们常常和左冷禅一样，希望通过掌控拥有一种影响力。然而掌控常常是一种幻觉。在证券市场，从普通股民到专业的基金经理，通常都会对自己的能力有错误的估计，有时会沉浸在自己拥有一种巨大影响力的幻想中；在商业领域中，企业主通常也会觉得自己有足够的能力掌控企业的发展。

其实投资者只要静下心来仔细想想，就能知道通过自己的决策来支配证券市场几乎是不可能的，各种不可预测的黑天鹅事件在市场中时有发生，一只蝴蝶拍打翅膀在未来可能变成一场飓风。同样在一家企业中，各种互相牵制的因素也有很多，想要凭借一个人的影响力支配整个组织，也是很困难的，企业严重受到外界因素的影响，宏观经济更是没法把控，因此这些掌控力其实都是很弱很虚幻的。

小说《白鹿原》中，白嘉轩是白鹿原的族长，他讲仁义又爱面子。作为族长，他有强烈的掌控感，他把乡约刻在石碑上，希望用严格的族规约束乡民；重修祠堂，希望所有的族人都敬祖先；请来有学问的先生，让白鹿原的娃识文断字，懂得礼义廉耻……

白嘉轩希望白鹿原的族人在自己这个族长的带领下，朝着他所希望的方向发展。不管外面的世界怎么变，他只想让族人们过上踏实的日子。

很快，白嘉轩发现要掌控白鹿原族人和自己的命运根本就是不可能的，土匪、军阀、饥荒，一件件未知的事情发生，更重要的是，外面的世界已经天翻地覆，千年不遇的变局正在酝酿，白鹿原的平静是短暂的，很快一个巨浪接着一个巨浪打来……

我们相信自己能控制那些无法左右的事情所带来的结果之一，就是与之相关的许多金融学中的伪科学，比如“风险价值模型”（value at risk）理论。该理论认为，如果我们可以量化风险，那么我们就可以控制风险。而“风险价值模型”理论恰恰是现代金融理论中最大的谬误之一。该理论告诉我们在一定概率水平下预期的最大损失，其实就是靠提供一个数字给人们安全幻觉。同样，次贷危机也是由这种掌控金融风险的幻觉所带来的，在危机发生之前，金融家告诉大众，所有风险是完全可控的，而实际上那些让人眼花缭乱的复杂的金融产品并不能消除任何风险，相反只能放大这些风险。

我们还会通过预测来增加掌控感。其实未来更是无法预测的。加利福尼亚大学的泰特罗克教授潜心研究各种专家的预测，比如对海湾战争、日本房地产泡沫、苏联解体等的预测。这项研究持续了 15 年，泰特罗克的调查中涉及的专家，无论职业、阅历或者研究领域，所进行的各项预测准确率都基本和扔硬币差不多。大多数专家真正擅长的其实是让我们在各种事情上吃尽苦头。

左冷禅在并派过程中就出现了他没有预测到的岳不群的严重挑战，尽管他布局煞费苦心，但是江湖到处是黑天鹅事件，他在成为五岳剑派掌门的路上，遭到了毁灭性的打击。最后甚至被岳不群刺瞎了双眼。

未来充满了不确定性，很多时候，事情总是向着和我们预测相反的方向发展。无论这个未来是长还是短，我们都无法预测。就比如任我行能力再强，布局再精心，对下属管控再严密，也无法预测到自己重新即位后会很快便一命呜呼。

当我们对未来的预测准确度很高时，我们会认为自己拥有卓越的预测能力，“一切如我所料”“这归功于我的能力”“我炒股的技术比大多数人更好”等等。

然而当事态朝着与我们预料相反的方向发展时，我们仍然会抱着掌控力的幻觉不放。对于那些否定我们的事情，我们会给予过低的评价。比如当我们在股市亏损时，总是不愿意承认自己的失败，会说“这点损失算不了什么”“股市总是有赔有赚”或者“我对大势的研判并没有错误，只不过这只个股的业绩意外发生亏损”等。

我们不会想到是自己的掌控力有问题，而是倾向于把具体的原因转嫁到自己以外的因素上面。比如左冷禅不会认为自己的判断和掌控出了问题，而是因为岳不群练了“辟邪剑法”这种匪夷所思的阴毒武功使得自己意外失手。

江湖和金融市场一样无法预测，山外有山，天外有天，即使没有岳不群，令狐冲的武功也高于左冷禅，而五岳合并抗衡武当、少林或是对付日月神教更是痴人说梦。

当我们在做股市或其他投资决策时，我们很有可能成为左冷禅这样的人。

我们希望自己的预测正确，执着于自己独立做出的精心研判的预测目标。即使预测出现问题，我们仍然会坚信自己的判断，相信事态会向着自己想象的方向发展，一切仍然在自己的掌控中。

我们是如此相信自己的判断，迷信自己的掌控力，最后不得不背负远远超过当初设想的巨大风险。痴迷掌控力的结局是悲剧式的，当我们发现失去掌控时，命运成为惊涛骇浪中的一条小船，会让我们感到巨大的恐惧。

为什么武功越差的人自我感觉越好

➤→ 能力低下者在自我评价时面临的双重困境

《笑傲江湖》中，武功低微的福威镖局少镖头林平之有着良好的自我感觉。他要是外出打猎，酒店老板会奉承他说："少镖头今儿打了这么多野味啊，当真箭法如神，当世少有。"镖师也会拍马屁说："少镖头这一鞭，别说野鸡，便是老鹰也打下来了。"

在《笑傲江湖》中最先跳出来打抱不平而动手的也是林平之，当他在村店里看到有汉子调戏姑娘，林平之气往上冲，伸手往桌上重重一拍道："什么东西，两个不带眼的狗崽子，却到我们福州府来撒野。"事实上，他很快会明白，自己和对手的武功远不在一个档次。

而与之成为对比的是，《笑傲江湖》中武功最高，神龙见首不见尾的风清扬却从不和人动手。

同样，在《水浒传》中，八十万禁军教头王进为了躲避高俅迫害跑到了乡下。有一天，王教头看到有一个青年在练棍，就忍不住评价了两句，不料青年大为恼火："你是什么人？敢来笑话我的本事？俺经了七八个有名的师父，我不信倒不如你？你敢和我叉一叉么？"这个乡下青年自我感觉爆棚，居然想和八十万禁军教头"叉一叉"。

这种无法认清自己实力的第一个原因是，人们普遍存在"过度自信"，这种现象被行为经济学概括为"过度自信理论"（overconfidence theory）。

我们大多数人都认为自己比一般人更聪明，能力也比别人更强。一项对 100 万名美国高中高年级学生的调查显示，70% 的学生认为自己在领导力方面高于平均水平，只有 2% 的学生认为自己低于平均水平。60% 的受访者学生认为自己在和他人相处方面是同龄人里做得最好的前 10%。25% 的学生认为自己属于做得最好的顶尖的 1% 的人群。

这样的认知偏见比比皆是。比如在在线约会网站上，当用户被问到他们对自己的外貌评级时，仅有 1% 的人回答他们的外貌"低于平均水平"，仅有 29% 的男性和 26% 的女性认为自己的长相"和走在街上的路人差不多"，68% 的男性和 72% 的女性觉得他们的魅力高于平均水平。

华盛顿大学的两位心理学家卡罗林·普莱斯顿和斯坦利·哈里斯曾经公布了一项研究结果。在这项研究中，他们要求西雅图地区的 50 名汽车司机对他们在上次驾驶中表现出来的"技巧、能力和机敏性"进行评价。大约 2/3 的司机认为，他们的表现至少不会低于平均水平。很多人在描述他们最近的驾驶感受时，采用了“出奇地好”或“绝对地好”这样的说法。

假如这些回答还不让你吃惊的话，那么当你得知这些调查在何种情形下开展后一定会大吃一惊。普莱斯顿和哈里斯的所有研究访谈都是在医院里进行的，所有这些司机大多全身绑满了绷带，他们都是在最近一次驾驶中因车祸被抬进急救车。

根据西雅图警察局提供的资料，在这些司机中，68% 的人对车祸负有直接责任，58% 的人至少有 2 次违章记录，56% 的汽车彻底被损坏，还有 44% 的人最终将面临刑事审判（在这 50 名司机中，只有 5% 的人向卡罗林和斯坦利坦白，他们对车祸承担部分责任）。

另外，不仅普通人如此，即便是专家也存在对自我能力错误评估的自我欺骗。

调查显示，94% 的受访大学教授认为与同事相比，自己的工作成绩好于平均水平。一项调查访问了 198 位社会学教授，问他们期望获得多大的影响力。几乎一半的教授期望至少在所研究领域的一个方面居前十位，一半以上的教授期望在其职业生涯结束以后他所写的论文仍被人们阅读。而这群社会学家并不能认出美国社会学协会以前的大多数会长，这些会长相对来说声望比他们更高，而且这项研究显示，人们并不会随着时间的推移而降低对职业不朽的期待。

无法认清自己实力的另一个原因是：能力越差的人，反而会越自信。

美国经济学家，哥伦比亚商学院教授迈克尔·莫布森说：

"对于能力最差的人而言，认为自己能做什么，和实际上做到了什么之间，往往有最大的差距。"心理学家贾斯汀·克鲁格和大卫·邓宁对此有深入的研究，两人在《人格和社会心理学杂志》上提出了"邓宁-克鲁格效应"，这个效应用一句话简单归纳，就是能力最差的人往往是最自信的。

两位心理学家在 1999 年完成了一个叫作"四卡片选择作业"的实验，要求被测试者完成一些逻辑推理能力题目的测验，并预测自己答对题目的数量及百分位排名，以评估自己的能力。结果显示，逻辑推理能力最差的人对自己的能力排名估计过高，甚至超过了平均水平。而那些逻辑推理能力最好的人则会低估自己的能力排名。

这个实验另一个有趣的地方在于：那些在能力排名处于最末端的人，在看到了比自己表现好的答卷后，仍然无法认识到自己的拙劣表现。更不可救药的是，他们不但没有改变对自己的排名评价，反而自信心更加爆棚，进一步提升了已经过高的自我评价。

两位心理学家这样分析：低能力者在对自己的能力做出评价时，面临了双重困境，即他们既不能呈现高水平的绩效表现，也无法正确认知到自己的能力低下，反而还会产生对自己能力的极端自负。

生活中这样的人比比皆是：那些开车技术最烂的人，往往责怪其他司机技术不行；一个经营不善的单位，也常常有一个能力低下却自我感觉良好的领导；一个治国无方的统治者，也总会把自己想象成前无古人的盛世明君。

美国经济学家玛丽娜·艾德谢德专注于研究人类的婚姻，她发现，在婚恋网站上，那些越是缺乏吸引力（根据用户评分）的用户，他们就越难联系到其他用户，而且他们会更加乐于去联系评分水平远远高于自己的用户，尽管这种会面的申请被接受的概率微乎其微。玛丽娜·艾德谢德说，那些缺乏吸引力的人不仅执着于追寻那些充满吸引力的对象，而且还会完全忽略和自己评级相当的用户，那些最不受欢迎的用户，他们只热衷联系那种肯定不会回复自己的用户。

玛丽娜形象地把这种状况比喻成“癞蛤蟆想吃天鹅肉”。

林平之之所以有如此良好的感觉是因为镖局里的镖师们无不对这位少主人容让三分，没有人愿意使出真实功夫来跟他硬碰，和他动手的不过是三脚猫把式的地痞恶少，根本没有遇到过强敌。

当林平之尝遍江湖的险恶以后，才后悔往日的轻狂，他感叹说：“林平之，你这早瞎了眼睛的浑小子，凭这一手三脚猫的功夫，居然胆敢行侠仗义，打抱不平？”

其实每个人的见识都是一个数据库，那些能力强的人，他们的数据库往往非常庞大，而那些能力低下者则常常坐井观天，只有非常狭小可怜的数据库，比如舞棒少年的数据库是史家村的武夫，而王进的数据库则是大宋的武林高手；少镖头林平之的数据库是福州城里的地痞混混，而风清扬的数据库则是武侠世界数百年的风云人物。

第四章

认知失调：我们的选择为何会落入陷阱

张无忌心中真正爱的人是谁

➤→ 过多的选择会让我们感到沮丧

周芷若逼张无忌摊牌:“无忌哥哥，我有句话问你，你须得真心答我，我知道这世上曾有四个女子真心爱你。倘若我们四个姑娘都在你身边，你心中真正爱的是哪一个？”

自己到底是喜欢小昭、赵姑娘、殷姑娘，还是眼前的周姑娘，这让张无忌心中一阵迷乱:“这个……嗯……这个……”

行为经济学告诉我们，人们的很多行为和张无忌很相似，选择越多，就会让我们越难做出选择。那么为何如此呢？

行为经济学家认为，在我们做选择时，每一个选项的价值都不能独立于其他选项而单独评估。也就是说，你选择了其中的一项，那么它的成本就是放弃其他机会，这就是经济学中最基础的概念，我们称之为“机会成本”（参见范遥卧底的故事）。

比如你晚上选择了看电影《金刚狼》，那么会错过夜晚湖边散步；你选择了一份高薪却很忙的工作，那么也就意味着你将只有更少的时间陪伴家人。我们做的每一件事情，每一个决定都包含机会成本。

这个道理很好理解，但是有趣的是接下来的问题。

根据标准的经济学假设，一个决策唯一的机会成本，就是第二好的那个选项的价值。比如我们在计划如何陪女友度过周末，所有的选项按照偏好顺序排列如下：(1) 去迪士尼玩一天；(2) 去博物馆看印象派的绘画巡展；(3) 在家给女友做法式大餐；(4) 和朋友聚会，一起聊天听音乐；(5) 陪女友逛商场买衣服。

如果你选择“去迪士尼玩一天”，那么“成本”就是你们俩去迪士尼的门票、交通、饮食等所有花销，加上失去看印象派画展的机会成本。根据经济学家的说法，你的“成本账”到这里就算完了，如果这是道考试题目，老师会给你个满分。这样你对自己做的选择感觉也更舒服，只要考虑“第二好”选择带来的损失，而不需要浪费精力在其他选项会导致的损失上。

可是，在现实世界中，要做到这点实在太难了。因为每一个选项都有吸引人的地方，如果我们从不同的角度来思考，每个选项都可能在某方面是“第二好”的，甚至是最好的。印象派画展可以陶冶我们的情操，更何况这个画展很快会结束；给女朋友做法式大餐会大大增加你的魅力，说不定在烛光和大餐中她会下定决心嫁给你；和朋友一起聚会也非常重要，把她介绍给你的好朋友，让他们好好羡慕你一下；逛商场买衣服虽然不是你最喜欢的，但是却是女友最喜欢的，你注意到，每次她看到商场里的漂亮衣服，都会两眼放光……

没错，在现实世界中，如果你选定一个偏爱的选项，那么每一个你曾经考虑过的方案都会让你损失掉一些做别的事情的机会。

这就是我们要说的重点——如果机会成本会让最佳选择选项的整体吸引力下降，而且机会成本与我们否决掉的众多选项息息相关，那么选择越多，机会成本就越大。而我们意识到的机会成本越大，被选中的选项带来的满足感就越低。

行为经济学家阿莫斯·特沃斯基和埃尔德·沙菲尔曾经做过这样一个实验，他们向实验对象展示了一款索尼电器。这款电器陈列在商店橱窗里，正在降价出售，十分诱人。因此，实验者对这款电器非常有兴趣，但他们随后又展示了另一款同样质量上乘，减价出售的电器，这些实验者却忽然对这些电器兴趣大减，销量随之下降。

还有这样一个实验，证明人们面对更多的选择时有多烦恼。

果酱店的店主一般会提供几种新产品供客人试吃。研究者摆出一排价格昂贵的优质果酱，且提供试吃的样品。促销人员会给每位试吃的顾客一张优惠券，如果他们购买了一瓶果酱，就可以凭券立减一美元。

实验分成两组，一组有 6 款果酱，另一组有 24 款。任何一款果酱都是可以随便购买的。尽管 24 款果酱吸引来的顾客比 6 款果酱更多，但在两种情况下，人们平均尝试的品种数量却相差无几。不过在购买果酱的数量上，两组的情况就高下立见了。在提供 6 款果酱的那组中，购买果酱的人数是 30%，而在提供 24 款果酱的组中，只有 3% 的人最后掏腰包买了一瓶回家。

另一项实验是在实验室中进行的，一批大学生被告知参加的是一项市场调查，请他们评价几款巧克力的口味。他们可以选择拿现金或者等价的巧克力作为报酬。

这些大学生被分成两组，一组学生评价的巧克力有 6 款，另一组评价的有 30 款。结果发现，前者比后者更满意自己的评价，而且前者选择拿巧克力作为报酬的人是后者的 4 倍。

研究者对这些结果给出了几种可能的解释。面临太多选择的消费者可能会因为做决定的过程更艰难感到沮丧，所以不少消费者宁愿放弃选择权，干脆不买。也有一些人会买，不过劳心劳力做出决定的痛苦已经超过了买到心仪商品的好心情。而且选择太多反而让那个真正被选中的“心头好”魅力大减，因为事后我们老是在想那些没被选上的是不是更好。这会让我们的购物的乐趣大打折扣。

筛选外部信息是大脑的一项基本功能。但是要知道，我们的大脑是在“非洲大草原”式的资源匮乏环境中形成的，人类经历了长达几十万年的狩猎和采集生活，我们的大脑通常用于简单的资源筛选，要么打猎，要么采集果实，我们的大脑还没适应如此多的选择。当我们的大脑处理过多的选择时，厌恶和逃避就是一种保护大脑正常运作的合理机制。

在漫长的人类历史中，人们大部分时间都无须面对那些机会成本巨大的选择。在物质匮乏、机会稀少的社会里，人们面临的选择只是简单的接近或逃避，接受或拒绝，他们问自己的问题是“究竟要还是不要”，而不是“应该选甲乙丙，还是……”

拥有对好坏的判断力是生存的关键，但是判断好坏远比从好的东西里挑出最好的简单多了。在习惯了千百万年的简单选择后，我们的生理机制并没有为现代社会涌现出的无数复杂选择做好准备。

需要反复权衡的问题会让人们更难做出决定，所以他们就会推迟或者逃避做出决定。

周芷若曾在张无忌幼年重伤之际一路照顾他，并且他们之间还有婚约；赵敏刁钻古怪，但是为了自己甘愿放弃王族身份，对张无忌一往情深；殷离幼年时就对张无忌一见钟情，在张无忌受伤的时候也全力照顾他，张无忌也曾许诺要一生对她好；小昭为了张无忌可以性命都不要，即使做个服侍他的丫头也心甘情愿……并且四个姑娘中除了殷离为了练功毁了容貌，其他三个姑娘都是绝色美女。

四位姑娘个个对张无忌情深爱重，因此张无忌彷徨难决，便只得逃避，他对自己说："鞑子尚未逐出，河山未得光复。匈奴未灭，何以家为？尽想这些儿女私情做什么？"

这样的选择对张无忌太难了。需要反复权衡的问题会让人们更难作出决定，所以他们就会找各种理由推迟作出决定（比如张无忌的借口是"匈奴未灭，何以家为"），虽然无论和谁结合对张无忌来说都非常满足，但是要放弃谁则对他来说太过痛苦。

基于大量的实验，研究者得出结论，如果人们面临的选择需要进行权衡才能决定，而且选项之间互相冲突的话，所有选项的吸引力都会明显降低。

过多的选项让张无忌陷入迷茫，虽然他认为自己最喜欢的人是赵敏，但其实不然，金庸先生在后记中说："张无忌始终拖泥带水，在他内心深处，到底爱哪一个姑娘更加多些？恐怕他自己也不知道。"

成为大侠主要靠运气还是实力

➤→ “实力悖论”揭示了运气的重要性

每一个大侠背后都有一段或者几段奇遇，没有好的运气，几乎很难有所成就。比如张无忌在山洞医治一只白猿时意外发现了用油布包裹的《九阳真经》；令狐冲在华山山洞里面壁思过时，意外发现了魔教长老破解五岳剑派的精妙招式；杨过巧遇雕兄，学得独孤求败大侠的神功；段誉闯入无量山的“琅嬛福地”中，从洞中玉像处习得“凌波微步”和“北冥神功”；虚竹误打误撞破解了苏星河的珍珑棋局，成为逍遥派掌门无崖子的关门弟子，得了无崖子修炼七十余年的内力……

极小概率的运气事件也会发生在生活中。西班牙国家彩票每年最让人垂涎的大奖会在圣诞节前颁发，中大奖者可以得到数百万欧元的奖金。它最离奇的一次是在20世纪70年代，有一个男子一直搜寻最后两位为“48”的彩票，后来，他买到了这种彩票并最终获得了大奖，人们问他为什么非要找最后两位为“48”的彩票，他告诉人们:“我连续七个晚上做梦都梦到了数字7，7乘7不就是48吗？”

把运气误认为实力是我们普遍易犯的错误，很多时候，我们观察到的只是现象，并不知道现象后面的各种可能，用统计术语解释就是我们看到的只是局部，看不到事件整体的分布情况。事件中运气的成分越大，我们越容易出现盲目归纳的问题，一个投资者采用一种策略在连赢了一百天之后，他很有可能相信这种策略是生财之道，屡试不爽，但是市场的行情一变，原先的生财之道却会让他身无分文。

伊莱恩·加扎雷利就职于著名投行雷曼兄弟，在1987年美国股市大崩盘前，所有的基金经理都按照自己设定的交易程序发出了买入信号。而伊莱恩·加扎雷利则根据自己的独立判断，要求客户卖出全部股票。

1987年10月19日，黑色星期一降临，纽约股票市场大崩盘。道琼斯指数一天之内重挫了508点，跌幅达22.6%，创下自1941年以来单日跌幅最大纪录。投资者损失惨重，这时有人才想起加扎雷利的忠告，而那些听信了她建议的客户幸运地逃过一劫。

伊莱恩·加扎雷利从此声名鹊起，成为当时美国金融界报酬最高的证券分析师。媒体称她为“预言大师”，无论是《财富》还是《大都会》杂志无不刊登颂扬她的文章，还把她和罗杰·巴布森相提并论（罗杰·巴布森在1929年9月准确预言美国股市即将暴跌）。然而不幸的是，走上神坛的加扎雷利从此再也没有做过任何靠谱的预测，那些因为信任她而把钱交给她的客户则痛苦不堪，这时人们终于明白，上次的准确预言纯属运气，于是又送她一个更响亮的外号——“华尔街傻大姐”。

我们再说说江湖上的事情，成为大侠究竟靠的是实力还是运气？

丹尼尔·卡尼曼曾经提供过一个描述实力和运气的公式，他说，“成功=一些实力+运气，而巨大的成功=一些实力+很多运气”。因此，我们可以得出这样一个结论，成为一个普通豪侠，实力更重要，而成为武林顶尖人物，主要还要靠运气。

和江湖最接近的例子来自竞技场。

1941 年职业棒球大联盟波士顿红袜队的泰迪·威廉姆斯创下了超过四成打击率的纪录，之后棒球联盟再也没人打破这个纪录。那么威廉姆斯是不是最伟大的击球手，到今天也无人超越？

古生物学家斯蒂芬·古尔德用“实力悖论”（paradox of skill）来解释这个现象：之所以不再有超过四成打击率的球手，是因为所有职业击球手技术越来越扎实，球赛竞争越来越激烈。近 60 年来，棒球培训有了很大发展，球员间球技切磋也日益频繁，同时，棒球大联盟在世界各地招募优秀球员，建立人才库，这使得球员实力的差距渐渐缩小。

用统计学术语解释就是：即便击球手的实力一直在提高，平均打击率的变化范围还是在渐渐缩小。

2008 年的时候，一匹名为“大布朗”的赛马很有可能获得梦寐以求的“三连冠”。所谓“三连冠”，是指在五周的时间内，一匹马必须在三个不同长度的跑道上赢得肯塔基赛马、普瑞克涅斯赛马和贝尔蒙特赛马三项冠军。

在此之前，“大布朗”已经轻松赢得了这三项比赛的两项冠军。然而在最后一场贝尔蒙特赛马中，“大布朗”并没有创造奇迹获得三连冠，而是名列末位，所有人都大跌眼镜。

史蒂文·克里斯特是著名的赛马裁判，他提供的统计数据也许能够说明问题。

历史上，在赢得两场冠军之后，总共有 29 匹马有机会冲击三连冠，但最终只有 11 匹赛马获得这个荣誉，冲击三连冠的成功率不到40%。这还不算，仔细研究这些数据后还有更惊人的发现。1950年以前，在试图冲击三连冠的9匹赛马中，有8匹都会成功。而在1950年之后，20匹赛马中只有3匹冲击成功，这就是说在1950年以后，冲击三连冠成功的概率陡然降到了15%。

这其中的原因就是赛马普遍采用更科学的方法饲养和训练，优秀基因的赛马得到更多繁殖，同时启用了更大的赛马场，使得运气的作用变得更小。当赛马实力越来越接近后，三连冠就变得更加困难。

同样我们会发现，在任何一个有大量资金运转的受人关注的竞技项目中，很难出现一个运动员技压群雄、傲视天下的局面。由于球员培训方法的接近，大数据技术在选秀和比赛中的运用，彼此切磋日益频繁，球队整体都有了很大提高，“实力悖论”的作用使得优秀运动员的差距越来越小。

另一方面，球迷（或者说是市场）希望看到的是势均力敌的比赛。出于提高收视率的目的，比赛规则会设置得让比赛更有悬念，不能让某一方轻易得胜。比如20世纪60年代末，当棒球投手的实力大大提升，而击球手显得力不从心时，美国职业棒球大联盟的监督者修正了比赛规则，降低了投球区土墩的高度，缩短了好球区，这样击球手的表现就不会太差。而NBA更是通过“工资帽”（salary cap）和选秀机制等措施力保球队之间力量的均衡。

我们在金融领域也能观察到这种现象，在证券和基金行业，过去几十年中，有大量的金融专家、数学教授、物理学家、电脑天才等加入这个行业，他们才华卓越、雄心勃勃，但是在这么激烈的竞争中，即便是打败市场平均指数，跑赢大盘都变得异常困难。

武林也是如此，高度竞争状态下的武林（比如《天龙八部》所在的北宋年间的武林），会使得武林人士的武功越来越强，而实力的差距也越来越小。这个时候的运气，也就是偶然习得上乘武功机遇，就更加重要。而到了热兵器开始形成杀伤力的时代，武功开始没落（比如《鹿鼎记》所在的康熙时期），运气的权重就会相对降低。

事实上，越是高手云集，彼此的实力差距就越小，华山论剑的顶尖高手过招的差距就在分毫之间，几百招也不能分胜负，而两个互殴的乡野村夫，往往凭蛮力三拳两脚就能打倒另一个。

这就是江湖上的“实力悖论”——当整个江湖的实力越高时，运气就越重要。

运气究竟在江湖（或者人生）中究竟扮演了什么角色呢？我们的人生是否应该迷信运气？

当然不是，正如作家村上春树所说：“运气这东西，说起来无非是张入场券……并不是只要找到了它，弄到了手，接下来就万事大吉，从此一劳永逸。”尽管运气很重要，但江湖上所有斗争的最终结果还是取决于实力，比如萧峰命运坎坷，却仍是一代大侠，而游坦之运气固然好，捡到了《易筋经》，也无法成为真正的大侠。

我想我们的人生也是如此。

郭破虏为何表现默默无闻

➤→ 任何事情都有向平均值回归的趋势

杨过在郭襄 16 岁生日之前召集众江湖侠士为其置办生日贺礼，并在她生日当天亲率群豪到场为其祝寿，场面热闹非凡。

当你读到《神雕侠侣》的这一段情节还想到了什么？有件事情你一定不记得了，这天也是郭襄龙凤双胞胎弟弟郭破虏的生日。

那天接下来在丐帮选帮主大会上，黄药师和杨过自天而降杀死了霍都，黄老邪和自己的女儿女婿见面后首先就想到郭襄，拉着郭襄的手左看右看，问长问短，好不喜欢。可是他好像忘记了，他还有一个亲外孙呢。

郭靖和黄蓉，都是江湖上名声震天的大侠，为何到了儿子郭破虏，居然悄无声息了，成为隐形人。郭家哪一门武功不是武林绝学？且不说《九阴真经》、降龙十八掌、打狗棒法，就单是外公黄药师随便传授一些武功，就可名满江湖，可是这个郭破虏为何在江湖上没有任何名声呢？

这个故事也许要从弗朗西斯·高尔顿爵士说起。

高尔顿是 19 世纪英国著名的学者，也是达尔文的表兄。他的智商接近 200，他开创了统计分析、问卷调查、复合肖像、法医指纹等新的研究方式，也是全球最早的一批气象学家之一。

高尔顿的座右铭是："能统计的时候就统计。"在他眼中，有价值的事情都可以用数字来计量。有一件轶事，说高尔顿曾经制作过一张"英国美女分布图"，在地图上体现最美女性集中在哪些地方。他的统计办法是，在兜里装上毛毡和针，自己来到各个城市，在街边角落偷偷观察美女。看见一位他认为特别漂亮的女性扎 4 枚针、一般漂亮的扎 3 枚，以此类推，并计算出每个城市的平均值。他走遍了英国，用这样的方式偷偷地给每个城市的女性打分，最后得出的结论是伦敦女性最美，而苏格兰阿伯丁女性最丑。

高尔顿最重要的成就是发现并命名了回归平均值的现象，即“均值回归”（mean reversion），该成果被丹尼尔·卡尼曼誉为“不亚于发现万有引力”。

1886 年，高尔顿发表了《在遗传的身长中向中等身长的回归》，其中涉及对连续子代的种子大小的测量以及对子代株高和母本株高的比较。在对种子的研究中，他写下了如下的话：实验结果看上去十分值得关注……从这些实验可以看出，子代的高度和母本高度似乎并不相关，但似乎前者比后者更趋于平均。如果母本较高，那么子代就会变矮；如果母本较矮，则子代就会变高。实验显示，子代向平均值的回归与母本高矮的差异是成比例的。

真正值得关注的是，他发现的统计规律是像我们呼吸的空气一样无处不在的。回归效应随处可见，但是我们却无法识别它们的真面目。高尔顿以子代高度的回归现象为起点，逐渐发现当两个测量值之间的关联不是那么完美时，此时也会出现这种回归。他借助了当时最杰出的几位统计学家的帮助，且历时多年才得出这一结论。

关于“均值回归”现象，传播最广的就是“《体育画报》封面魔咒”。

在美国体育界，一直流传着“《体育画报》封面魔咒”的迷信——只要成为《体育画报》的封面人物，就会倒霉。最著名的例子是在俄克拉荷马大学连续赢得47场大学橄榄球比赛胜利之后，《体育画报》刊登了《俄克拉荷马为何战无不胜》的封面故事。而后俄克拉荷马大学在下一场比赛中就以21比28输给了圣母大学。经过这次溃败，人们开始注意到，出现在《体育画报》封面上的明星运动员或球队明显是受到“诅咒”的。

《体育画报》在美国拥有350万订户，读者超过1800万人，能够成为该杂志封面人物的都是美国当前炙手可热的体育巨星。《体育画报》曾自己专门撰文分析这一“魔咒”，体育心理学家则认为，这是因为球员后期的表现，并没有达到人们的预期值。

其实这里面的原因很简单，只有当运动员有极其出色的表现时，才可能登上《体育画报》的封面人物，尽管接下来运动员的表现依旧出色，但是相比较登上封面人物时的表现仍然有所逊色。丹尼尔·卡尼曼对此解释说：凡是能成为封面人物的运动员，在前一赛季一定表现极为出色，也许这种出色的表现很大程度上源于运气，但运气是善变的，接下来可能就没这么走运了。

2002年，三垒手埃里克·辛斯基为多伦多蓝鸟队打出了打击率0.279的好成绩，在151场比赛中，他打出24记本垒打，84个打点，赢得当年美国棒球联盟的年度新秀奖。但在随后的两个赛季，他的打击率只有0.243和0.248。

这种现象并不罕见。当选职业棒球协会新秀的选手，一般会在头一个赛季打出能叫已成名老手都自愧弗如的好成绩。但在第二年，许多人的成绩都会出现下滑。由于这种现象频频出现，人们甚至给它起了个名字——“二年生症候群”。

合理的解释是，哪怕是最优秀的球手，也不可能一直保持完美状态。他们某个年度的打击率和其他进攻数据很可能比其他年度要高得多。按照定义来看，只有水平超常发挥的球员，才能赢得年度新秀奖。这也就是说，在这一年，他们的成绩比将来的平均成绩可能要高得多。而在大联盟的第二年，刚好排在这一年的后面。那么，第二个赛季的成绩差一些，也就不足为奇了。

“二年生症候群”这个现象，其原理就是高尔顿发现的“均值回归”。一旦碰到随机性成功，必定会出现“均值回归”。球员打出一场超常发挥的成功比赛之后，大多数时候后一场球赛的表现都会回归正常，因此显得比前一场要差一些。

“均值回归”的现象分布在各行各业。

里士满大学金融学教授汤姆·阿诺德等人回顾了《商业周刊》《福布斯》《财富》20年来所刊登的封面故事，他们把关于公司的文章进行了分类，从最乐观的到最悲观的。他们的研究显示，在封面故事出版前的两年内，乐观文章所描述的公司股票产生了超过平均水平42个百分点的积极收益，而悲观文章中所描述的公司表现则落后平均水平将近35个百分点。

然而重点在后面，在文章发表两年后，受到杂志批评的公司股票以三比一的优势，收益率胜过受到表扬的公司，这个时候，公司业绩的回归平均值作用体现出来了。

基金行业有个众所周知的魔咒，这就是所谓的“冠军魔咒”，即前一个年度业绩排名靠前的明星基金，在次一个年度往往表现平平甚至倒数。同样当一个基金成为年度冠军时，这往往也是它表现最巅峰的时刻，接下来的回落其实是再正常不过了。

不过基金行业屡屡出现"冠军魔咒"还有一些自身的原因。当一个基金产品成为年度冠军后，会吸引大量的资金流入，其管理规模会突然增大，而私募本身的投研体系一时难以跟上，所以会导致其业绩大不如从前。

另一个原因是，当一个基金产品成为冠军时，其团队核心成员也会成为明星基金经理，于是跳槽的概率大大增加，核心成员的纷纷离去使得产品的管理风格和稳定性产生较大变化，最终使得去年的冠军产品成为今年的亏损大户。

人们常常会忽略"均值回归"这个规律。在很多公司，会对销售员的销售业绩进行排名，管理者通常会对销售业绩排名特别靠前的销售员进行奖励，而对排名特别靠后的几个人进行惩罚，可是几年下来管理者通常会发现一个规律，凡是前一年得到奖励的销售员，下一年度的业绩通常会下降，反而是前一年得到惩罚的销售员，下一年度的业绩通常会有所好转。管理者通常会得出这样的结论，奖励是没有用的，得到奖励的销售员容易骄傲自满，所以下次业绩就下滑，而业绩差的销售员，经过惩罚或者训斥，业绩有了提高。

其实销售员的业绩也同样遵循"均值回归"的规律，业绩特别出色可能是特别的运气或偶然的大单，下一年度业绩下降是很自然的事情。卡尼曼就曾说："我理解了这个世界上的一个重要真理：由于我们倾向于在其他人表现出色时奖励他们，在其他人表现糟糕时惩罚他们，又由于均值回归现象，因此从统计上看，我们将由于奖励别人而受到惩罚，由于惩罚别人而受到奖励，这是人类社会的一个组成部分。”

道琼斯工业平均指数是代表美国最优秀公司的30只蓝筹股票的平均价格，能够编入道琼斯工业平均指数本身就说明了这家上市公司的优秀，按照道琼斯公司的说法：“这些重要公司因其产品或服务的质量被广泛承认而著称，拥有强劲而成功的增长历史。”

入选的30家公司也经常发生变化，有的是因为发生购并，有的则因后期表现不佳“落榜”被剔除。那么如果当一家正在衰落的公司被一家蒸蒸日上的公司取代时，你认为哪只股票接下来的表现会更好？

真相和你的直觉可能相反，2006年的一项研究考察了1928年10月1日道琼斯30只股票平均指数诞生以来的所有50次更改，发现在32次更改中，被删除股票的表现优于替代它们的股票，只有18次更改中被删除股票不如替代它们的股票，这其中的道理就是“均值回归”。

回到本节开头讨论的郭破虏的故事。郭靖之所以成为一代大侠，是因为他的奇遇，从遇到江南七怪开始，不断得到全真教马钰、洪七公、周伯通等顶级高手的指点。这就像母本有着超乎寻常的高度，而子本相对于母本会很自然有“均值回归”的倾向。

郭破虏没有父辈轰轰烈烈的业绩，在“均值回归”的作用下，他的表现会向平均线靠拢，即使他的表现比大多数普通人出色，但相较于郭靖黄蓉这样响当当的大侠，仍然会被他们的光芒所遮盖。

韦小宝掷骰子前为何要吹口气

➤→ 控制幻觉让我们产生迷信

赌徒们在掷骰子时，通常都会对着骰子吹口气，希望掷到自己想要的点数。比如在《鹿鼎记》中，韦小宝赌钱的时候总爱在骰子上吹口气，当他见到王屋派的少女曾柔后，便拿起骰子伸掌到那曾柔面前，让曾柔在骰子上吹了口气。“美女吹气，有杀无赔。”韦小宝这样说道。

那么这种吹骰子的行为是怎么来的？

如果我们用行为经济学研究这个问题，会发现这种行为其实是由于“控制幻觉”（illusion of control）引起的。

“控制幻觉”是指在完全不可控或部分不可控的情况下，个体由于不合理地高估自己对环境或事件结果的控制力而产生的一种判断偏差。

“控制幻觉”这一概念是由心理学家艾伦·兰格率先提出的。兰格是哈佛大学心理学系教授，美国著名的心理学家。兰格认为，“控制幻觉”就是个人对自己成功可能性的估计远高于其客观可能性的一种不合理的期望。她采用了一系列实验来证明和解释“控制幻觉”的这一现象，并写成《控制幻觉》一文，发表在了《人格与社会心理学杂志》上。

在这篇论文中，兰格指出，人们在日常生活中经常面对两种情境。第一种是技能情境，在这种情境下个体可以通过练习和努力获得想要的结果，是个体可以控制的；第二种是不可控或随机情境，在此情境下个体的行为与结果之间没有因果关系，是个体无法控制的。

但是这两种区分并不总是被人们意识到，个体在不可控情境中也会相信自己能控制某个事件的结果，因而产生幻觉。也就是说，人们常常将一些随机事件看作含有某种技能成分的非随机事件。

有一些报刊长期定期刊登彩票号码分析文章，甚至把大量的股票分析技术手段运用到了彩票分析上，每次通过各种图表和工具推演哪些数字为下期彩票的热门数字。彩票通常分为机选彩票（随机派发）和自选彩票。那些真正的老彩民几乎都是自选彩票，要么用自己的幸运数字，要么通过各种演算（比如参照报纸上推荐的数字），要么来自各种启示（昨晚梦里好像出现一组数字），那么他们为何会这么做呢？

其真正原因就是老彩民会通过这些行为，认为自己可以对彩票的结果进行控制。这个彩票数字不是随机来的，而是自己经过精心计算（或者是自己的幸运数字），那么它就会比随机数字有着更高的中奖率。

艾伦·兰格用实验的方法证明了这个假设。实验对象分成两组，一组可以对彩票精心挑选，而另一组只能随机获得一张彩票，这些彩票的价格都为一美元。接下来实验者被告知，另一间办公室有人想买这种彩票，但是因为我们的彩票已经售罄，你们愿意出多高的价格出售自己手中的彩票？

正如预测的那样，是否拥有选择权很大程度上影响了彩票的出售价格。在有选择权的情况下，被试者要求出售自己彩票的平均价格为 8.67 美元，而没有选择权的情况下为 1.96 美元，两者的差异非常显著。

在美国，最早的彩票销售都是像口香糖销售机一样，塞进硬币，随机出来一张彩票，直到20世纪70年代在新泽西州出现自选式彩票以后，彩票的销售量才节节上升，因为这种自选号码的方式让购买者感觉拥有了更大的控制权。

成瘾性的博彩者总是表现出更多的“控制幻觉”，因为他们倾向于将自己的行为与某一结果联系起来，认为可以通过提高自己的博彩技能获得更多的赢钱机会，于是博彩公司则充分利用“控制幻觉”，创造条件将技能因素融入赌博的活动中，致使博彩爱好者更倾向于将赌博视为一种技能型事件，从而提高了赌博参与度。例如，博彩公司会赞助报纸开设彩票、赛马等分析研究版面，让彩民产生买彩票、马票是门技术活的错觉。

再比如商场和超市门口随处可见的“抓娃娃机”，其实可以看作按照一定的概率设置的博彩机器，抓住娃娃的概率由电路板控制，但是因为抓杆的存在，让娱乐者误以为自己通过特别的抓娃娃技术（或者相信某些秘籍），可以比别人更容易抓到娃娃。

而最经典的案例要算老虎机，它成功体现了对“控制幻觉”理论的应用，本来图案滚动的结果是程序设定和机械运动产生的，对赌客来说是不可控的，但是有了拉杆或者按钮，就让赌客在操作中感觉有技能因素的参与，将结果和自己拉拉杆的动作联系起来，由此产生了“控制幻觉”，使得对老虎机的赌博行为产生了成瘾性。这也是今天用电脑芯片控制的老虎机，仍然保留着类似拉杆的部件，并模拟机械方式转动的原因。

人们在掷骰子时希望掷出大的点数就会大力扔，而希望掷出小的点数就会轻轻地扔，事实上掷出多大点数我们并没法控制

（除非你的骰子和韦小宝一样灌了水银），在掷骰子之前想着某个数字吹一口气，这些都是“控制幻觉”的表现，以此对不可控制的事件产生一种可控幻觉。

这种行为在体育比赛中也常常会碰到，乔丹认为他穿的北卡球裤是他的幸运物，因此在带领公牛队建立六冠王朝时，很多场比赛都把北卡的短裤穿在公牛短裤下；NBA 的贾森·特里会在赛前一晚穿着对手的球裤睡觉；网球明星塞雷娜·威廉姆斯在她的每场比赛之前都用同一种方式系鞋带，而且要将她的网球弹跳五次才开始比赛；荣膺名人堂头衔的冰球门将帕特里克·罗伊则迷信于对着他身后的门柱说话……

棒球运动是个滋生迷信的地方。美国棒球明星韦德·博格斯曾连续 12 次参加全明星赛，并在 2005 年入选棒球名人堂。如果这个世界有一个迷信名人堂，那么他也一定会入选。博格斯每天在完全相同的时间起床，并在下午两点吃鸡肉，他以 14 天为一个周期，轮换使用 13 种食谱（包括两次柠檬鸡）。当他晚上需要到芬威公园参加比赛时，他会进行精准的热身程序，包括接 150 个地滚球，在防守热身结束时，他会站上三垒、二垒、一垒以及垒线（当他入场比赛时，他会跳过垒线），用两步走到教练席，用四步走到球员席。赛季结束时，博格斯的步伐在草坪上留下了永久性的脚印。

美国统计学家加里·史密斯说，棒球运动员的迷信如此出名的原因，是他们总在寻找有可能使机会的天平倒向自己一边的某种事情，不管这种事情有多么可笑。

乔治·格梅尔希是旧金山大学的人类学教授，他研究棒球运动中的迷信长达数十年。他表示，迷信行为确实在不确定性高的场合更加流行，譬如学生生涯中的一次大考，一次求职面试，或是第一次约会。因此，每晚都有新比赛要决出胜负的体育竞技就自然而然地成为迷信行为的孵化机。“运动员其实是在借迷信为自己增强信心。”格梅尔希教授说道，“如果我执行这些仪式，我会在参与竞技活动时感觉自信，并能取得成功。”

来自阿姆斯特丹自由大学的心理学教授保罗·范·兰格博士则认为，这些仪式起到了心理安慰剂的作用，“它们帮助人们面对未来不确定的后果，当这些后果对人们很重要时尤其如此。”他认为仪式对运动员有益。“我们的论点是，仪式强化了运动员原本缺乏的控制感和自信心。”这些“迷信”看似都是些奇怪而又不合逻辑的信念，但研究表明，迷信可能与更佳的竞技表现有关联。简而言之，这些迷信行为向运动员提供了一种重要的心理错觉，让他们以为自己能控制实质上受随机概率影响的事件走向。

说到底，这些行为其实和扔骰子吹口气、对老虎机使劲地拉拉杆的道理是一样的。越是不确定性高的活动，人们越希望能够通过某些方法增加控制权，这就是“控制幻觉”，所以，当你下次扔出骰子时记得吹口气，这样会让你感觉更好。

韦小宝为什么不愿跟着高僧学武

➤→ 跨期选择和现时偏差影响着我们的选择

韦小宝一见到美女阿珂，便没了魂。心想她要是给自己做老婆，和皇帝换位子也不干。于是韦小宝死皮赖脸地想讨好阿珂。

可惜韦小宝和阿珂武功相差太远，还被心上人从背后狼狈地提溜起来，于是他想到向武功深不可测的少林寺高僧澄观现学两招。

澄观见韦小宝什么拳法都不会，便告诉韦小宝，少林派武功是循序渐进的，入门之后先学少林长拳，熟习之后，再学罗汉拳，然后学伏虎拳、韦陀掌……

韦小宝想知道学这些武功需要花费的时间，澄观告诉他说，韦陀掌或大慈大悲千手式，聪明勤力的，学七八年。学波罗蜜手，要再过十年，接下来或许可以练韦陀掌。韦小宝倒抽了口凉气，他问澄观，你说那一指禅并不难学，练成这一指禅，要几年功夫？澄观回答说，自己练成一指禅，花了42年……

韦小宝心想：老子前世不修，似乎没从娘胎里带来什么武功，要花四十二年时光来练这指法，我和那小妞儿都是五六十岁老头子、老太婆啦。老子还练个屁。

韦小宝遇到的是一个被称为“跨期选择”（intertemporal choice）的问题。这个理论最早是由美国经济学家欧文·费雪提出，他在1930年的经典著作《利息理论》中，用无差异曲线来表示在特定的市场利率条件下，一个人会如何就他在两个时间点上的消费做出选择。

其实经济学家早就注意到这个问题，早在1871年，经济学大师威廉姆·斯坦利·杰文斯就指出，比起未来的消费，人们对即时消费的偏好会随着时间的流逝而减弱。我们也许更在意现在能吃到一盒冰激凌，而不是明天。但是，如果是拿明年的这一天与其前后两天相比，我们则几乎不会在意这种差别。

韦小宝心里在意的是立马学会一门高明的武功，对42年后武功如何惊人丝毫不感兴趣。那么这件事情是否可以用数字来表达呢？

1937年，诺贝尔经济学奖得主萨缪尔森在读研究生的时候写了一篇论文，在文中他希望用一种方法来度量效用。但效用是难以度量的，理性经济人追求的就是效用最大化。在研究过程中，萨缪尔森建立了跨期选择模型，即贴现效用模型，该模型已经成为标准的经济模型。

贴现效用模型的基本理念是，对你来说，即时消费比未来的消费更具价值，如果有两个选项，一个是这周吃顿大餐，另一个是一年后吃顿大餐，大多数人会选择前者。用萨缪尔森的话来说，我们在以某一贴现率对未来的消费进行贴现。如果一年后吃顿大餐的效用只是现在的90%，那么可以说我们未来的大餐的年贴现率为10%。

如果我们计算韦小宝学武的贴现率，会发现高得惊人，一年以后学会绝技的效用可能只有现在的20%，那么他的学艺效用贴现率可能高达80%。

如果我们继续研究这个问题，还会有一个有趣的发现，两年之后韦小宝学会绝技的效用是多少，可能是现在的15%，也就是说，学武效用开始时的贴现率很高，随后会不断降低，如果真的要学42年，后面几年的贴现率会非常低（41年后学会绝技和42年后学会绝技对韦小宝来说实在没有什么差别），这种现象有个专门的名词，叫做“双曲贴现”（hyperbolic discounting）。

理查德·泰勒曾经做过一个实验，实验组成员被要求回答：等同于现在的15元，一个月后、一年后和十年后的收入分别是多少？回答结果是 20 元、50 元和 100 元。也就是说，被调查者认为一个月之后的 20 元、一年后的 50 元、十年后的 100 元和现在的 15 元是无差别的。

这也意味着一个月期限的年折现率是 345%，一年期的是 120%，十年期的是 19%。即被实验者明显表现出时间偏好的不一致。

这个实验表明，当其中一个备选项涉及当下此刻时，人们的耐心就会少得多。也就是说，如果今天就必须做出决定，人们就更有可能选择“一鸟在手”，而对于将来才发生的事情，才更有可能选择“双鸟在林”。这种倾向通常被称为“现时偏差”（present bias）。

不单是金钱，生活中这种现象也随处可见，例如在一些需要克制力的事情上。

我们常常告诫自己，要抗拒甜点的诱惑，要开始戒烟，或者坚持每天早起去晨跑。尽管预料到将来肯定能够从这些良好行为中获得不少好处，但我们却很难从现在就开始实施。

每当新年来临时，我们还会许各种愿望，发誓天天去健身房锻炼。许愿当然很容易，但这其实等于向自己承诺，我要从“明天”开始努力，然后到“后天”就可以收获好处了。同样，我们也拒绝从今天开始做，然后明天获得同样的好处。只要不需要马上去做，我们就能找出各种理由拖延。

有这样一个实验，一组调查对象被要求选择一场当晚观看的电影，另一组则要选择后 3 天每天晚上要看的电影。这个调查显示出一个有趣的模式，选择今天的电影时，两组人都选了轻松愉快的爱情片、喜剧片和动作片；而要选后几天（明天或后天）晚上要看的电影时，人们会选择比较严肃和深刻的经典电影。

研究者发现，人们总是把要付出努力的事情放在未来。在白天人们总会说："今晚我要看一部有趣的电影，明天我会看一部我该看的有深度的电影。"可是到了明天时，人们还是想找乐子，只要可能的话，他们还是会找一部轻松搞笑的电影来看。

美国马里兰大学的经济学家劳伦斯·奥苏贝尔做过这样一个实验：他给消费者呈现了信用卡公司所使用的两种不同的促销方式，并且分析了消费者的反应。第一种卡最初6个月的利率很低很诱人，只有4.9%，但6个月以后的终身利率为16%；第二种卡诱惑利率稍高，为6.9%，但6个月以后的终身利率要低得多，为14%。

如果消费者是理性的，那么他们会选择终身利率较低的信用卡，因为终身利率将适用于大部分债务。然而实际情况并非如此，奥苏贝尔发现，选择第一种信用卡的消费者几乎是选择第二种信用卡的3倍。

造成这种现象是因为我们认为未来会和现在不同，而且通常会变得更好，而最终的结果就是我们今天大手大脚地花钱，把还钱的事情推到以后。

当我们制订财务计划时，我们期待遇到一个崭新的、经过完善后的自我。我们并不真正关心银行会在6个月后或两年后要求我们支付过高的利率，因为我们认为自己很快就能还清债务。然而等这段时间过去后，我们仍然是债务缠身。

这就是现值估值和"双曲贴现"，在比较不同时间点的行动时，人们会过分强调当前的享乐或痛苦。

韦小宝没有找到速成的少林绝技，不免有些失望。

第五章 信号理论：纷杂世界中的指路牌

武林高手应该在什么时候出手

➤→ 难以伪装的信号才有可信度

都说“江湖上的事，抬不过一个理字”。不过要真是这样，那么武林盟主都应该让秀才来当，事实上，江湖真正通行是丛林法则，也就是谁的武功实力更强，谁更有话语权。

王家卫导演的电影《一代宗师》中有句台词就说出了这个道理：“别跟我说你功夫有多深，师父有多厉害，门派有多深奥。功夫，两个字：一横一竖，错了，躺下，站着的才有资格讲话。”

《倚天屠龙记》中宋青书也说出这个道理：“若说这屠龙刀是有德者居之，咱们何必再提‘比武较量’四字？不如大家齐赴山东，去到曲阜大成先圣孔夫子的文庙之中，恭请孔圣人的后代收下。”

在江湖上，武力是一种侵略手段，比如金毛狮王用武力抢夺屠龙刀，同时，它也是一种防御手段，比如令狐冲为保护仪琳而出手，它可以用来纠正一些错误，也可以用来作恶。

洪七公曾说：“我们学武之人不比武，难道还比吃饭拉屎？”武功的强弱是武林中生存至关重要的内容，但是这绝不是全部内容，其他的还有声誉、地位等。林平之的父亲林振南就说："江湖上的事，名头占了两成，功夫占了两成，余下的六成，却要靠黑白两道的朋友们赏脸了。"这话听起来多么像是职场金句。

那么武林高手应该在什么时候出手，这可是门学问。

《鹿鼎记》中多隆说，金顶门的弟子头上功夫十分厉害，功夫练到高深之时，头顶上一根头发也没有了。韦小宝马上挖苦道，金顶门的师父们大家一定很和气，自己人肯定不会打架。大家要是生气了，各人将帽子摘下来数一数头发，谁的功夫强就一目了然了。

要是功夫深浅都是透明的信息，数一数头发就行，那真的就和韦小宝所说"大家一定很和气"了，但大多数时候，这个信息是不透明的，于是动武就难免了。

使用武力制服对手，这是武侠小说的核心。可是，究竟什么时候该出手，什么时候不该出手，这可不是"路见不平一声吼，该出手时就出手"这么简单，这其中还有着深刻的经济学原理。

江湖上总有一些稀缺资源会引发冲突，资源越稀缺，冲突越激烈。比如，有关武林地位的五岳派掌门身份，有关江湖地位的倚天剑和屠龙刀……当动武不可避免时，武林中人是按照什么机制运行的呢？

首先，我们会发现，江湖人士会尽可能通过交际的方式建立他们武功水平的"等级体系"。比如，天地会总舵主陈近南，和他真正交过手的人非常少，但是他却通过"为人不识陈近南，便称英雄也枉然"这样的人际口头传播方式来确立他的江湖等级和地位。少林寺的高僧也很少出手，他们的江湖威望也同样是通过口口相传树立的。

其次，大侠也会设法展示自己的武功水平，比如向问天悄悄在地砖上踩出脚印，宋远桥用袍袖托住茶碗等。

同时，他们也会观察其他人展示出来的武功能力，尤其是那些很难伪装的信号。这样得出的结论具有一定的可信度，并且避免彼此动武出现两败俱伤的沉重代价（裘千丈曾经假冒其弟弟而使黄蓉混淆了这个信号，贸然和裘千仞对阵而身受重伤）。

在江湖社交圈中，每一个成名人物通常都有一个标签，清楚地表明他的性格和武功能力，这样就避免了盲目地恶性厮杀。

但是如果当我们无法通过交际方式了解他人的实力，或者以此获得的信息不可信时，动武便不可避免。也就是说，当谁比谁强这类信息不充分并且很混乱的时候，彼此动武的概率就会很高。

这类情况通常发生在初入江湖的新手身上，比如初入江湖的郭靖、令狐冲，他们必须通过不断的比试才能确认自己的能力或者别人的能力，这可不仅仅是年轻人荷尔蒙分泌旺盛使得他们好胜心强的原因。

事实上，那些少侠需要证明的东西很多，因为他们可以展示给别人的个人历史少得可怜，他们的江湖履历比上了年纪的人苍白，另外他们也没有足够的江湖经验理解其他武林人士给出的信号。

同样，来自陌生圈子的武林人士，比如蒙古的国师金轮法王、吐蕃国国师鸠摩智，他们也必须不断地出手来确认自己在中原江湖的地位。

他们不仅需要向别人证明自己的武功级别（因为江湖上还没有他们可供展示的历史记录），而且很可能他们自己也不知道自己有多强悍。所以这并不是经济学里所说的“信息不对称”。因为信息不对称通常是指自己对自己有充足的了解，而别人并不知道这些信息。

在现实中，当一个单位空降领导时，这个新上任的领导常常会急于采取一系列举措和改革来证明自己的能力，这种状况也常被人称为“新官上任三把火”。而从该单位基层一步步提拔起来的领导则很少急于采取行动来证明自己，因为他的能力已经为周围人知晓，他并不需要展现自己的能力。

经济学家通过对英国监狱的观察，也得出了相同的结论。在刑期比较短的监狱，囚犯彼此可能都陌生，这个时候越需要展示武力确立地位，因此使用暴力也越频繁。在刑期较长的监狱，即便关押的是更有暴力倾向的重刑犯，但囚犯对彼此的实力心知肚明，通常囚犯能运用他们对彼此的了解来解决争端，因此暴力事件反而比较少。

江湖的斗争通常是残酷的竞争，即便那些知道自己很厉害的人，也不能保证每次出手都能获胜，毕竟武林是个天外有天的地方，很多时候要等到真正一分高下才能获得可靠的信息。否则这些信息要么就无法获得，要么就不完全。

在江湖上你还会看到这样一个有趣的现象，就是别人会怂恿你动手。这种有趣的现象是怎么来的？

双方动武施展独门绝技所展示出来的这些信息，不仅对卷入斗争的人十分有用，对旁观者也同样如此。这些信息能为以后发生的冲突提供参考。因此，我们常常见到高手对决，有一大帮人在边上围观起哄的现象。

比如当张三丰要和少林高僧空智动手时，就让围观者很兴奋。空智向张三丰提出了挑战，他说，久闻张真人武功源出少林。今日在天下英雄之前，斗胆请张真人不吝赐教。

他这么一说，马上就吊起了武林人士的胃口。因为张三丰成名垂七十年，当年跟他动过手的人已死得干干净净，关于他的实力信息，江湖上只有传说。众人对张三丰的武功，仅仅靠从他的弟子宋远桥等人身上推断。

张三丰虽然成名垂七十年，但他的武功信息是不明确的，少林三僧名义上是为神僧空见报仇，实为再次确立少林寺武林龙头地位。而江湖人士也能从这场比试中获益，得知张三丰的真实武力信息，于是“无不大为振奋”。

那么江湖成名人物，尤其是武林泰斗，他们该何时出手呢？

答案是越是高手越应该避免动手，因为如果通过武力来表达强硬的态度，其实也在传达自身的恐惧。越是成名的老江湖，越会做理性的思考，所有的行为必须有一个大于零的净收益，包括考虑到受伤或者被打败。

举现实世界中一个有趣的例子，李小龙是中国功夫的代名词，我们在银幕上看到他出神入化的功夫，但历史上几乎没有留下他真实比试的记录（表演除外）。我们仅能从影视中推断他的功夫了得，但是实战能力究竟如何却只存在传说中（也许武功真的深不可测，也许不是）。李小龙可能也深知这一点，所以他尽可能地减少和人真实格斗的机会，这样做对他是有利的。

如果一个江湖成名人物率先出手，这意味着他认为自己足够厉害，能够有把握和新来者（信息不明者）一较高低，更重要的是，这也可能说明自己在等级体系里的位置没有足够的安全感，希望通过展示实力来改善这种状况。

另一种是成名人物受到公开挑战被迫应战。挑战越公开，被挑战者如不回应，则对他的名声的消极影响就越大，这也就越激励他做出强烈的反应。

那么“华山论剑”又是怎么一种状态？知根知底的顶尖高手为何会互相出手？

这些顶尖高手对对手的信息心知肚明，当竞赛（冲突）在武功实力相当的人之间发生时，参与者缺乏的主要信息就不是对手强不强，而是谁会赢。这点和自然界很相似，只有实力相当的动物才会为了资源争夺打起来，因为他们无法单靠炫耀来吓跑敌人，确定谁是赢家。

而这种冲突通常和地位、荣誉有关，并且只有处于等级体系最顶端的人才能实现这个目标，这就使得“华山论剑”这样的高手对决成为可能。

武侠世界里怎么识别卧底

➤—➤ 昂贵的信号起到了“分离均衡”的作用

2000 年，西西里的一个团伙曾谋划过一票“大买卖”，他们模仿西西里银行的网上服务系统建立一个网站，并联系了罗马银行的一个分行经理来帮忙。但是他们万万没想到，这个银行经理实际上是一名警方的卧底，该团伙没有将他识别出来，这一失误导致了他们 22 名同党被捕。

那么该怎样识别卧底？金庸小说中的故事有助于我们理解这个问题。

在《笑傲江湖》中，华山派掌门岳不群有个弟子叫劳德诺，他的真实身份是嵩山派掌门左冷禅的三弟子，也是左冷禅为了掌握华山派和岳不群的动静，特地安插的卧底。

然而他很不幸，早早地被岳不群识破了卧底身份。岳掌门不动声色，利用这个奸细成功地实施了反间计，把伪造的《辟邪剑法》通过劳德诺的手送到了左冷禅手中，从而在争夺五岳盟主的斗争中出奇制胜。

那么，岳不群是怎么识别出这个嵩山派派来的卧底的呢？

书中并没有详细描写，不过我们可以推断，一方面是由于岳不群心思缜密，对人处处提防；另一方面，劳德诺发出的忠诚的信号还不够昂贵，不足以让岳不群排除对他的怀疑。

劳德诺曾对青城派余观主说：“弟子是带艺投师的。弟子拜入华山派时，大师哥已在恩师门下十二年了。”

首先，“白纸一张”是一个昂贵的信号，因此“带艺投师”就是一个可疑的信号。

其次，从时间来计算，劳德诺投到华山派门下不过三四年，三四年的时间成本固然不低，但还不是足够昂贵的信号。

犯罪经济学家迪亚哥·甘贝塔曾说：在狱中待得时间越长，越能成为犯罪分子和警方卧底的区分标记，没有人乐意为了假扮坏人而在狱中浪费二十年光阴。

因此劳德诺要在岳不群这样的老狐狸手下当卧底，最好先静默十年八载。

相对于行为方式来说，更昂贵的信号是时间。“说好了三年，三年之后又三年，三年之后又三年，都快十年了，老大！……再做，再做我成油尖旺老大了，到时怎么办，你抓我啊？”电影《无间道》中在黑帮的警方卧底陈永仁曾经这样向上线重案组黄警司抱怨。然而他可能不知道，正是这昂贵的时间成本，让他的警察身份无法被识别，从而使得他在三合会混得如鱼得水。

在《倚天屠龙记》中，朱长龄为了骗张无忌说出谢逊及屠龙刀的下落，也抛出了昂贵的信号。

朱长龄曾经信誓旦旦地对张无忌说：“张兄弟，你年纪虽小，我却当你是好朋友……咱们今后同生共死，旁的也不用多说。事不宜迟，须得动手了。”

表明心意显然不是昂贵的信号，让人可信的信号还必须是行动。于是朱长龄一把火把自己家的豪宅烧了。朱家庄广厦华宅，连绵里许，在这把火下化为了灰烬。这下，终于获得了张无忌的信任，张无忌眼见雕梁画栋都卷入了熊熊火焰之下，心下好生感激：朱伯伯毕生积蓄，无数心血，旦夕间化为灰烬，那全是为了我爹爹和义父。这等血性男子，世间少有。

朱长龄把自家“连绵里许”的广厦华宅化为灰烬（再加上之后的苦肉计），这个信号的成本可谓高昂，让张无忌信以为真，好在最后关头还是识破了朱长龄的诡计。事实上，张无忌的江湖经验还欠缺，因为以朱长龄发出的这个信号还不够昂贵，豪宅和屠龙刀的价值相比根本算不了什么。

信号是区别一类人和一个有意模仿者的行为，如果这个行为代价过高，模仿者就很难做到。一位联邦调查局探员曾经说："如果有黑社会成员的痕迹，黑社会成员便会察觉到。"2001年诺贝尔经济学奖得主约瑟夫·斯蒂格利茨等信息经济学大师认为，应该通过筛选假设理论（screening hypothesis），也就是那些昂贵的信号，而不是空泛的恭维来发掘隐藏信息。

那什么是真正昂贵的信号？

在《连城诀》中，金庸描述了真正昂贵的信号。

狄云被师伯门下弟子集体陷害，诬陷他奸污妇女而关入大牢，并被削断右手五指、穿了琵琶骨。在狱中他认识了丁典。

丁典既有绝世武功"神照功"，又有宝藏秘诀《连城诀》，武林中人对两者觊觎的大有人在。因此，丁典判断狄云就是派到他身边的卧底，目的是套出神功和秘籍的下落。无论狄云表现出怎么悲惨，他都不动声色。对丁典来说，这些信号都太廉价，不足以区分狄云到底是不是仇家派来的卧底。

然而接下来发生的一件事彻底改变了丁典的看法。当狄云听说心爱的师妹嫁给了陷害他的万圭，并收到印着"万戚联姻，百年好合"小字的喜糕时，悲痛欲绝。这天晚上三更时分，狄云将衣衫撕成布条，搓成了绳子悬梁自尽。

一旁的丁典并不急于出手相救，他要确信这个信号的可靠性，最后他不得不承认，这个信号是无比昂贵，无法造假的。丁典后来对狄云说出了获得自己信任的原因："你已气绝了小半个时辰，若不是我用独门功夫相救，天下再没第二个人救得。"

最昂贵的信号原来是一个人的性命，当他性命都不要了，显然不会作为卧底图什么，因此丁典真正信任了狄云。

信号理论的主要条件是，在所有可能的信号中，对具备某种特质的信号发送者来说，至少有一个信号是易于发出的，但是对于模仿者来说，发出这种信号则需要很高的成本。如果只有真正具备了某种特质的人才能承担发出特定信号的成本，我们就将他们这样的行动的均衡称为“分离均衡”。

有一个家喻户晓的故事，就是讲的“分离均衡”（separation equilibrium）。

所罗门是个智慧的国王，《圣经·列王纪》就记载着所罗门王判案的故事。有两个妇人同住在一间屋子里，其中一个生了孩子，三天以后，另一个也生了孩子。有天夜里，一个妇人翻身时不小心把自己的孩子压死了，于是她不露声色，悄悄把自己的死婴换成了另一个婴儿。而另一个母亲到了喂奶时，才发现孩子死了。她仔细观察，发现这个婴儿并不是自己的，而自己的孩子却在另一个妇人怀中。

两个母亲都说活着的孩子是自己的，可是屋里也没有第三人，谁也说不清，两人争执不下，便来到了所罗门王这里。

接下来的故事大家都知道，所罗门王说，拿刀来，把孩子劈成两半一人一半。真正的母亲大哭道：我不要自己的孩子了，让她拿去好了。于是所罗门王断定她才是孩子真正的母亲。

所罗门王所运用的当然不是什么神的智慧，而是经济学的博弈论中称为“分离均衡”的方法，运用人性（无私的母爱）来设置一种机制，从而达到区分真假母亲的目的（更重要的是，真正的母亲那种痛苦的神情是无法伪装的）。

没有一个投毒者会试图喝下有毒的那杯酒来证明自己的可靠，当信号拥有完美和高昂的甄别能力时，仿冒就不可能发生。

三年的卧底生涯和烧掉豪宅的信号都可能仿冒，而不要性命，却不能仿冒，于是丁典找到了真正的信号。

为什么武功越高的人越自谦

➤— 最有本事的人倾向于“反信号传递”

李西华是《鹿鼎记》中的武林高手，一出场，天地会和沐王府的四大高手一起向他攻击，李西华不仅从容化解，还自谦宣称自己不过是“小巧功夫，不免有些旁门左道”。他故意把别人使的一招“小鬼扳城隍”说成“城隍扳小鬼”，有意贬低自己。

陈近南请他上座时，李西华答道：“不敢，不敢！在下得与众位英雄并坐，已是生平最大幸事，又怎敢上座？”陈近南说“久仰”时，李西华的回答更为谦逊：“在下初出茅庐，江湖上没半点名头，连我自己也不久仰自己，何况别人？”

所以在金庸的武侠世界里，越是顶级高手往往越表现得谦逊和低调。

比如《倚天屠龙记》中“昆仑三圣”何足道，他几乎单挑了少林寺。然而何足道却出奇地低调：“我在西域闯出了一点小小名头，当地的朋友给我一个绰号叫作‘昆仑三圣’。但我想这个‘圣’字，岂是轻易称得的？因此上我改了自己的名字，叫作

‘何足道’。”

时刻保持谦逊，不露锋芒的人似乎将自己处于社会竞争的不利地位。但是这种不事张扬的谦逊态度，也表明自己资质（武功）极高，无须以外在表现来博取认可，以及自己的社会地位（或江湖地位）已经很高，没有必要再往上爬了。

谦逊的优势来自“不利条件原理”（the handicap principle），该理论由以色列的进化生物学家阿莫茨·扎哈维首先提出，他认为动物（尤其是雄性动物）会以有意冒险的方式，使自身处于不利地位，向潜在的配偶展示自己的基因优势，从而击败竞争对手。

例如椋鸟在遇到外部威胁时，会表现异常勇敢，如有捕食者迫近椋鸟群，发现捕食者的第一只椋鸟会发出尖厉的鸣叫，以警告鸟群中的其他椋鸟。对于主动警告其他同类的椋鸟，这样做不仅浪费体力，还吸引了捕食者的注意，因而将自己置于更加危险的境地。

再例如孔雀的尾屏令人叹为观止，然而这尾屏却非常沉，而且在孔雀的天然栖息地也不会带来任何实际优势。实际上，孔雀尾屏累赘之极，甚至造成了不便。这些行为看似对生存不利，但是正是这样让自己处于不利地位的方式，反而使得它们获得异性青睐，取得生存优势。

行为经济学家也把这种“不利条件原理”应用到人类行为中。经济学家雅伊尔·陶曼用“不利条件原理”来解释高科技创业公司的创始人为何要在完成学业前辍学，甚至不顾大学学业是否已经临近结束，比如微软创始人比尔·盖茨和脸书创始人马克·扎克伯格均从哈佛大学辍学。

根据陶曼的模型，此类人对自己的才能心知肚明，这时辍学便会构成优势，因为这本身对其虽是“不利条件”，却能以此向潜在的投资人发出积极的信号：他们对自己所持理念坚信不疑，以至于放弃学位带来的就业优势也在所不惜。

同样，在江湖上，自谦还可能向对手传递出反向的信息，越是说自己一把老骨头不中用，越可能让对手相信自己武功深不可测。同时谦逊的武林人士既避免了不必要的争斗，获得更多的生存机会，还起到不战而胜的作用。

果尔达·梅厄是以色列历史上唯一的一位女总理，20 世纪 70 年代，她接见了一位赴以谈判的重要美国外交官。外交官结束讲话后，她的顾问听到她向这位外交官耳语道：“你不该如此谦逊，你还不够格。”

所以谦逊看似是一种低调行为，实则是另一种方式崭露锋芒。尤其是已有声望或实力很强的人，张扬并无益处，对他们来说，通过谦逊来展示实力反而有效得多。

普林斯顿大学的经济学教授迪克西特说：人们普遍在意发送自己有本事或有钱的信号，但最有本事最有钱的人反而不发送这种信号，这就是经济学的“反信号传递”。

《福尔摩斯探案全集》的“银色马”故事中，那只狗没有吠叫的事实意味着闯入者是熟人。在这个例子中，某人没有发送信号，但也传递了信息。

印第安纳大学和美国人口统计局的经济学家瑞奇·哈勃和西奥多·陶曾做过一个调查，他们发现：有博士学位授予权的大学，更少在语音电子邮件祝词中使用头衔。在有博士学位授予权的大学，只有不到 4% 的教员使用头衔；而在无博士学位授予权的大学中，使用头衔的人约为 27%。

他们的结论是——成就越小的人越喜欢展示自己的头衔。

“反信号传递”在生活中也相当常见，如果你留意的话。年轻的富豪炫耀其财富，但是年老的富豪却鄙视这种低俗的炫耀；低层官员更喜欢通过炫耀权力来证明自己的地位，而真正有权力的人通过高雅的姿态来变现自己的实力；熟人通过有礼貌地忽视对方的缺点以表示善意，而密友则通过嘲弄般地强调这些缺点以示亲密；声望一般的人强烈驳斥人们对自己品行的指责，而德高望重的人却觉得对指责进行驳斥有损自己的人格……

我们会在自己的朋友圈分享自己的生活，但这些分享所表达的常常不是“真正的自己”，而是“希望别人认为的自己”。于是有人晒自己住过的豪华酒店，有人晒高档的餐厅，有人晒新买的名牌包包，还有人晒自己在全世界各地旅游的照片。然而那些真正有实力最顶尖的人，却很少发这样的信息，你通常见不到这些炫耀。

日本的商务名片常常会简单到极点，即使是职务很高的人也没有任何吓人的头衔（我们身边有些人的名片头衔则夸张得多）。这些名片不是表示这个人不从事商业活动，相反，这正好说明他在他的领域中是如此成功和重要，以至于不需要对自己进行介绍。

低调是身份的象征。村上春树曾经受聘为美国普林斯顿大学的客座教授，他说他住的教职员住宅地段停的全是生锈的二手皇冠，没了保险杠的思域等货色。谁要往里面停进通体闪光的宝马，就会不够得体。美国经济学家泰勒·考文曾经听自己以前的校长说，不信任某个教师的专业水平，原因就是“因为他穿得太好了”，让人怀疑他对政治领域更有兴趣，而不是学术造诣。

《红楼梦》中，贾政、王夫人内室“靠东壁面西设着半旧的青缎靠背引枕”“王夫人却坐在西边下首，亦是半旧的青缎靠背坐褥”“挨炕一溜三张椅子上，也搭着半旧的弹墨椅袱”。

针对“半旧的”这三个字，脂砚斋曾批注：“三字有神。此处则一色旧的，可知前正室亦非家常之用度也。可笑近之小说中，不论何处，则曰商彝周鼎、绣幕珠帘、孔雀屏、芙蓉褥等样字眼。”这三个“半旧”也是反信号传递，透露出真正钟鼎人家和暴发户的区别。

第八回中，“宝玉掀帘一步进去，先就看见宝钗坐在炕上做针线，头上挽着黑漆油光的䯼儿，蜜合色的棉袄，玫瑰紫二色金银线的坎肩儿，葱黄绫子棉裙：一色儿半新不旧的，看去不见奢华，惟觉雅淡。”

在贾府中，薛家有钱是人所共知的，因此聪明的宝钗不会通过服饰打扮来发送自己出身巨富的信号，她更在意发出其他的信号。薛姨妈说：“宝丫头古怪着呢，她从来不爱这些花儿粉儿的。”薛宝钗通过她简朴的服饰来传递着她有内涵有修养的信息。

要有效地使用反信号发送，需要一点技巧。最重要的是，反信号发送者必须已经具有一定的知名度或者神秘性。最好的程序员在求职面试中不会穿西装系领带，他们通常已经有了一定的名声，而如果一个完全不知名的新人在求职面试时不着正装，老板则会认为他不懂规矩或不是诚心来应征。

我们在反信号发送时，还要避免看上去是有意地要影响别人，被别人看出是在发送反信号不但是愚蠢的，还揭示了这个人不是真正完全地具有这种特质。也就是说，在江湖上，你明明武功平庸，但是去发送真正高手才会发送的反信号，将是愚蠢的行为。

名家高手为什么要自重身份

➤→ 放过对手也是一个“强硬”的信号

在武林中，高手有高手的处世原则，尤其是那些武学宗师。例如在对敌时一击不中，即便看着对方从自己眼皮底下逃走，也不宜再追。

《神雕侠侣》中，黄药师想杀李莫愁，没想到李莫愁用拂尘打熄烛火，从破壁中钻了出去。黄药师未能致其丧命，终于给她逃脱了，但因为顾及身份，不能出屋追击。

《笑傲江湖》中，岳不群以袖功挥出长剑，满拟将田伯光一剑穿心而过，不料不戒和尚替他挡下这一招。虽然岳不群认为自己这一拂之中未用上紫霞神功，但以岳不群这样的名家高手身份，一击不中，就不可以再试了。

武林中的这种规则是怎么来的呢？

高手自重身份，当然是金庸先生创造了这些规则，然而这些规则却反映了现实世界的某些真实特征。

我们以上面这段岳不群和田伯光、不戒和尚打斗为例分析：岳不群“以袖功挥出长剑，满拟将田伯光一剑穿心而过”，却被不戒和尚化解，可见不戒和尚武功不弱。

岳不群也可以接着用上乘的紫霞神功攻击不戒和尚，但是结果有两种，一种是击倒对手，还有一种是仍然没有击倒对方，于是岳不群施展出更厉害的华山剑法……其结果很可能陷入缠斗。

所以，当一击不中就绝不再出手，还可以保存宗师身份，一旦陷入缠斗，那可能丢的脸就更大了。

在博弈论中，被这种一小步一小步拖入泥潭的情形称为“腊肠战术”（salami tactics），美国著名经济学家托马斯·谢林说：“我们可以肯定，腊肠战术是小孩子发明的……如果你叫孩子别到水里去玩，他就会坐在岸上，光脚伸进水里，这样他还不算‘在水里’。如果你默许了，他就会站起来，他泡在水里的部分和刚才一样；你若是考虑再三，他就会开始蹚水，但不会走到水深的地方；如果你过会再思考着究竟有何不同，他就会走到稍微深一点的地方，还争辩说他只是来回走动，这没什么不同。很快，我们就叫他别游出自己的视线，一边奇怪自己刚才的叮嘱怎么变成这样了。”

江湖上藏龙卧虎，所以当高手一击不中时，就要及时自重身份，不可再追击。一击再击，很有可能接着二击不中再三击、四击……这时的身份和脸都会丢尽了。

名家高手自重身份，另一个重要原因就是创造声誉。

如果你是江湖成名人物，那你就该按照江湖规则自重身份，一旦你反悔，你就可能丧失可信性方面的声誉。比如《神雕侠侣》中，金轮法王心想：既是王爷来此，可不便杀了郭襄。法王害怕被忽必烈看见他下手杀一孤身少女，如果看到，势必会认为他徒有虚名，对他的真实能力产生怀疑。

在一生只遇到一次的情况下（单次博弈），声誉可能不那么要紧，所以也没有多大的承诺价值。但是江湖是个熟人圈，所有的行为会很快被传播，一般情况下，你会在同一时间和很多不同的对手开展多个博弈，或者在不同的时间里和同一个对手开展多次博弈。你未来的对手会记住你的行动，也可能从其他人的嘴里对你过去的行为有所耳闻，因此你有建立声誉的动机，这有助于使你未来的策略行动显得更为可信。

放过对手其实就是一个“强硬”的信号，我一下没有打死你，就不再追击，说明我既不怕你苦练功夫来找我报仇，也不惧你邀好手卷土重来。因此，这种信号是真实可信的。

这种行为并非不明智，因为声誉对于江湖人士至关重要，声誉越是强大，别人对你江湖地位挑战的欲望就越低，你的生存概率就越大。

同时声誉还是一种集体资产。

在《倚天屠龙记》中，灭绝师太在殷离的右手食指上斩了一剑，手法奇快，她的出手就是想斩去殷离的手指。没想到殷离出手之前先在手指上套了精钢套子，灭绝师太这一剑竟然没能斩去她手指，灭绝师太气愤地说，这次便宜了你，下次不要撞在自己手里。她对小辈既然一击不中，就自重身份，不肯再度出手。

灭绝师太虽然没有如愿断了殷离的手指，非常不情愿，但她这样做却创造出了声誉，并且这种声誉不但属于她个人，更是峨眉派的集体财产。每一个峨眉派弟子都可以使用这种声誉，这一资产是所有峨眉弟子共有的，它其实就是一种资本，这种资本甚至可以“租借”给从未参与积累过程的新人。

灭绝师太所创造的这种声誉是一种共同财富，任何一个峨眉弟子都可以受益。甚至当灭绝师太过世了，这种声誉仍然可以作为一种遗产留在峨眉派。当某人报上“峨眉弟子某某在此”的名号时，实际上她就是在使用这种声誉。

因此，制造声誉远比砍断一个后辈的手指来得有价值多了。

高手自重身份，说到底是这样做能够让自己和所属团体受益。但以上这些只是原则，当收益成本发生变化时，武林高手也是经济人，他们也会考虑打破这些条例。

比如江湖人士自己不能用也不会赞同别人使用下三烂手段，这样做一方面表明自己的武林身份，不屑用这种泼皮无赖的手段，另一方面也是一种自我保护。如果江湖通行下三烂手段，到处挖陷阱撒石灰，那最后会使每个武林人士受损。

当韦小宝用撒石灰的手段救了茅十八。茅十八就非常生气，他觉得自己的声誉受到了损失，于是骂道:“小杂种，这法子哪里学来的？”茅十八接着说出了他心中的顾虑，你用石灰撒人眼睛，这等下三烂的行径，江湖上最给人瞧不起。自己宁可给人杀了，也不愿让别人用这等卑鄙无耻的下流手段来救了性命。

茅十八把自己在江湖上的声誉看得比性命还重要。

但是当韦小宝同样用石灰打跑了冯锡范救了陈近南时，作为江湖顶尖人物的陈近南并没有怪罪韦小宝，他说：“刚才若不是小宝机智，大伙儿都已死于非命了。”可见武林规矩是死的，人可是活的，只不过茅十八太死心眼，陈近南的脑子可比茅十八好使多了。

规矩是死的，人是活的，这点，何惕守总结得非常到位：她说：“什么下作上作？杀人就是杀人，用刀子是杀人，用拳头是杀人，下毒用药，还不一样是杀人？像那吴之荣，他去向朝廷告密，杀了几千几百人，他不用毒药，难道就该瞧得起他了？”

高手过招必须以一对一，这是规则。在《神雕侠侣》中，金轮法王就对黄蓉说，黄帮主，你也一齐上吗？在这里金轮法王要了小心机，他虽见黄蓉脸有病容，终究心里还是忌惮她武功了得，这句“黄帮主”其实是点醒黄蓉是一帮之主，如与旁人联手合力斗他一人，未免坠了帮主的身份。

以一对一的原则也不是一成不变的。在和法王最后的对决中，一灯大师、黄药师、周伯通当世三大高手居然一起上了。

三人将法王围在中间。法王瞧瞧一灯大师，瞧瞧周伯通，又瞧瞧黄药师，长叹一声，将五轮抛在地上，非常不服气地说道：“单打独斗，老僧谁也不惧。”周伯通这时回答道：“不错。今日咱们又不是华山绝顶论剑，争那武功天下第一的名号，谁来跟你单打独斗。”

东邪、南帝，以及日后的“天下五绝之首”一起动手，这还有江湖规矩吗？

所谓一代宗师、武林身份，说到底还是见机行事罢了。

在江湖上抛头露脸为什么需要绰号

➤→ 作为无形资产的绰号有助于形成团体意识

茅十八指着韦小宝向别人这样介绍道:“这位小朋友姓韦，名小宝，江湖上人称……小白龙。水上功夫，最是了得，在水上游上三日三夜，生食鱼虾，面不改色。”

他要给这个新交的小朋友争脸，不能让他在外人面前显得泄气，有心要吹嘘几句，可是韦小宝全无武功，别人也是行家，吹牛自然不能过分，所以就说韦小宝绰号“小白龙”，水上功夫十分厉害。

如果你要在江湖上行走，没有一个响亮的绰号，那简直和裸奔一样。比如你是梁子翁，江湖上有几个知道？但你要说“参仙老怪”，人家可能还对你客气一点；你要说你是胡青牛，人家可能一脸迷惑，但你要说出你是“见死不救”，谁都要让你三分。因此，就算是韦小宝这样一个小孩，在江湖上行走也需要一个绰号。

《天龙八部》中，聚贤庄发英雄帖围猎萧峰，请帖上署名是“薛慕华、游骥、游驹”三个名字，其后附了一行小字:“游骥、游驹附白：薛慕华先生人称‘薛神医’。”

这行小字非常有意思，若不是说明薛慕华的绰号“薛神医”，收到帖子的多半还不知薛慕华是何方高人，来到聚贤庄的只怕连三成也没有了。这也足见绰号的重要性。

那么江湖人物的那些绰号是怎么来的？它又有些什么用呢？

通常来说，名字是父母和长辈取的，一个人的名字和他的性格之间也没有必然关系，然而绰号则不同，绰号是别人给的，它提炼了你某种特征，并且可以不顾及所有人的感受，无论你喜欢与否，都会毫不客气地安在你头上，比如我们常见的“王麻子”“矮冬瓜”等。我猜梅超风和陈玄风都不喜欢“铁尸”和“铜尸”这两个晦气的绰号，他们当然更愿意被称为“神爪双侠”什么的。

绰号也是一种集体财产，无论本人愿意不愿意，都只能接受，他无法阻止别人在背后叫他的绰号，这就像流言一样难以控制。比如《鹿鼎记》中，吴立身不喜欢别人叫他“摇头狮子”，他如果逢人便摇头说“别叫我摇头狮子”，这多半没有什么用，还可能适得其反，它不但提醒人们这个绰号的存在，还表明当事人为此有多烦恼。想想我们在读小学的时候，如果有人送你一个外号，你表现出非常抗拒和气愤，那么十有八九这个绰号会长久地安在你的身上。

因此无论多么负面的绰号不如坦然接受，这样反而增加江湖知名度，比如“恶贯满盈”段延庆，“无恶不作”叶二娘等，四大恶人就是通过自己凶残歹毒的恶名来提升自己的江湖威慑力，而梅超风和陈玄风也可以运用“铁尸”和“铜尸”这两个负面绰号提高自己江湖地位。

在古代江湖，没有可视化的传播工具，信息靠口口相传，因此准确识别他人身份就极其重要，比如叫张阿生的有成百上千个，但是提炼了个人的特征的“笑弥陀”张阿生就会比较容易识别。错误的身份识别会造成不必要的冲突，甚至是不必要的丧命。这时，绰号就能避免太多的重名造成的身份识别错误。

当一个人知道自己有绰号的时候，他可以经常使用以提升这个绰号的知名度，比如丁春秋就充分利用“星宿老仙”这个绰号在江湖扬名。行走江湖，绰号是最重要的无形资产，谁会记得史孟捷，而绰号则不同，它的朗朗上口能够让你迅速拥有很多粉丝，所以史孟捷有个比自己名字远远响当当的绰号“八手仙猿”。如果你是江湖黑帮，只使用绰号还能帮助你隐藏真实身份，躲过官府的缉捕。

同时，绰号还能传递出一个人的技能、品质和地位。比如“断魂刀”“铁掌水上漂”“神拳无敌”“一字电剑”“毒手药王”，人们一听就知道他的特长。像“千里独行侠”“俏李逵”一听就知道他的性格和外形特点，最绝的当属“君子剑”岳不群，江湖为人是个谦谦君子，只是不知道是真君子还是伪君子。至于东邪西毒、南帝北丐则一听就知道其江湖地位。

那为什么绰号常常会是负面的，行走江湖为什么就不能都叫“镇关东”“昆仑三圣”“闹市侠隐”？干吗非得叫“南霸天”“毒手无盐”“千手人屠”“鬼见愁”这么难听呢？事实上，贬低性绰号远远多于赞扬性的绰号，其原因就是相比之下负面的绰号更有意思，这就像负面的传言远远多于正面的传言一样。无论身处何地，人们总是喜欢通过嘲弄、挖苦、贬低他人来获得乐趣。

现实生活中，绰号往往流行于男性之间，尤其是处于团队活动中的男性，并且风险越大，越容易有绰号。比如在矿工、运动员和士兵中间频繁使用，士兵或者矿工共同面临的风险推动了这些绰号的使用。

电影《血战钢锯岭》中，主人公德斯蒙德·多斯来到新兵营，发现这里几乎人人有绰号，痴迷健身的叫“好莱坞”，长得像印第安人的叫“酋长”，长相凶恶的叫“恶鬼”，不入长官眼的叫“二等兵白痴”。很快，长官也因为多斯高高瘦瘦，奉送给他一个绰号“二等兵玉米秆子”。这些绰号增加了士兵之间的友谊，也间接了促使士兵在战场上为其他人做出牺牲行为，多斯也因为他舍生营救了75名战友的行为被广为流传。

武林人士也同样面对着残酷的江湖争斗，通过绰号的威慑力可以避免无休止的争斗，保存实力。同时它也有助于形成团体意识，比如江南七怪这个团体绰号就能让这七个江湖人士紧紧抱团，维护“七怪”的集体荣誉，这也是他们需要绰号的原因。

杨过为什么要送给郭襄三件礼物

➤→ 礼物的代价取决于私人信息

《神雕侠侣》中，郭襄这年过十六岁生日，当她听说神雕大侠亲自给她预备了三件生日礼物时，不由心花怒放。不过对于郭襄来说，此时对她最好的礼物就是见到杨过本人，还有什么比立刻见到神雕大侠更让人高兴的事情呢？

杨过究竟送什么样的礼物能让郭襄开心呢？

送礼物这件事由来已久，人类原始社会就有互赠礼物的习俗。人类学家马林诺夫斯基1910年对巴布亚新几内亚的特罗布里恩群岛上的土著进行了研究，他亲眼看到农民抬着大堆的甘薯和芋头送到渔村去，然后渔民作为回报，又抬着大批的鱼送到农庄。

美国著名经济学家曼昆说：赠送礼物是件奇妙的习惯。人们通常比他人更知道自己的偏好，因此，我们可以预期每个人对现金的偏好大于实物。如果你的老板要用商品代替你的工资，你很可能拒绝这种支付手段。但是，当爱你的某个人做同样的事时，你的反应会完全不同。

在欧·亨利的小说《麦琪的礼物》中，德拉把长发卖了，买了送给吉姆的表链。她把这个圣诞礼物紧紧攥在手心里，接下来发生的事情大家都知道，吉姆回到家万分惊讶，当他从恍惚中明白过来时，紧紧抱住德拉，接着他从大衣里掏出一个小包，原来他把自己最珍贵的表卖了，买了为妻子长发使用的整套梳子。

毫无疑问，这是我们见到过的最动容、最珍贵的礼物，那么，从经济学的角度来说，两人互相送给了对方毫无用处的礼物，是不是一种低效率的行为？经济学家是怎么看待这样的事情的？

送礼物其实就是个发信号的过程，所谓发信号是指拥有信息的一方仅仅为了获得信任，而披露自己私人信息所采取的行动。

《红楼梦》中宝玉被贾政打烂了屁股，趴在床上。他让晴雯给黛玉送两块旧手帕，晴雯道："这又奇了，她要这半新不旧的两条绢子？她又要恼了，说你打趣她。"宝玉笑道："你放心，她自然知道。"在这里，宝玉通过两块手帕发出自己的信号。

宝玉曾经发送了错误信息，虽然他没有送给林妹妹整箱的银子，但是他误以为，足够贵重的东西可以发出自己想表达的信号，于是他把北静王赠送的"圣上所赐苓香念珠"送给了黛玉。

诺贝尔经济学奖获得者迈克尔·斯宾塞认为，掌握信息的一方可以用缺乏信息的一方所信任的方法传递信息。在这里，宝玉是掌握信息的一方，他知道自己对黛玉的感情，黛玉对此却有些不敢确认。但是宝玉用了错误的方法，价值昂贵的礼物并不足以传递自己要表达的私人信息，赠送念珠这就像富二代赠送爱马仕包包、法拉利跑车，不足以让真正的好女孩获得信任，于是，黛玉毫不留情地把念珠丢在地上说："什么臭男人用过的，我不要。"

一个人拥有的爱人想知道的私人信息，即"你真的爱我吗？"，为她选择一件好礼物就是一种"爱的信号"。晴雯拿着旧手绢去了潇湘馆。这一回，宝玉发对了信号。黛玉体会出手帕的意思来，不觉神痴心醉。

如果你是个土豪，你送给女友的生日礼物是一大笔现金，你得意非凡，而对一个好女孩来说，这一定是一件糟糕的礼物，因为礼物传递的信息只是"你有钱"，而不是"你爱她"。

但是当我们在读大学时，生日收到父母的现金和汇款时，却并不会难过，这是因为父母的爱不容置疑，因此，我们并不会把现金礼物理解成缺乏感情的信号。

经济学家曾让一群大学生对他们从不同人那里收到的礼物进行价值评估。对于女朋友或男朋友送的礼物，购买价格每一美元他们认为值一美元；父母所送的礼物购买价格一美元包含的价值，他们认为略低于一美元；来自于祖父母的礼物一美元所包含的价值最低。不过经济学家认为这很正常，因为男（女）朋友更了解你的效用偏好，而祖父母并不了解什么礼物能让你开心。当然更重要的是，恋人的礼物在你眼里显得更珍贵。

因此，挑选一件礼物比直接给对方现金更能成为一个适当的信号。它的代价取决于私人信息（你有多在乎她）。

如果你是真的在乎对方，选择一件好礼物并不难，因为你时刻在想着她了解她。如果你并不在乎对方，找到适当的礼物就较为困难，送现金表明你甚至懒得去试一试。

让我们再来看看杨过所送的三件礼物。

第一件礼物是两千只蒙古兵将的耳朵。

第二件礼物是流星火炮放到天上，变成满天花雨，组起来是“恭祝郭二姑娘多福多寿”十个大字。接着是北方远远传来闷雷般的声音，原来是杨过烧了蒙古二十万大军的粮草。所以第二件礼物不但能讨得小姑娘欢心，而且还毁了蒙古军积贮数年的火药和大军粮草，对襄阳乃至大宋意义重大。

第三件礼物也是别出心裁。杨过洞悉了霍都的奸谋，不但将丐帮镇帮之宝打狗棒夺回，还揭穿了霍都的真面目，排除了丐帮的重大隐患。送给郭襄的这件礼物，也不算小。

杨过的三件礼物，件件独一无二，件件都表明他花了大力气，花了大心思。这礼物不但对郭襄非常有意义，而且对丐帮、对武林、对襄阳百姓，甚至对整个大宋都意义重大。因此，郭襄永生不会忘记自己十六岁时收到的生日礼物。

杨过也发送出了比黄金万两更昂贵的信号，每一件礼物都在表达，他对郭襄生日的看重，这个小妹妹在他心中的地位有多高。

杨过送给了郭襄如此独特的三件礼物，这样的信号怎能让一个小姑娘不倾心呢？也正因为如此，郭襄一生深恋着杨过，当杨过和小龙女隐退江湖后，她还四处寻访，最后开创了峨眉派，并且终身未嫁。因为郭襄深知，在这个世界上，再也没法遇到能送出如此昂贵并且和她心意礼物的人，再也没有人能替代杨过。

韦小宝为什么在乎“花差花差”

➤—→ 发送贪腐的信号是官场博弈的一部分

在封建王朝，官员常常贪腐成性。尽管历朝历代都有严密的举报制度，惩罚贪腐也有严苛的律法（例如《大明律》规定，官员贪赃枉法者，一贯钱以下，杖刑五十，每五贯钱加一等罪，八十贯处以绞刑。监守自盗者，不分首从，一贯以下，杖八十，四十贯处斩刑）。但贪污腐败却仍然屡禁不止。如果我们把这种现象放到博弈论的框架下去看，会得到一些有趣的答案。

平定台湾后，韦小宝问施琅：“有一件大事，你预备好了没有？”施琅道：“不知是什么大事？”韦小宝笑道：“花差花差！”

韦小宝口中的“花差”其实是指打点行贿。他问施琅对朝中诸位大臣，每一个送了多少礼？并告诫说：“你打平台湾，人人都道你金山银山，一个儿独吞，发了大财。朝里做官的，哪一个不眼红……你自己要做清官，可不能人人跟着你做清官啊。你越清廉，人家越容易说你坏话，说你在台湾收买人心，意图不轨。”

施琅先是面红耳赤，继而恍然大悟。韦小宝对施琅说的也的确是大实话，“花差花差”对施琅这种令皇帝颇有戒备之心的大臣大有好处。

南北朝时期，梁武帝的六弟萧宏权倾朝野。萧宏家里有多间常年闭锁不开的库房。梁武帝得到密报，说那些秘密仓库里面堆满了兵器，萧宏在等待机会起兵篡位。

一天夜里，萧宏家里一群不速之客前来造访，为首的就是梁武帝。两兄弟饮酒到了半醉之后，梁武帝忽然脸色一沉，说自己想看看他的库房里有什么东西，然后不等萧宏答应就命侍卫砸开后院的三十多间仓库。

仓库里没有兵器，却堆满了金银珠宝。每十万钱装一个箱子，每百万钱再贴一道黄纸，每千万钱再贴一道紫缎……钱多得简直就是央行的库房。面对目瞪口呆的皇帝，萧宏心一凉，想贪腐事发，这下彻底完蛋了。

不料梁武帝紧锁的眉头忽然缓和下来，淡淡地说了句："还是六弟会打点生活啊。"然后，两兄弟继续喝酒，尽欢而散。

在梁武帝的故事中，从博弈论的信号发送机制来说，萧宏通过自己的贪腐成功地发送了忠诚的信号，说明自己只对钱感兴趣，对权力没有兴趣。他的巨贪保护了自己。

专制社会中，官员的全部命运掌握在上司的手中，上司可以决定他的升迁乃至生死。如果你要在官场上混，让上司相信你不会篡位或没有政治野心是至关重要的，你如果完全忠心于他，就必须发送"可置信"的信号，那么怎么来说明你是忠诚的呢？

如果你清正廉洁，这样你就有好的声誉，一旦你上位成功，那么好声望就会让你有强有力的群众基础。还记得《史记》为什么有"鸿门宴"这一出吗？范增说刘邦"沛公居山东时，贪于财货，好美姬。今入关，财物无所取，妇女无所幸，此其志不在小”。刘邦突然不贪财不好色，那不就是野心勃勃吗？

相反，当你的名声很糟糕时，即使你想上位，也因为没有很好的群众基础，很难得到大众的支持，这样你有野心的动机也会比较小。这点上萧何就是个明白人，他一生简朴，为百姓所爱戴，却在刘邦死的那年突然低价强买百姓田地，与民争利，这样做的原因不是为了钱，而是为了自毁声誉，好让皇帝“安心”。

如果施琅清正廉洁，康熙皇帝会觉得他志向不小，怀疑他会不会通过这种好名声笼络台湾民众，其实另有所图。如果他为官贪腐，那么说明他做官的目的其实就是为了点钱，没有雄图大志，其次，他也有贪腐受贿的把柄握在康熙手中，如果有任何企图，随时可以把他除掉。

当韦小宝护送公主来到云南时，韦小宝对吴三桂道：“我想你要造反，也不过是想做皇帝。可是皇上宫殿没你华丽，衣服没你漂亮……”一时之间，大厅上一片寂静，吴三桂和他那些官员听着他不伦不类的一番说话，心下都怦怦乱跳。

韦小宝接着道：“还是花差花差，乱花一气的开心。你做到王爷，有钱不使，又做什么王爷？你倘若嫌金银太多，担心一时花不完，我跟你帮忙使使，有何不可。”他这话一说，吴三桂顿时大喜，心头一块大石便落了地，心想你肯收钱，那还不容易？文武百官听他在筵席上公然开口要钱，人人笑逐颜开，均想这小孩子毕竟容易对付。

韦小宝释放出受贿的信号，让吴三桂大舒了一口气，这里，受贿就是睁一只眼闭一只眼，彼此沆瀣一气的信号。

在封建社会中，贪腐在某种意义上，就是向上司交了投名状

（尤其当上司本人也是巨贪的时候），说明你没有政治野心，因为你成功的机会很小，同时你把关系生死的把柄放在他的手中。这种信号无疑是可置信的。

江湖上有时会也会通过自污来求生存。比如《笑傲江湖》中的刘正风。他主动投靠朝廷，得到小小的参将之职，还当众磕头道："微臣刘正风谢恩，我皇万岁万岁万万岁。"

当时在刘府之中的宾客都是武林中各具名望、自视甚高的人物，对官府向来不瞧在眼中，见刘正风趋炎附势，被皇帝封一个"参将"那样芝麻绿豆的小小武官，便感激涕零，作出种种肉麻的神态来，更公然行贿，心中都瞧他不起，有些人忍不住便露出鄙夷之色。

刘正风正是通过这种自污，自毁声誉向五岳盟主左冷禅传递出他对江湖的权力已经不感兴趣，而真心金盆洗手退出江湖。即便他日后反悔，想重入江湖获得权力，也因为这种自毁声誉使得自己没有号召力。

当归二侠欲刺杀康熙时，韦小宝赶紧去报信，并把身上刀枪不入的金丝背心脱下来给皇帝穿上。康熙却早已知道背心来历，他说，这件金丝背心是在前明宫里得到的，当时鳌拜立功很多，又冲锋陷阵，身上受的伤不少，因此赐了给他。那时候派你去抄鳌拜的家，清单上可没这件背心。

可见康熙早就知道韦小宝在抄鳌拜家时贪污了不少。

当韦小宝承认自己在台湾贪了一百万两银子，又向郑克塽勒索了一百万两，康熙只是吃了一惊，说道："有这么多？"韦小宝轻轻打了自己一个嘴巴，骂道："小桂子该死！"这个时候康熙的态度很值得玩味，他并没有因为身边有这个巨贪而勃然大怒，相反，“康熙却笑了起来，说道：‘你要钱的本事可高明得很，我一点儿也不知道。’”

对于韦小宝贪污受贿的行为，康熙绝不会“我一点儿也不知道”，康熙眼线甚多，心思缜密，因此韦小宝受了多少贿康熙基本是掌握的，但也正是这些贪污受贿，使得康熙认为韦小宝胸无大志，可以牢牢掌控。从某种意义上，这种“花差花差”的爱好也救了韦小宝。

稳定的王朝就是在封建官僚和黎民百姓之间合理地分配财富，既要保证黎民不被齐颈深的水淹没，又要保证封建官僚有维持王朝统治的积极性。因此，在封建时代，打击贪腐从来不会是统治者的重点，维持统治才是。

第六章

情感迷思：爱恨情仇的成本和收益

段正淳为什么会见一个爱一个

➸ 最有利的婚姻策略是只投资一个伴侣

金庸的每部小说都涉及男女情感，他笔下的情感世界参差多态，绝无雷同。康敏和段正淳之间的感情，就是一种很特别的存在。

丐帮马副帮主的夫人康敏风情万种地对段正淳说："谁稀罕你来向我献殷勤了？我只是记挂你身子安好吗？我这一颗心，又有哪一时哪一刻不在你的身边？"

这情话听起来让人酥麻，可接下来的事情却有点不妙，段正淳很快就要为他的风流付出代价。他中了康敏的烈性毒药"十香迷魂散"，内力全失。而康敏居然想置他于死地。自己得不到的，别人也别想得到。她取出一柄明晃晃匕首，割破了段正淳胸前衣衫，将刀尖对准他心口……

此刻，不知道段正淳有没有为他往日的作为感到懊悔。

经济学中没有这么香艳又惊悚的描写，但是它同样可以用来解释两性中的道德，比如婚姻中的忠贞和出轨。

美国加州大学洛杉矶分校的心理学教授迈克尔·舍默认为：

出轨也存在深刻的进化原因，对男人来说，出轨给了他们机会，可以把自己的基因分配给另外的性伴侣。

段正淳的情人可以开出长长的一张单子：有秦红棉、甘宝宝、阮星竹、王夫人李青萝和马夫人康敏。段正淳的夫人镇南王妃刀白凤正是受不了他拈花惹草、不断出轨，于是出家做了带发修行的道姑。而段正淳的子女名单同样也是长长的：木婉清、钟灵、阿朱、阿紫、王语嫣。

对女性来说，出轨可能会给她们带来交换更优基因，更佳资源，更高社会地位的机会。比如康敏想让段正淳将她明媒正娶，而不是做情妇，这样她就有机会获得极高的社会地位（王妃）。但这种想法也很容易落空，所以当康敏明白段正淳压根没有这个想法时，有说不出的失落。她叹息说，你不过是又来哄我空欢喜一场。

但是出轨行为是要付出代价的，也就是经济学所说的成本。对男人而言，要是对方那个戴了绿帽子的丈夫跑来寻仇，那可是性命攸关的大事（比如甘宝宝的丈夫钟万仇，恨不能把段正淳大卸八块，段正淳要不是仗着自己武功好、护卫多，早被砍成肉泥）。

妻子逮住丈夫在外不忠，虽说不会杀了他，但是也可以施加严厉的情绪和社交惩戒，比如叫他丧失子女探视权、损耗财务资源、社交孤立等。妻子甚至可能和别的男人通奸作为报复，增加他以有限的资源抚养别人后代的风险。当段正淳屡屡出轨，妻子刀白凤一气之下和街头的叫花子（段延庆）发生了关系，生下了段誉。段正淳最疼爱的儿子最后居然还不是自己亲生的。

在《天龙八部》里，段正淳还有额外的成本（危险），就是那些情人武功高强，都会要了他的命。比如秦红棉要用箭射他，阮星竹要用刀砍他，王夫人甚至要将他做成花肥。

有数据显示，在现实生活中，大部分婚内谋杀案的起因，都是出于性嫉妒，被拉去作花肥的风险并非只存在于小说。

段正淳为何冒着这些风险频频出轨，这仍然有经济学的解释。婚恋和经济一样，都是要把有限的资源进行有效的分配，不然，这些资源就会派做他用。精子又小又多，无穷无尽，而卵子又大又少，极为有限。因此，女性比男性更需要关注分配效率问题。结果，男性互相竞争接近女性，而女性则选择性地挑选男性。达尔文把这种现象称为“雌雄淘汰”，也称为“性选择”（sexual selection），这是一种极为强大的进化力量。

和男性相比，女性在选择伴侣的时候，更需要确定伴侣能忠于自己和子女。因为如果没有伴侣在情感上忠诚于她和她的子女，孩子的父亲就不可能分担抚养子女的重任。她独自抚养子女的话，他们获得的保护和食物供给很可能不如有父亲抚养的情况。一般而言，女性在生育上付出的精力要多于男性，因为女人至多每 9 个月才能怀孕一次，而怀孕 9 个月的期间，为了保胎和分娩，她需要付出大量精力。

自然界中，只有我们人类婴儿出生后，需要一年以上的时间才能学会走路，而小羚羊在出生后不到两天就能站起来走路，初生的小马驹更是不到半天的时间就能迈出第一步。正是因为人类养育后代是漫长而复杂的过程，需要双亲共同抚养，从经济学的角度来说，女性会更看重伴侣的可信承诺，因为这种承诺正是父母付出巨大努力共同抚育后代的前提，如果遇到一个生下孩子就拍拍屁股走人的父亲，母子的生存都可能遇到问题。

虽然男女具有区别，但是这并不代表段正淳这样的出轨是可以原谅的（尽管他对每个情人看上去并不是虚情假意）。

我们具有一种进化而来的是非感，这就是道德感觉和道德情绪。当我们心理感觉在作“恶”时，我们会体验到诸如愧疚和羞耻的负面情绪。“忠贞”这个概念并不是从天上掉下来的，也不是哪个道德家拍拍脑袋想到的，它同样是人类进化的产物。

对男性而言，最有利的婚姻策略是在一个伴侣身上投资，确保后代的质量，而不是冒险滥交。同时，忠诚的婚姻避免了冒险、竞争甚至是暴力行为，增加了生存概率，并且对孩子的成长也更为有利。

在美国，家长为亲生子女支付大学学费的情况要比继子女多5.5倍；和继父母一起生活的孩子受到体罚的可能性比和亲生父母生活的孩子多出40倍；亲生子女和继子女都在一起生活的家庭，继子女受虐待的机会比生活在同一屋檐下的亲生子女高出9倍……因此，夫妻双方对婚姻的忠诚才是对子女最好的呵护。

从“美德经济学”的角度来说，我们要考虑的是自己的选择带来的经济后果，因此在婚姻经济制度下，最好的选择是保持对伴侣的忠贞，而不是成为段正淳这样的人。

游坦之对阿紫到底是一种怎样的感情

➤→ 情感机制会配合认知机制来调节受辱感

游坦之是《天龙八部》中非常特殊和极端的一个人物，其特殊之处在于他深深爱上不停虐待和折磨他的阿紫，极端之处是他为了阿紫肯做任何事情，甚至是挖了自己的眼睛。

游坦之对阿紫保持着一种奇特的感情，书中描写到，当游坦之第一次见到阿紫时，他就牢牢盯住了阿紫的双脚。“她一双雪白晶莹的小脚，当真是如玉之润，如缎之柔，一颗心登时猛烈地跳了起来。”

不过阿紫心里想的却是想个什么新鲜法儿来折磨他才好玩。于是她一会儿拉着绳索，把游坦之当作了“人鸢”，一会儿又给游坦之套上了铁头让狮子咬。死里逃生的游坦之居然还被要求喂毒虫之王冰蚕。

游坦之无论付出多少，哪怕是性命，却得不到阿紫一丝同情和怜悯。当阿紫见游坦之浑身冰冷僵硬，便以为他死了，这并没有引起阿紫的同情，反而觉得好笑，于是命人将游坦之拖出去葬了。

与之截然相反的是，不管阿紫怎么虐待他，游坦之对阿紫却一往情深。

那么这种奇怪的感情究竟是怎么产生的？

心理学上把这种行为和心理称为“斯德哥尔摩综合征”（stockholm syndrome）。

1973 年 8 月，瑞典首都斯德哥尔摩发生一起两名匪徒抢劫银行并绑架人质的事件。4 名被劫持 6 天的银行职员竟对绑匪产生同情心，获救后对警察产生抵触情绪，在法庭上拒绝指控绑匪，还凑钱帮其打官司。从犯欧佛森逃脱了法律制裁，跟当时的人质之一克莉丝汀成为好朋友，两家人经常来往……

此后，瑞典犯罪学家、精神病学家尼尔斯·贝杰茹特提出“斯德哥尔摩综合征”一说，描述这种矛盾的心理现象：尽管绑匪对人质并不好，严重侵犯其人身自由权，完全控制食物、水、住宿等必需生活资料，打骂有加还时刻威胁撕票，但人质却同情绑匪，其内心意愿似乎跟自身利益截然相反。

进化心理学认为，“斯德哥尔摩综合征”是人类历史早期出现的行为现象。在早期的狩猎采集社会中，各个部落相互之间要争夺有限的食物资源，这往往会引发部落冲突。在此情况下，男性经常劫持敌对部落的女性成员，在物竞天择的原则下，能成功融入新部落的女性更占优势，她们能幸存下来，甚至为劫持者繁衍后代。无法在情感上认同劫持者的女性往往未能幸免，即便自己免于一死，也大多没有生育后代。

行为经济学家认为，“斯德哥尔摩综合征”只是另一种常见心理状态的极端表现。这种心理状态更加普遍，所有人都或多或少地受其所累。以色列行为经济学家埃亚尔·温特描述了这种更为常见的心理状态：在与权势人物的相处中，我们往往会对其产生正面情感，即便可能被这些权势高于自己的人加害，受到对方的不公对待，人们也往往会顽固不化地保持这种正面情感。

当改变境遇的机会越渺茫，我们就越有可能对权势人物表达正面情感，而将自己受到的不公对待归咎于自己。这方面例子不胜枚举：妇女遭到家暴，却拒绝离开有施虐倾向的丈夫，甚至认为是自己没有伺候好丈夫；老板劣迹斑斑，却莫名得到员工的谅解；独裁者大权独揽，专横跋扈，臣民却奉若神灵。

游坦之被阿紫的美貌吸引而爱上她，这只是一个表面现象，更深的原因就是温特教授所说的这种心理状态。游坦之只是一个俘虏，生死攥在别人的手中。而阿紫是南院大王的妹妹，身份悬殊，她可以随意决定游坦之的生死。游坦之无法改变自己被虐待的地位，于是转而变成享受这种虐待。越是遭受无法承受的虐待，心理越是容易强化爱上施虐人的情感。

这种错乱的情感和认知是怎么形成的？

埃亚尔·温特解释道：在很多情况下，权力分配对我们极为不利，情感机制就会与认知机制相互配合，调节受辱感与愤怒感，这是理性的情感行为适当发挥作用，增加我们的生存概率。然而在极端情况下，这种行为模式也会放大我们的感激之情，我们会因此过于看重此类恩惠，毫无来由地相信权势人物拥有仁慈正派的品质。

游坦之同样放大了阿紫的“恩惠”。阿紫曾经对游坦之说，自己所以给他戴上这个铁罩，其实是救了他的性命。萧峰大王要将他砍成肉酱，自己是为了救他，因此才做了这个铁罩把他藏了起来。

这个破绽百出的解释却让游坦之“恍然大悟”：“啊，原来姑娘铸了这个铁面给我戴，是为我好，救了我的性命。我好生感激。”所以即便当阿紫鞭打游坦之时，游坦之却说：“小人心想姑娘待我这般恩德如山，小人心里感激，什么话也说不出来，只想将来不知如何报答姑娘才是。”

游坦之最后竟然挖出自己的眼睛给了阿紫……

在职场上，虽然不至于被人挖了眼睛戴上铁头罩，但某些时刻我们也会成为某种程度的游坦之。

很多员工长期打工的后果便是得了“斯德哥尔摩综合征”：即使老板对员工不好，包括滥施语言暴力、要求长时间加班、无视其身心健康等，但一些员工无视现实遭遇，依旧对老板怀有极高的忠诚度，在情感上对公司产生依赖。他们会自欺欺人地说，较低的待遇对公司整体来说是必要的。当有外人为他们打抱不平时，他们反而义愤填膺地为老板辩护。

2014 年美国一项调查显示，72% 的员工目睹过同事受欺负，27% 的员工自己曾经遭受过欺负，其中主要是被老板欺负，但是七成的受访者不把这当回事，甚至还认为这是合理、值得提倡的，他们显然患上了某种程度的“斯德哥尔摩综合征”。

这样的公司往往还会用所谓的“公司文化”，来纵容甚至鼓励员工排挤和欺负其他所谓“不努力”“不配合”的员工，他们给予员工很低的工资甚至是拖欠不发，却号称“和企业共患难”，不断画各种大饼给员工永远兑现不了的承诺。这种“公司文化”还被视为重要的管理手段，旨在培养忠诚度，而并不在乎员工是否幸福。

在一些“血汗工厂”，各种规矩往往到了苛刻的地步——不准睡觉、不准聊天、不准笑、不准走动；每个月加班时间超过 100 小时，上厕所不但要申请，还有次数限制，只有拿到离岗证以后，有人来顶你的岗，你才能离开去上厕所……

“血汗工厂”偶尔也会给员工一些优待、津贴，或者口头表扬，但是这些微不足道的待遇，常常使得员工对老板充满感激和信任，把老板看得太重要，而忘记了每天的残酷压迫。埃亚尔·温特曾举了一个最平常的例子：在公司开会的时候，老板讲的笑话会让大家开怀大笑，而同样的笑话在普通同事口中讲出来，就没有那么好笑了。

在这种情感机制的调节下，老板和员工会“其乐融融”，但融洽的关系只是幻象，当员工提出升职、加薪或其他合理的要求时，就要重新面临残酷的现实。

因此，我们所讲的不单是游坦之和阿紫的故事。大人物作了恶，却用一点小恩小惠让人感激和记挂。这种情感在特定的时间内或许是理性的，有助于我们在最困难的环境下存活下来，但长期来看，这其实助长了恶的滋生。尤其当我们保持一定的距离观察时，才发现这种情感荒谬无比。

不许杨过小龙女师徒结合有道理吗

➤→ 评估情感的伤害要从长远的角度来看

英雄大会上，郭靖当着群豪的面想把女儿郭芙许配给杨过，不料小龙女说：“我自己要做过儿的妻子，他不会娶你女儿的。”

这时的郭靖不敢相信自己的耳朵，但是他看到小龙女拉着杨过的手，神情亲密，又不由得不信。他怀着巨大的疑惑问：“他……他是你的徒……徒儿，却难道不是吗？”同时他告诫杨过：“过儿，你可要立定脚跟，好好做人，别闹得身败名裂。”

杨过对此却大惑不解：“我做了什么事碍着你们了？我又害了谁啦？姑姑教过我武功，可是我偏要她做我妻子。你们斩我一千刀、一万刀，我还是要她做妻子。”

那么杨过娶小龙女又碍着谁了？他到底该不该娶小龙女？这可是个经济学问题。

杨过和小龙女情深似海，两人爱对方都胜过自己的性命。如果不让他们结合，那么对两人的伤害无疑是巨大的。

但同时，事情并不是像杨过说的“我做了什么事碍着你们了……”。

即便是杨龙二人回到古墓清修，但只要事实存在，师徒结合这件事就会对群雄产生了“负外部性”。也就是说，这的确会让别人受到情感上的损失。

所谓“外部性”是指一个人的行为对旁观者福利的无补偿的影响。当一个人从事一种影响旁观者福利的活动，而对这种影响既不付报酬又得不到补偿时，就产生了外部性。如果对旁观者的影响是不利的，我们就称它为“负外部性”，比如把二噁英排入环境中就是负外部性。

宋人最重礼法，师徒间尊卑伦常，看得与君臣、父子一般重要，万万逆乱不得。“这番话当真是语惊四座，骇人听闻。郭靖一生最是敬重师父，只听得气向上冲……”更有讥讽挖苦的，比如武修文就笑道：“我知道为什么。他二人师不师、徒不徒，狗男女作一房睡。”也就是说，在那个时代，杨龙二人的行为会给别人的情感带来负面的影响。

现在我们用诺贝尔经济学奖获得者科斯的理论去考虑这个问题。

我们知道，科斯永远都不是任何思想意识的盲从者，他如果在那个英雄大会上，绝对不会像赵志敬这样做出道德判断：“杨过，你欺师灭祖，已是不齿于人，今日再做这等禽兽之事，怎有面目立于天地之间。”也不会认同像杨过所说：“我和姑姑清清白白，天日可表。我敬她爱她，难道这就错了？”他的理论体系完全根植于严格意义上的现实要素。

科斯认为，很多问题之所以成为死结，是因为有的人把自己定位为“受害者”，把其他人定位为“肇事者”，但是其实很多事情都是相互性事件。科斯会把解决外部性的责任交给成本相对较低的一方。

比如常见的广场舞噪音污染问题，按照科斯的理论就是大家在空间位置上的相邻以及各自活动生活的特殊性，才出现了这个大家必须解决的相互性问题。按照科斯的理论，噪音问题其实是可以讨价还价的，通常，大伯大妈停止跳舞的成本会比较低（只需换个地方或者戴上耳麦），而附近的居民却不容易搬迁他们的住所，因此广场舞大妈大伯应该成为主动停止跳舞或者降低音量的一方。

假定有一个“江湖道德仲裁委员会”，用虚拟的方法来量化双方的损失：杨龙二人不能结婚受到的损失是20万两白银；而每个武林人士听到这个震惊的消息情感损失总计为15万两白银。那么，经济学家很自然，要站在杨过和小龙女这边。

但这个问题有趣的关键在于，如果杨过小龙女不能结合的损失小于天下群雄的情感损失总和，那么制止二人婚姻是否就是合理的呢？

答案是同样不应该制止。

那么是科斯的理论错了吗？

当然不是。美国经济学家罗伯特·弗兰克说，我们用这种理论分析问题忽略了一个重要的事实：随着时间的推移，人们会以完全不同的方式对待“现实中的伤害”和“想象中的伤害”。

杨过小龙女不能结合是“现实中的伤害”，双方会随着时间的推移越来越痛苦，而群豪们“想象中的伤害”则随着生活环境的变化越来越淡。

因此，评价两者的损失，不仅需要评估各方在此时此地自称感到的损失，还需要评价他们规避这些损失，或是随着时间推移适应这些损失的能力。

比如 20 世纪中叶，美国南方各州种族隔离的情形甚至比 19 世纪末期更为恶化。1958 年，黑人克雷农·金恩申请进入密西西比大学就读，竟被强迫关进精神病院就医。当时法官认为，一个黑人一定是疯了，才觉得自己能进得了密西西比大学。

对于当时的美国南方人（包括许多北方人）来说，想到黑人男性居然可能和白人女性有性行为甚至结婚，就会觉得这实在是万万难以接受的事。跨种族的性行为是所有禁忌之首，一旦做出这种行为甚至只是涉嫌想有这种行为，不用经过什么审判，就会立刻遭到私刑处置。当时出现的白人至上主义的秘密社团“三 K 党”，就曾犯下多起相关杀人事件。

1967 年以前，美国有很多州明令禁止不同种族通婚，异族通婚就像龙杨师徒通婚一样，是极其罕见的。在那个时代，绝大多数白人看到不同种族的男女手拉手，就感到受到侮辱而怒不可遏。不难推断，就当时而言，拥有总体最优结果的选择就是禁止不同种族男女并肩携手，更不要说不同种族通婚了。

然而很显然，这个最优选择是站不住脚的。到了1967年，美国最高法院投票以9比0的压倒性优势裁定这些法律违宪，从这以后，人们就开始接受不同肤色人种之间互相通婚这种现象。也就是说，人们对这种现象的态度发生了重大转变。

因此，评价双方的损失要从更长远的时间来考虑。

长远来说，是不是真豪杰看的并不是守不守所谓的礼教，而是所作所为称不称得上顶天立地。十六年后，杨过小龙女在襄阳城大战蒙古兵，击毙大汗蒙哥名震江湖，即便像郭靖这样最守礼教的豪侠也深深赞同他们的结合。

更何况天下英雄也并非人人这么迂腐。杨过道："师徒不许结为夫妻，却是谁定下的规矩？我偏要她既做我师父，又做我妻子。"黄药师鼓掌笑道："好啊！你这么想，可又比我高出一筹。"

光明顶一战为何让明教空前团结

➤→ 互相联结的心理状态会激发团体情感

"夫人必自侮，然后人侮之；家必自毁，而后人毁之；国必自伐，而后人伐之"，孟子的这段话说的似乎就是明教的故事。

《倚天屠龙记》中，明教群龙无首，四分五裂。明教之所以分裂，有很多原因，最主要的原因是没有有力的核心人物，正如韦一笑所说："圣火令失落已近百年，难道圣火令不出，明教便一日没有教主？六大门派所以胆敢围攻光明顶，没将本教瞧在眼里，还不是因为知道本教乏人统属、内部四分五裂之故。"

然而当六大门派围攻光明顶的时候，却意外地使得本已分裂的明教牢牢地团结在了一起。用明教教徒说不得的话来描述就是：“今教大难当头，咱们倘若袖手不顾，死后见不得明尊和阳教主。”

为什么外敌当前，明教内部能够互弃前嫌，一致对外呢？

当遇到地震、海啸、飓风等自然灾害的时候，人们会自然而然团结在一起，众志成城，不计较个人利益，互相之间会变得慷慨，甚至会牺牲自己的生命去救一个完全陌生的人。这种集体情感不单限于人类，甚至在很多动物身上也能看到。例如当地松鼠（主要分布在非洲干旱地带）看到捕食者逼近时，他们会为了救自己的同伴而冒着生命危险，上下挥舞尾巴并发出大声的警告，即便这样做自己会成为捕食者的猎物。

以色列行为经济学家艾亚尔·温特说，人类协调情感并将其转化为强大力量的能力显然有着久远的进化渊源，但凡未能融入集体的人，无论是自愿还是遭到驱逐，其生存概率都远远低于忠于集体的人。

缺乏团结意识或不愿意帮助他人的个体会被排挤出群体之外，从而付出沉重的个人代价，在早期的人类狩猎采集社会中，这一代价就相当于必死无疑。成功的狩猎行动需要一群狩猎者密切配合，在狩猎采集社会，狩猎过程中拒不合作或者拒绝和他人分享的人会很快就因为饥饿死去，繁衍后代的机会渺茫，因此此类特征会逐渐绝迹。在道德上不重视互助的个体会先于群体灭绝。

1995 年，三名美国经济学研究者为研究人们对他人寄予的信任度与信誉度做出的反馈，提出使用一种适用于实验室研究的简单博弈，即“信任博弈”（trust game）。

信任博弈参与者被分成A、B两组。所有人被告知他们的账户上均有象征性的10美元。随后，研究者向A组参与者发出提示，询问他们是否愿意将10美元的一部分或全部转账给随机挑选出的B组的一位匿名成员。规则为无论A组成员转账多少，这笔钱到B组成员账户后都会变为原价值的三倍。

研究者会询问每位B组成员是否愿意将价值变为原先三倍的奖金回赠一部分给对应的A组成员。实验研究的问题是：A组成员是否信任B组成员会做出回报，因为这是在匿名条件下进行的，因此，没人会知道某位B组成员是否留下了所有钱。

研究者后来把这个信任博弈实验稍稍改变一下，受试者按颜色（蓝绿两色）分为两组，尽管颜色分组与博弈本身毫无关系，但实验发现人们对同颜色组成员的慷慨程度要高于不同颜色组的成员。因此，创造并维护团体凝聚力的机制从根本上说，就是诱发集体情感的情感机制。

仅仅处于同一颜色的组就使人们产生了集体情感，更不要说是明教这样同生共死过的弟兄了。

当六大门派围攻明教圣地光明顶，并欲一举铲除明教时，明教的教众集体情感迸发了出来。杨逍说，今日外敌相犯，自己无暇和各位作此口舌之争，各位若是对明教存亡甘愿袖手旁观，便请下光明顶去。彭和尚回答道，六大派围攻明教，凡是本教弟子，人人护教有责，又不是你一个人之事。

这种集体情感将统一身份人的心理状态联结起来，互相联结的心理状态可以变为击败敌对群体的欲望。正因为如此，即便个人的获胜所得微不足道，且似乎不足以成为合作的理由，但互相联结的心理状态也会促成大量团队合作的形成。

归属于集体的进化优势显而易见，作为集体的一员，个人面临危险因素和敌人威胁时，安全更有保障，享有的生存资源也更多。

信任博弈的颜色分组实验所展现出来的合作程度让人惊叹，同组之间的合作程度远高于不分组的合作程度。即便合作者带来的个人所得并没有增加，参与者也想击败另一组。合作正是来源于这种欲望。

有一个故事是关于行为经济学创始人卡尼曼和特沃斯基的。

1973 年，卡尼曼和他的合作搭档阿莫斯·特沃斯基正在美国做研究，这一年的 10 月 6 日，卡尼曼听到一个令人震惊的消息，埃及和叙利亚组成的联军，凭借着来自其他国家的援助，向以色列发起了进攻。以色列对此毫无察觉，顿时被打得措手不及……

听到以色列军队全线溃败的消息，卡尼曼和特沃斯基火速赶到机场，搭乘最早的一班飞机前往以色列。这时每一架飞往以色列航班上搭载的是身在海外的飞行员和作战单位指挥官，或是普通的以色列人，但他们同样都是赶回去为国效力的。

当时的埃及官方宣称，要击落所有降落在以色列的商用飞机。然而每一个有作战能力的以色列人，却又都毫不犹豫地投身到战斗中去。

来到以色列，卡尼曼和特沃斯基这两个前一天还在课堂上讲课的教授，此刻换上了军装背着枪驾着吉普车驶向了战场，那里到处是敌人的坦克，最危险的还是遍布四野的地雷……不管是平民还是知名教授，在国家需要的时候都能够扛起枪成为战士，这个故事让我们理解以色列这个国家强大的凝聚力。

当明教众人面对六大门派围攻时，教众放下纷争，同仇敌忾的集体情绪便自然产生。每个明教教徒都愿意和教友患难与共，甚至愿意冒生命危险救同伴性命，愿意和明教共存亡。比如当殷梨亭杀了数名明教教众时，他自觉胜之不武，对明教的人说，只要你们抛下兵刃投降，就可饶你们不死。谁知明教的兄弟反而哈哈笑道，你把我明教教众忒也瞧得小了。

与此同时，他们又共同对敌人恨之入骨。这种集体情感既影响着团体成员之间的情感，也影响着他们对外部成员的感受。这让群体内部上下一心，为集体而战，抵挡和消灭集体的敌人。如果一个团体中存在这种强烈的集体情感，那么它的生存概率就会高过其他群体的生存概率。

公元 1415 年，亨利五世带领孤军深入法国腹地，最后他的军队被法军挤压到一个没有防卫的要塞。在战役打响之前，据说国王做了这样的演讲:“谁没有心思打这一仗，就让他离队好了。我们发给他通行证，还让他带上银元作盘缠，既然他不愿和我们一起以身报国，我们也不愿和他死在一起。”

亨利五世接着说道:“上了年纪的人记性差，但是哪怕什么都忘了，他也会如数家珍回忆自己干下的业绩……我们这一班生死与共的兄弟，凡是今天和我一道血洒战场的人，都将是我的兄弟。不管他地位如何卑下低微……此刻熟睡的绅士，有朝一日会埋怨自己时运不济，没能来到这里……”（见莎士比亚《亨利五世》）

在这里，亨利五世所用的策略就是调动了士兵的集体情感，用这种情感激励士兵和将领奋不顾身做殊死一搏，而后亨利五世大败法国，很显然，这种策略起了作用。

明教教主阳顶天失踪后，明教陷入群龙无首的局面。明教高层为了争夺明教的控制权相互争斗，白眉鹰王殷天正无法忍受这种混乱的状况，又不想搅进这一摊浑水之中，愤而出教，自立教门“天鹰教”。

然而一旦明教有难，殷天正又奋不顾身带领部下驰援光明顶。事实上，当人们即便已经退出了自己所认同的集体，但对以前的集体所怀有的情感往往仍然会留存在心头。这是因为集体及构成集体的个人所形成的集体理性情感如果是无条件且经久不变的，其团体生存优势即可得到大大增强。

集体情感在集体层面是理性的，以集体为单位，其各个成员若能拥有集体情感，整个团体会取得更好的生存条件。当杨逍被圆真（成昆）偷袭制服后后悔不已，他终于也悟出了这个道理：明教经营总坛光明顶已数百年，凭借危崖天险，实有金城汤池之固，岂知祸起于内，猝不及防，竟至一败涂地。这时他才真正明白《论语》中孔子的几句话：“邦分崩离析，而不能守也；而谋动干戈于邦内。吾恐季孙之忧，不在颛臾，而在萧墙之内也。”

殷素素为什么要让谢逊抱一下新生儿

➤→ 信任产生催产素，催产素又激发信任

在《倚天屠龙记》中，谢逊、张翠山和殷素素三人漂流到了冰火岛。谢逊因为练了七伤拳，时常心智错乱，甚为恐怖，殷素素被迫用银针刺瞎了谢逊的双眼，使他变成了瞎子。

当殷素素在洞中生产时，谢逊再次狂性大发，张翠山和殷素素眼看就要死在谢逊手上，只听得新生婴儿不住大声哭嚷，突然之间，谢逊良知激发，头脑清醒过来。殷素素见谢逊的神情，冒险问道："你要抱抱这个孩子吗？"

为什么殷素素坚持让谢逊抱一下自己刚出生的婴儿，而这一抱之间又发生了什么？

保罗·扎克是美国克莱蒙特大学经济心理学和管理学教授，也是该大学神经经济学研究中心的创始人。他说：人有善恶两面……那是什么特定的因素决定了我们在什么时候表现出人性的哪一面呢？何时我们应当信任别人，而何时我们仍然需要小心谨慎呢？何时我们应该无私奉献，而何时我们又该驻足观望呢？答案就在于催产素。

催产素是一种小分子，或者叫"肽"，它既是在大脑内部传递信息的神经递质，又是在血液中携带信息的激素。1906年，亨利·戴尔爵士首先确认它存在于脑垂体中，因其控制着产妇阵痛的频率和产后的哺乳量，所以被称为"催产素"。其实不单是女性，男性体内同样会释放催产素。

研究发现，当某人接收到来自他人信任的信号，催产素就会激增，人们就会表现出人性善的一面，慷慨、乐于合作和关爱他人。

当殷素素把自己刚出生的婴儿交到谢逊手里，是冒着极大风险的，因为谢逊几分钟前还想杀了她和她丈夫，并且他的狂性随时可能会发作。但是这么做也传递了一个强有力的信号，就是殷素素对谢逊的信任，她把比夫妇俩性命更宝贵的东西交给了谢逊。

因为对方的高度信任，谢逊的大脑会大量分泌催产素，这个时候他表现出是亲切富有人性的那一面。

谢逊伸出双手，将孩子抱在臂中，不由得喜极而泣，双臂发颤，说道："你……你快抱回去，我这模样别吓坏了他。"其实初生的婴儿懂得什么，但他这般说，显然是爱极了这个孩子。殷素素微笑道："只要你喜欢，便多抱一会，将来孩子大了，你带着他到处玩儿吧。"刚刚还狂性大发的金毛狮王，这时已经变成文质彬彬的儒雅君子。

保罗·扎克同样通过"信任博弈"实验来研究催产素。假设张三（赠送者）和你（回馈者）一起参加这个实验，每人获得10元钱，这时张三从他的10元中拿出3元给你，那么这3元按实验规则就会增值3倍，也就是9元。这时你有19元，而张三只有7元，那么你该如何回报张三？你可以拍拍屁股拿着19元走人，因为实验是匿名的，对方并不知道你是谁，但你也可以拿出一部分回报给这个你不知道的合作者。

保罗·扎克所做的就是检测这个过程中实验者的催产素水平。实验的结果是，一个人的催产素水平与对他们发出信任信号产生回应并回馈金钱的意愿直接相关，而且是显著相关。

如果被赠送者A方信任，回馈者B方的催产素水平就会激增。当这个实验重复多次时，赠送金钱数额的多少和馈赠者的反应程度之间是直接相关的，而且是正相关。A方送出的钱越多，

B 方的催产素越高；B 方的催产素越高，则回馈给 A 方的钱也越多。

人们还在动物身上做了若干催产素的实验，当动物被注入催产素时，它们的行为会发生奇异的变化。比如鼹鼠、田鼠和土拨鼠这些有很强领地感的动物，它们会变得容忍自己的领地有其他同类的存在，有的鼠妈妈甚至开始哺育并非自己所生的后代。

在殷素素把新生儿交到谢逊手中时，她和丈夫还做了另一件明智的事情：

殷素素和丈夫张翠山商量后，决定让孩子认谢逊为义父。张翠山道："谢前辈，你收这孩儿作为义子，咱们叫他改宗姓谢。"谢逊脸上闪过一丝喜悦之色，说道："你肯让他姓谢？我那个死去的孩子，名叫谢无忌。"张翠山道："如果你喜欢，那么，咱们这孩儿便叫作谢无忌。"

这个时候的新生儿，并不是一个和谢逊无关的婴儿，而是他的义子，更有着自己亲生儿子的名字。

而保罗·扎克则发现，催产素水平容易受人际关系远近的影响。他在一个婚礼上检测了新人父母、亲戚和来宾的催产素增长变化（别人结婚他在抽血，因此保罗自嘲为"婚礼上的吸血鬼"），新娘的母亲上升了 24%，新郎的父亲上升了 19%……前来观礼的亲戚朋友，随着血缘和关系的远近依次下降。

当认了婴儿为义子后，谢逊和孩子之间的关系大大拉近了，于是他体内产生的催产素也大大增加，更加爱护这个婴儿。

这里还有一个细节："谢逊伸出双手，将孩子抱在臂中，不由得喜极而泣，双臂发颤。"这也和保罗·扎克的实验结果不谋而合。他发现，触摸和拥抱也能增加人们的催产素水平。

保罗·扎克的研究团队每次让 8 至 12 名实验对象参与实验，抽取他们的血液，给他们按摩 15 分钟，然后让他们玩信任博弈，之后再次抽取他们的血液。在控制组里，除了让这些人安静地休息 15 分钟，而不是接受按摩之外，其他所有程序都跟按摩组一样。

实验的结果是，按摩组的催产素水平上升了 9 个百分点，按摩组的 A 方基于信任赠送了额外的钱，而按摩组的 B 方得到了 A 方信任后，更加慷慨地回报 A 方，他们回馈 A 方的金钱意愿上升了 243%。

事实证明，充满温情的身体接触，再加上彼此间存在的某种社会联系，它们会一起成为一种增进慷慨、促生有益社会的方式。

催产素会让我们大多数人都表现出善良的一面。催产素引发了促使道德行为发生的共情（empathy）作用，激发人们的信任感，继而促进更多催产素的释放，并产生更多的共情作用。这就是被我们称为良性循环的行为反馈回路。

当谢逊把柔弱的新生儿抱在手中，他的心理发生了巨大的变化，从此，他把殷素素一家当作自己的亲人，对这个孩子更是格外疼爱。

第七章

行为博弈：复杂环境中的优势路径

空见神僧为何打不还手

➤→ 博弈中真正的赢者不再惩罚他人

《倚天屠龙记》中，空见是少林派“空”字辈弟子，位居四大神僧“见闻智性”之首，武功深不可测。明教四大护教法王之一的金毛狮王谢逊为了找到其师父成昆报灭门之仇，而大开杀戒，空见得知此事后，极力劝阻谢逊不要再乱开杀戒，过去之事大家一笔勾销算了。谢逊却提出，除非空见能用身体抵挡自己十三拳。

以空见大师的功力，对付谢逊绰绰有余，但是他却不愿意动手，甚至愿意以身饲鹰，牺牲自己去化解武林恩怨。

少林高僧以德报怨、化敌为友的例子有很多，在《笑傲江湖》中，少林方证大师将所谓“华山内功心法”传给令狐冲，后来令狐冲才知道，方证大师为了救他，传给他的居然是少林寺的神功“易筋经”。另外方证大师在少林寺那场三比三的打斗中更是放走了任我行、任盈盈、向问天和令狐冲四人。这一方面是方证大师言而有信，另一方面也是他慈悲为怀，不对魔教的人赶尽杀绝，相信冤冤相报何时了。

少林高僧这种心胸开阔、以德报怨的行为，从博弈论的角度来看是否有意义呢？

20 世纪 80 年代初，密歇根大学政治学家罗伯特·阿克谢罗德邀请了世界各地的博弈论学者以电脑程序形式提交他们的囚徒困境博弈策略。这些程序两两结对，反复进行 150 次囚徒困境博弈。参赛者按照最后总得分排定名次。

最后的冠军获得者是多伦多大学的数学教授阿纳托·拉普波特。他的取胜策略就是“以牙还牙”。阿克谢罗德对此感到很惊奇。他又举办了一次比赛，这次有更多的学者参赛。拉普波特再次提交了以牙还牙策略，并再次赢得了比赛。

所谓“以牙还牙”就是人家怎么对你，你也怎么对他。说得更准确点，这个策略在开局时选择合作，以后则模仿对手在上一期的行动。

阿克谢罗德认为，以牙还牙法则体现了任何一个有效策略应该符合的四个原则：清晰、善意、报复性和宽容性。再也没有什么字眼会比“以牙还牙”更加清晰、简单。这一法则不会引发欺骗，所以是善意的。它也具有报复性——也就是说，它永远不会让欺骗者逍遥法外。它还是宽容的，因为它不会长期怀恨在心，而愿意恢复合作。

以牙还牙策略的一个非常引人注目的特征在于，它在整个比赛中取得了突出的成绩，虽然它实际上并没有（也不能）在一场正面较量中击败任何一个对手。其最好的结果是跟对手打成平手。

以牙还牙策略之所以能赢得这次锦标赛，是因为它通常都会竭尽全力促成合作，同时避免互相背叛。其他参赛者则要么太轻信别人，一点也不会防范背叛，要么太咄咄逼人，一心要把对方踢出局。

江湖上通常流行的行为法则就是以牙还牙，裘千尺为了报囚禁之仇最后和公孙止同归于尽；林平之为报杀父杀母之仇虐杀余沧海。

所以以牙还牙最后还会演变成没完没了的冤冤相报。《雪山飞狐》中，苗若兰就说过这个道理："我爹说道，百余年来，胡苗范田四家子孙冤冤相报，没一代能得善终。任他武艺如何高强，一生不是忙着去杀人报仇，就是防人前来报仇。一年之中，难得有几个月安乐饭吃，就算活到了七八十岁高龄，还是给仇家一刀杀死。练了武功非但不能防身，反足以致祸……"

还有一种法则我们称为"利他惩罚"（altruistic punishment），利他惩罚是自身利益没有受损的旁观者（第三者）付出代价使另一个人损失其收益以达到惩罚的目的，人们用它来惩罚那些采取背叛策略的个体。用小说中常见的表述就是"江湖败类，人人得以诛之""路见不平，拔刀相助"，例如丘处机追杀段天德，群雄诛杀吴三桂等。这类虽然与我无关，甚至需要付出巨大代价，但仍要"惩恶扬善"的行为也被称为"利他惩罚"。

那么少林高僧为何不采取以牙还牙，以眼还眼的策略，比如谢逊出手打空见大师十三拳，那么空见大师也应该还谢逊十三掌。或者采取"利他惩罚"，替天行道，诛杀为了报一己之仇而到处滥杀无辜的谢逊呢？

空见大师等少林高僧的行为和美国哈佛大学诺瓦克等人的研

究不谋而合，他们发现惩罚虽然能够促进合作，却不能提高群体的平均获益，而且博弈获益最多的人从不采取惩罚策略。

2008 年 3 月，诺瓦克和德里波等四位研究者在美国《自然》杂志上以“赢者不罚”（*Winners don't Punish*）为题发表论文，通过改进的“囚徒困境”测验证实，合作中利他惩罚不是一种十分有效的行为，它浪费了社会资源，而且团队中真正的赢者几乎不去惩罚别人。

诺瓦克等人的研究共进行了 1230 对重复的博弈互动，每一次实验的局数从 1 到 9 不等。在以往的实验中，当询问人们是否愿意付出一定的资金代价来惩罚那些违反游戏规则的实验者，使其获利减少时，人们往往愿意对那些自私自利的人进行惩罚。而且，这些实验还发现，这种惩罚策略提高了大家的合作贡献度。

然而诺瓦克等人的实验却发现，这些只是表面现象，经过仔细计算后发现，在大多数情况下，惩罚并不能提高平均获益，在有些实验中，惩罚反而降低了平均获益。研究结果表明，虽然惩罚能促进合作，但是惩罚的成本几乎抵消了合作水平提高带来的效益，无论是惩罚者还是受罚者均受到影响。人们往往参与冲突并知道冲突要付出代价，而利他惩罚会激化冲突而非缓和它，因此选择利他惩罚不能增加群体的平均获益。

那么为什么我们通常认为利他惩罚提高了合作水平呢？可能原因是这样的：强迫个体屈服以及建立权威统治，惩罚使群体可以对个体行为进行有效的控制，一个强者可以对一个弱者进行惩罚。所以从表面看，人们很容易认为利他惩罚提高了合作水平。

“赢者不罚”的研究结果不仅非常有趣，而且符合现实生活，例如甘地作为不使用惩罚（非暴力）的典型代表最后赢得了巨大的胜利。诺瓦克的实验证明了在直接互惠的框架下，赢者不惩罚他人，而输者因为选择了惩罚且走向毁灭。

在江湖上，采取以牙还牙或者利他惩罚看似增加了江湖人士的合作水平，但是这种以牙还牙和利他惩罚也可能带来冤冤相报，一代人接着一代人的对抗，即便是合作也可能是出于畏惧惩罚和报复。而真正的好的策略就像那些少林高僧，他们尽管没有惩恶扬善的大侠来得风光，或者本身还可能受到巨大的利益损失，但却真正意义上终结了无止境的报复和对抗。

空见大师用血肉之躯挡了谢逊一拳，登时内脏震裂，摔倒在地。谢逊眼见空见不能再活，突然天良发现，伏在他身上大哭起来，叫道："空见大师，我谢逊忘恩负义，猪狗不如。"空见临死前对谢逊说："但愿你今后杀人之际，有时想起老衲。"谢逊回答道："大师，你放心，我不会再胡乱杀人了。"

在这场江湖博弈中，虽然空见大师遭受了巨大的损失，付出了性命，但是也唤起了谢逊的良知，不再为报仇而滥杀无辜，空见大师牺牲了自己却大大增加了江湖的整体利益。

教主为什么爱用毒药控制下属

➤→ 威胁和许诺是改变博弈的策略行动

在金庸的武侠世界，教主为了让属下服服帖帖听命于自己，不敢有所违逆，除了恩威并施以外，强有力的威胁是不可或缺的。这种威胁，除了教主的权力和武功以外，还有控制下属的恐怖毒药。

《笑傲江湖》中，日月神教使用的是“三尸脑神丹”。服了“三尸脑神丹”后，每年端午节必须服食解药，否则尸虫会钻入脑中，嚼食脑髓，让人狂性大发，生不如死。

《鹿鼎记》中，神龙教使用的是“豹胎易筋丸”。服了“豹胎易筋丸”，让人死去活来，甚至会把矮子身子拉长，直至全身皮肤鲜血淋漓，恐怖至极。

教主们通过毒药控制着下属，这里教主使用的手段就是威胁。

威胁在我们日常生活中也常会碰到。当孩子不听话吃饭时，父母会威胁道：你再不听话吃饭，以后就再也不给你买玩具了。

不过孩子通常知道父母是乐于给自己买玩具的，这种威胁不具备什么作用。

因此，作为一个威胁，必须具备可信性。

美国电影《奇爱博士》中，苏联制造出一套能够摧毁地球所有生命的装置，只要苏联遭受核攻击或有人试图拆卸它，这套末日系统装置就会自动引爆，因此这个自爆机制是一个完美的威慑。正如奇爱博士自己所承诺的那样：“威慑的艺术在于在敌人的脑海里建立对于攻击的恐惧。”因此，由于自动启动且不可逆的决策机制排除了人为因素，末日机器变得十分具有威慑力，这种威胁易于理解且十分令人信服。

无论是三尸脑神丹、豹胎易筋丸还是灵鹫宫的生死符，它的威胁必须是可信的。也就是这些毒药和暗器的恐怖效果，是让人置信的。比如《天龙八部》中司空玄心想:“我身上给种下了‘生死符’，发作之时苦楚难熬，不如就此死了，一干二净。”也就是说，这个不是空洞的威胁，而是属下有切身体会的痛苦和恐惧。

当教主们使用这些毒药控制教众时，至关重要的一点是他所作出的威胁和承诺是清晰的，他必须让属下清楚地知道，什么样的行为会受到什么样的惩罚或者奖励。否则，对方就会误解什么不能做，什么应该做，而对他的行动后果判断失误。

比如神龙教洪教主对豹胎易经丸的解药这个问题上就说得很清楚，只要忠心给教主办事，一年给一次解药。当陆高轩从神龙岛飞马赶来，带了洪教主的口谕，告诉韦小宝教主得到两部经书甚是喜悦，嘉奖白龙使办事忠心，特赐“豹胎易筋丸”的解药。

普林斯顿大学经济学教授阿维纳什说，一个威胁或者一个许诺要达到预想的效果，就必须让对方相信它。没有确定性和清晰性便不能保证对方相信它。

但是确定性并不意味着完全没有风险，比如胖头陀就曾对韦小宝说:“五年之前，教主派我和师哥去办一件事。这件事十分棘手，等到办成，已过期三天，立即上船回岛，在船里药性已经发作，苦楚难当。”这就像当一个公司为其经理们提供股票期权奖励时，所许诺的奖励价值是不确定的。它受到许多因素影响，比如股市的波动和宏观经济的变化，但这些因素却不受公司和经理的控制。

教主们为什么不采取警告和保证？比如神龙教教主可以警告

和保证说：你要是背叛神龙教，本教教主和教众神通广大，一定会让你不得好死，相反，如果你忠心耿耿，教主保证一定会回报你的忠心。

显然我们会发现，警告和保证会相对无力，比如身处皇宫大内的假太后毛东珠，没有豹胎易经丸洪教主就根本没法控制她，而韦小宝这样的“老油条”，满嘴口是心非，教主也是很难掌控他。

威胁和承诺才是真正的策略行动，而警告与保证更多的是起一个告知作用。警告和保证不会改变你为影响对方而制定的回应规则，实际上，你只不过是告知他们，针对他们的行动，你打算采取怎样的措施作为回应。

与此截然相反，威胁和承诺的唯一目的是，一旦时机来临，就会改变你的回应规则，使其不再成为最佳选择，这么做不是为了告知，而是为了操纵。

《天龙八部》中，天山缥缈峰灵鹫宫也同样通过生死符控制下属。包不同曾问乌老大，那生死符到底是什么鬼东西？乌老大叹气说道，此东西说来话长，总而言之，老贼婆掌管生死符在手，随时可致我们死命。

这就是操纵。一旦你胆敢背叛天山童姥，那么她就会改变回应规则，将你置于死地。

当代的索马里海盗也是采取了教主们的策略，他们首先抢劫你的船只绑架你的船员，给你一个可置信的威胁，然后采取许诺的策略，如果你乖乖给钱，他们就释放船员和归还船只。要不然，就把人质扔到海里喂鲨鱼。当你拒绝支付赎金时，海盗就会立马撕票。如果反过来，他们要是不采取绑架而仅仅是警告说：你们不给钱的话，我们就会绑架你的船员、扣押你的船只。这样的警告相比威胁就相对无力。

童姥曾说道："你想生死符的'生死'两字，是什么意思？这会儿懂得了吧？"虚竹心中说道："懂了，懂了！那是'求生不得、求死不能'之意。"这些清晰和可信的威胁才让教主们使用毒药控制下属变得得心应手。

刺杀康熙时天地会和沐王府为何产生矛盾

➤→ "猎鹿博弈"本质上是"谈判博弈"

天地会和沐王府的大目标是一致的，就是反清复明，不过他们之间也有不少分歧，为了这些分歧，甚至还动过手伤过和气。当归辛树、归二娘夫妇要去刺杀康熙皇帝时，天地会和沐王府又起了纷争。

归二娘说道："吴三桂投降鞑子，断送了大明天下，实是罪大恶极，但他毕竟是咱们汉人。依我们归二爷之见，我们要进皇宫去刺杀鞑子皇帝，好让鞑子群龙无首。"

沐王府跟吴三桂深仇似海，定要先见吴三桂覆灭。因此沐王府的柳大洪认为，吴三桂倘若起兵得胜，他自己便做皇帝，再要动他，便不容易了。所以先让鞑子跟吴三桂自相残杀，拼个你死我活，由此就可以渔翁得利，眼前不宜去行刺鞑子皇帝。

天地会不是这么想的，比如陈近南，他认为倘若此刻杀了康熙，吴三桂声势固然大振，但是郑王爷也可渡海西征，进兵闽浙，直攻江苏。如此东西夹击，鞑子非垮不可。那时吴三桂倘若自己想做皇帝，郑王爷的兵力，再加上沐王府、天地会和各路英雄，也可制得住他。

在博弈论中有一种博弈被称为“猎鹿博弈”（stag hunt game）。

“猎鹿博弈”源自法国启蒙思想家卢梭的著作《论人类不平等的起源和基础》中的一个故事。在猎鹿博弈中，如果人人合力捕猎一种野兽，比如雄鹿，他们就能成功，所有人都能吃饱。但是一旦某些猎人在猎鹿过程中突然遇到了另外猎物，比如野牛或野兔，问题就产生了。

如果太多猎人去追逐野牛，就没有足够的猎人去捕猎雄鹿，在这种情况下，每个人最好的选择就是去追逐野牛。当且仅当你有信心确定大多数人都会猎鹿的时候，你最好的策略才是猎鹿。这时候你没有理由不去猎鹿，除非你缺乏信心，不确定别人会这么做。

在猎鹿博弈中，两个参与者的利益是完全一致的，他们更愿意达成其中一个猎物均衡解，唯一的问题的是，他们怎么样才能使他们关于聚焦点的信念一致。

这种博弈可不单存在原始社会中的猎人，在日常生活中我们也会遇到。

比如你和妻子想在星期天晚上一起去看一部电影，但是你们两人的偏好不同，两种备选也截然不同，你喜欢看劲爆点的《速度与激情》，而你的太太则喜欢看偏文艺的《爱乐之城》，虽然你们的口味相差很大，但是有一点你们都承认，你们更愿意与对方一起去看一部电影，而不是各自单独看喜欢的电影。

天地会和沐王府碰到的是同样的问题，他们的利益是一致的，都是要反清复明，但是这个共同利益下是先对付吴三桂还是康熙产生了分歧。这就和狩猎的猎人一样，大家绝对有合作的需求，如果不合作那么都得饿死，但是对于猎物，究竟是先猎杀雄鹿还是野牛却产生了分歧。

那么如何解决这个问题呢？

最好的办法是在做出决策前进行良好的沟通。

比如小两口看电影，完全可以互相协商，当妻子恳求说，《爱乐之城》马上要下线了，如果不看下周就看不到了，丈夫很可能就会表示同意。

不过刺杀康熙这件事，江湖豪杰个个火气大脾气拗，商量着实有点困难。

接下来也是最重要的一点，你传递的坚决信息必须是可信的。

比如妻子说，如果你不陪我看《爱乐之城》，我就会和你离婚，这就是不可信的信息，丈夫知道妻子不会这么做。但是如果她从包里拿出两张《爱乐之城》的电影票，说下班的时候刚好看到有优惠活动因此已经把票买好了，这就是可信的坚决信息。

同样，沐王府的人冒性命危险，假扮吴三桂属下入宫行刺，以便嫁祸给吴三桂，这种行动就是可信的坚决信息，即使舍命也要先把吴三桂除去。

经济学家同时还指出，如果博弈可以重复进行，他们就更有可能认同妥协。例如夫妻可以轮流选择各自爱看的电影。

在单次博弈中，他们也可以根据统计平均的道理，通过抛硬币达成妥协，正面朝上时选择一个均衡，背面朝上时选择另一个均衡。

在杀康熙这件事情上，韦小宝和经济学家的理解是一致的，他提出掷骰子来决定是否入宫刺杀康熙。可惜他在掷骰子的过程中作弊，立刻被归辛树看穿。

在猎鹿博弈中，两个参与者虽然偏好不同，但是，他们又都偏好于共同抵制不一致。

如果猎人们目标不一致，错过了联合狩猎的机会，那么就会得不到足够的食物，全家挨饿；如果夫妻不目标一致，那么会严重影响夫妻感情；如果天地会和沐王府目标不一致，他们最终都会被清王朝分而灭之。

因此，猎鹿博弈，在本质上就是一个谈判博弈。

天地会和沐王府关于反清复明之后谁当皇帝曾起了争执，为了这个争执甚至还出了人命，但这仍然是一个猎鹿博弈。这时双方的沟通就至关重要。

天地会的祁彪清认为朱三太子正位为君，而沐王府的柳大洪则认为真命天子明明是朱五太子。陈近南这回充分发挥了军师的谈判技能，他说道："咱们眼前大事，乃是联络江湖豪杰，共反满清，至于将来到底是朱三太子还是朱五太子做皇帝，说来还早得很，不用先伤了自己人的和气……天下英雄，只要是谁杀了吴三桂，大家就都奉他号令。"

这一回，天地会和沐王府的矛盾通过了谈判完美地解决了。

降龙十八掌和SUV有什么相同点

➤→ “负外部性”会造成武林的“军备竞赛”

“降龙十八掌”是丐帮的镇帮神功，萧峰、洪七公、郭靖都是以精通此掌而闻名江湖。萧峰以它威震武林，少林寺一役技冠群雄；洪七公以它夺得“北丐”之称；郭靖以它力抗蒙古大军，死守襄阳数十年之久。少林寺的扫地僧曾经把“降龙十八掌”称为天下第一神功，可见这门武功的厉害。

那么“降龙十八掌”对整个武林生态会产生怎样的影响呢？

这就是经济学家们所说的“外部性”（externality）。

美国经济学家曼昆在《经济学原理》一书中说：“外部性”是指一个人的行为对旁观者福利无补偿的影响（在前面杨过和小龙女结合的故事中曾经提到）。如果对旁观者的影响是不利的，就称为负外部性（negative externality），如果这种影响是有利的，就称为正外部性（positive externality）。

加拉帕戈斯群岛是达尔文雀的故乡，这些火山岛的鸟类生存十分艰难，其中的戴费尼岛上，仙人掌是这些鸟雀主要的食物来源。在这个岛上，一种名为仙人掌雀的鸟已经进化出理想的喙，这些喙像食品罐头的开罐器，很适合在仙人掌开花时采集花粉和花蜜。

在戴费尼岛，由于食物有限，很多雀鸟不是等到上午九点仙人掌自然开花的时候去采集花粉和花蜜，而是尝试一种新的方法，即掰开仙人掌花，抢占先机。

这一招像是武林绝学，先人一步，看似很厉害，但是唯一的问题在于，在掰开花的过程中，雀鸟往往会弄断花柱。花柱折断后，花就会绝育，过不了多久，仙人掌花便会枯萎（造成了负外部性）。由于雀鸟具有区域性（不会飞到更远的地方去寻找食物），所以那些自以为很厉害能掰开花的仙人掌雀最后会成为失败者，即便是那些进化出理想的喙的雀鸟，最终也会被淘汰。

“降龙十八掌”至刚至猛，对于掌握这门绝技的人来说当然是个好事，但是对整个武林来说，却加剧了武功的“军备竞赛”，使得各个门派的竞争更为激烈。觊觎这门神功的人，则会不惜手段去得到它，为了达到武林的制衡，武学高人还会自创出杀伤力更强的武功，掌握“降龙十八掌”的人，最后可能和那些能抢占先机的仙人掌雀一样，成为这门绝技的受害者。

因此，尽管掌握“降龙十八掌”的人并不一定有恶意，但是它会增加整个江湖竞争的残酷性，尤其加剧那些武功低微的小门派的淘汰，因此，“降龙十八掌”具有“负外部性”。

现在我们来说说 SUV 汽车。

如果我们想买一辆新车，假如不在乎油钱，那些高速转向大型四轮驱动车，也就是我们所说的运动型多功能汽车（SUV），看来是不错的选择。它不但外观漂亮，更重要的是它还安全。

统计数据表明，假设某人发生了交通事故，如果他开的是 SUV，那么他的死亡率或重伤送医率是 2.7%，如果他开的是普通轿车，那么这一概率将上升到 3.6%。看来 SUV 的防撞性能更好，乘客更为安全。

就像使用“降龙十八掌”一样，掌握这项绝技能更好地保护自己，然而与之交锋的对手情况可就完全不一样，很可能被一掌毙命，受点伤算是运气好的。

SUV 更好地保护了乘客，但对于 SUV 外面的人来说，情况却没这么乐观。被 SUV 撞击的行人，有 5.1% 的概率被送往太平间，而对于普通轿车撞击的行人来说，这一概率只有 3%。所以，如果发生了交通事故，SUV 可以把车内的司机死亡率降低 0.9%，但同时把行人送进太平间的概率提高了 2.1%。

也就是说，在交通事故中，SUV 每救一个人，就可能额外造成两个人的死亡。

因此，SUV 和降龙掌一样具有负外部性。它会使得路上的行人处于更危险的状况，排放更多的尾气加剧雾霾，使得哮喘的孩子病情恶化，更多的二氧化碳排放会加剧融化两极的冰盖……然而车主却不需要为此付出补偿。

在聚贤庄一役中，萧峰重创群雄，然而事情并不会到此结束，幸存的武林人士或其后代（比如游坦之），会练习杀伤力更大的武功以期报仇。同样，当你的普通轿车处于不安全的情况下，你也会考虑换大的汽车，而这一举动会促使别人换更大的汽车。加州大学圣迭戈分校的经济学家米歇尔·怀特研究了这一课题，她把美国车辆尺寸越来越大的现象称为“美国马路上的军备竞赛”。

不管是“降龙十八掌”还是超大的 SUV 车，都给其他人带来了伤害。当某些私人成本和社会成本之间的差异很严重时，个人有动机做出牺牲别人的利益而使得自己的情况更好的举动。当市场自身无法解决这个问题时，这就需要政府管制有外部影响的行为。比如在公共场合禁烟就是控制负外部性的办法，同时大多数经济学家提出用税收来限制某些行为，而不是禁止它。

戴姆勒 - 克莱斯勒公司打算生产乌尼莫克牌车（汽车中的降龙十八掌），这种车重达 6 吨，相当于两辆雪佛兰，这是一种炫酷的交通工具，那么应该限制它的使用吗？

20 世纪 50 年代，美国常春藤名校联盟遇到一个难题，每个学校都想训练出一支战无不胜的橄榄球队，但很快就发现，就算玩命地训练，胜者也只有一个。无论各校怎么勤奋，耗资多少，赛季结束时，各队的排名都和以前差不多，并且如果过分注重体育，还会降低其学术水准。

毕竟是常春藤名校联盟，脑子都转得飞快，很快这些学校达成了协议，大幅减少球员春季训练时间，虽然球员在球场上出现了更多的失误，但是比赛的刺激性却一点都没减少，而运动员也有了更多的时间专心学习。

美国经济学家罗伯特 · 弗兰克的思路也相似，他说："驾驶笨重的、污染环境的汽车会给别人造成损失，这是不争的事实，鉴于此，唯一可行的办法是在决定购买何种车时，让我们考虑这种损害的激励机制。"也就是说，我们可以通过燃油税、排量税、车重税使得像乌尼莫克这种汽车看上去不那么有吸引力。

而降龙十八掌，虽然无法向它征收使用税，但是也可以严格控制它使它仅仅在新旧帮主之间传授，而不能随意传授给中意的人（比如洪七公传给郭靖），以防扩散造成武林生态竞争的加剧。

为什么有人会着迷挥刀自宫的辟邪剑法

➤→ “超级明星效应”使得“赢家通吃”

岳不群把窗子“呀”的一声打开，将那件写有辟邪剑法的袈裟扔下悬崖。林平之躲在窗下，眼看那袈裟从身旁飘过，伸手一抓，差了数尺，没能抓到。他用脚一钩，竟将那袈裟钩到了。

但这实在是林平之的不幸：和东方不败、岳不群一样，得到剑谱的林平之选择了“欲练神功，挥刀自宫”的道路，造成了自己和妻子岳灵珊的悲剧人生。

邪门武功虽然对自身伤害很大，但常常让人欲罢不能。

比如吸星大法，越修习越会觉滋味无穷。只要练过一次，就会觉得全身舒泰，飘飘欲仙，仿佛身入云端一般（听起来简直和毒品一样）。

现实世界中并没有辟邪剑法这样东西，然而有一样东西却和它非常接近，也是靠着对自己身体的自残来获得成功，这就是体育比赛中的兴奋剂。

参加体育比赛的关键是取得胜利，全世界的电视观众和媒体最关注的是竞赛的结果，也就是相对排名，而不是绝对的技术水平，人们通常只把焦点放在那些取得最终胜利的运动员和球队身上。

经济学家舍温·罗森在分析“超级明星效应”时所举的事例就是竞争激烈的体育竞赛。他说，那些体育超级明星，只要他们比竞争对手好一点点时（比如短跑或者游泳运动员常常只比对手快零点零几秒钟），他们就会获得巨大的奖励，而那些稍逊一点的运动员就只能得到较少的收入和差一点的名声。比如老虎伍兹、罗杰·费德勒、梅西，他们获得很高的收入和很好的声誉，但他们大多数的竞争对手，却只能获得少量的利益。这就是我们常说的“赢家通吃”（Winner-Take-All）。

舍温·罗森揭露了体育比赛明星效应的经济规律：你只要比对手高明一点点，你将得到大部分的利益，而失败的一方，只能在你剩下的残羹冷炙中吃个半饱。

博尔特的百米速度可能比第二名快了零点一秒，可是所有的赞助商愿意争相花巨资砸在他的身上，而银牌和铜牌选手却无人问津。同样，人们宁愿花 50 元购买郎朗的钢琴 CD，也不愿意花 30 元购买某个不知名的钢琴家弹奏同样曲目的作品，虽然两人的差别是普通人的耳朵无法分辨的。

《新约·马太福音》中，有一则寓言说道：“凡有的，还要加给他，让他有余；凡没有的，连他拥有的也要夺去。”这也被称为“马太效应”（Matthew Effect），超级明星的世界中就呈现出这种“马太效应”。

美国著名经济学家马歇尔指出：凭借新技术和更广泛适用的技能，工业革命使超级明星闪耀出比以往更耀眼的光芒，因为才能过人者能索要越来越高的报酬，而且相对的，他们压低了许多手工业者和职业人士的工资。

工业革命带来的收音机、电视、电影技术使得明星们能获得更多的人气，而互联网时代的到来以及科技的变革让“赢家通吃”变得越来越普遍，如今明星的人气是呈几何级数（1、2、4、8），而不是呈线性（1、2、3、4）增长的，人们将之称为“幂律”。社交网络对幂律的形成发挥着重要作用，人气经过社交网络迅速传递，最后几乎所有人的注意力都被少数几个明星人物吸引过去，金字塔顶的明星收入越来越高。

争夺五岳盟主和体育比赛的道理是一样的，它并不需要你是百年不世出的武林天才，而只在于你比其他竞争者的武功稍高一筹，你的剑比对手快一点点，就能登上盟主的宝座。

这就不难理解体育运动为什么会出现兴奋剂了。兴奋剂同样能够帮助运动员赢得这一小步，但类固醇这类的兴奋剂，长期使用会对人体健康产生负面影响，而那些使用者，为了赢得竞赛和短期利益却会不惜损伤身体。这导致了很多运动员在退役以后出现了身体机能的障碍甚至残疾。

和渴望获胜的运动员一样，东方不败、岳不群、林平之都无法抵御各自眼前利益的诱惑。东方不败受惑于日月神教教主的宝座（其实是任我行有意的安排），岳不群则怀着五岳盟主的野心，而林平之则急切地为父母报仇。

辟邪剑法流传武林，这就会出现一种博弈局面：要么你挥刀自宫，自残身体取得武林竞赛的胜利以实现野心，要么你成为输家听人摆布。

在争夺五岳盟主的比武中，左冷禅剑法精奇，劲力威猛，但还是被岳不群刺瞎了双眼。

和使用“辟邪剑法”一样，兴奋剂不单单会伤害自己的身体，也同样会对比赛对手造成伤害。因为另一方的运动员会面临这样一个选择，要么不服用类固醇等兴奋剂而输掉比赛，让自己为此投入的大量时间和精力泡汤，要么也以自己的长期健康为代价，通过服用兴奋剂让比赛恢复原有格局。

一旦有人使用兴奋剂获得成绩，并且不被惩罚时，所有的人都会跟风，哪怕是原本有希望不使用兴奋剂也能获得奖牌的顶尖运动员，因为一旦别人使用，自己为了保住奖牌就不得不使用。

那么如何避免这种自残身体的恶性竞争呢？经济学家托马斯·谢林所举的例子或许有启示作用。他说：冰球选手不戴头盔比赛，能增加球队获胜的概率，这是因为他能比对手看得更清楚，听得更真切。可不戴头盔的不利方面是，该选手受伤的概率也提高了。

如果这个球员认为提高获胜概率比个人安全更重要，就会放弃头盔。可要是其他参赛选手也这么做，竞争就恢复了平衡状态：所有人受伤的概率都增大了，而且没人受益。于是大家共同决定冰球比赛戴头盔规则就大有吸引力。

同样，当由个人来独立决定是否练习辟邪剑法时，很多人出于各式各样的目的，会决定练习这种下作的武功，但当所有武林人士共同制定江湖规则时，大家则会一致同意禁止这种邪门的武功存在。

使用辟邪剑法和兴奋剂从博弈论上来说也是一种“囚徒困境”，囚徒困境（prisoner’s dilemma）是指两个被捕的同案囚徒之间沉默和坦白的一种特殊博弈，两个共谋犯罪的人被关入监狱，互相不能沟通。如果两人都不揭发对方，那么就会证据不充分每人都坐牢一年；若一人揭发，而另一人沉默，则揭发者因为立功而立即获释，沉默者因不合作而入狱十年；若互相揭发，则因证据确凿，二者都判刑八年。由于囚徒无法信任对方，因此倾向于互相揭发，而不是同守沉默。它反映了个人最佳选择往往并非是团体的最佳选择。

每个江湖人士和运动员都有动机做出对自己最有利的选择，然而个人的最优选择往往带来最坏结果，最后运动场上兴奋剂泛滥，武林人士纷纷练习辟邪剑法（相当于囚徒困境中的两个人分别交代对方的罪行），因此只有在集体最优的选择（囚徒困境中双方都保持沉默），也就是集体禁止使用辟邪剑法和兴奋剂才是理性的。

因此辟邪剑法最终也为武林所不齿，再也没有在江湖出现，而兴奋剂也同样成为了体育竞赛人人喊打的公敌。

行走江湖为什么要讲义气

➤→ 采取重义气策略可以避免高烈度的对抗

人在江湖漂，最重要的是“义气”两个字。茅十八讲义气，陈近南讲义气，天地会的英雄讲义气，韦小宝也讲义气。

康熙曾经龙颜大怒，伸手在桌上重重一拍，对韦小宝厉声道，你是一意抗命，不肯去捉拿天地会反贼了？

韦小宝心想：江湖上好汉，义气为重。于是他对康熙说道：“皇上，他们要来害你，我拼命阻挡，奴才对你是讲义气的。皇上要去拿他们，奴才夹在中间，难以做人，只好向你求情，那也是讲义气。”

行走江湖，为什么义气这么重要呢？

在江湖上，所有人都会遇到一个大问题：如何知道是否可以信任他人，又如何使别人相信自己。信任通常来自多次交易或合作，所以我们会发现越是百年老店越讲诚信，因为它有很高的无形资产和固定资产，不讲诚信就得不偿失。所以少林、武当这些知名门派通常更遵守江湖道义，庙宇道观相当于固定资产，所以谚语说“跑得掉和尚跑不掉庙”，同时这些门派数百年的声誉使得它们有着很高的无形资产。

然而对于多数江湖人士来说则不同，他们很多时候不是意外丧命，就是得罪了仇家远走天涯。所以他们常常会迫不得已背弃协议。很多江湖人士居无定所、行踪隐秘，他们大多数人比普通百姓更有动机背弃协议。这些人和普通人相比，更爱冒险，更追求刺激，相对普通人来说，他们也不太爱遵守道德规范，也不怕惩罚的威胁。

因此，江湖上的人并不像我们想象的那样，天生就喜欢讲义气。

江湖人士固然可以靠单打独斗生存，但通常情况下，他们也需要彼此合作。这就会使得他们陷入两难的境地，他们既需要彼此合作，但同时也深知他人在自身利益受到威胁时会背信弃义。

当一个人靠不住时，他会倾向于认为别人也是靠不住的。所以江湖上的人更倾向不信任别人。比如牛津大学教授甘贝塔在对意大利和美国的黑手党研究中，发现黑手党团伙号称最看重“忠诚”二字，但只要对自己有利，他们都会背叛以前的朋友，成为污点证人。

那为什么我们通常得到的信息是，江湖上的人特别重义气呢？

江湖上各个门派需要彼此合作，但又彼此提防，因此很难达成合作，于是释放“重义气”成为有效的信号。他们会放大一些事实，比如传播为朋友两肋插刀的故事，并且把“重义气”放到别人能够一眼就注意到的门规中，通过一系列表演性的方法（通常为很多仪式，比如拜关二爷，歃血为盟等），放大“重义气”的重要性。这样做的好处不但能约束地位较低的帮派人员，让他们不敢背叛老大（掌门），更重要的是通过这种重视义气的“美誉度”，向合作者释放自己不会轻易背叛对方的信号，从而和他人达成合作。

另外，重义气是江湖帮派的重要生存哲学。采取重义气策略可以避免高强度的对抗。

在前面关于“空见神僧打不还手”的故事中已经提到，密歇根大学的罗伯特·阿克谢罗德研究发现，在多轮囚徒困境博弈中，以牙还牙是最有效的策略，也就是别人怎么对你，你也怎么对别人。你开始选择合作，只要对方合作，你就继续合作，但要是他背信，你一定要加以报复。

2005年诺贝尔经济学奖获得者罗伯特·奥曼研究发现，“囚徒困境”的社会变异往往是重复博弈，即同一种互动情境在同一组参与者之间多次重复进行。由于是重复进行，选择自私（不讲义气）会造成不小的损失，人们会记得你过往的行径，当再次遇到同样的情形时，其他参与者便会伺机报复。

如果你正在做生意，你的生意伙伴说：“我这个人没什么毛病，就是江湖气重了点。”那么他可能正在向你传达这样两层信息，第一层意思是他非常守信用讲义气，如果他当你是朋友，可以为你两肋插刀，绝不会来欺骗你。还有一层意思就是如果你要滑头欺骗了他，他会不惜血本来报复你。

英国作家乔治·奥威尔曾参加过西班牙内战（1936—1939），后来他把这些经历写在了《向加泰罗尼亚致敬》一书中。在书里他讲了一件有趣的事情：交战的双方常常你来我往地使用不会爆炸的哑弹，有一发炮弹居然还刻着“1917”的字样，简直可以作为古董收藏。最夸张的事情是有发哑弹你打来，我修补一下打过去，你再修一下打回来。就这样，这发炮弹每天在阵地上方呼啸飞翔且从不爆炸，以至于最后作战双方都认识了这颗炮弹，还给它取了个亲切的名字叫“旅行家”。互相发射哑炮成为战场上多轮博弈的最佳选择。

就像一派军阀无法单挑所有的军阀，武林中的一个门派也无法单挑所有江湖人士，在江湖上的多轮博弈中，武林门派通常也首先采取合作，一旦遭到背叛马上采取“以牙还牙”的报复行动，这样的行动策略也符合他们的生存法则。

江湖上对背叛的报复尤为惨烈，往往追到天涯海角不惜丧命也要报一箭之仇。在《倚天屠龙记》中，金毛狮王谢逊为了报仇，逼成昆现身，不惜大开杀戒掀起整个江湖的腥风血雨。因此，不讲义气背信弃义也要背负很大的成本。

另外，不讲义气还会遭到自身所属的团体的抛弃。

当人类还生活在以捕猎和采集为生的原始小部落时，任何试图暗自储藏食物的人，都极有可能遭到群体其他成员的摒弃和惩罚。在这种部落社会里，被驱逐出去就等于判了当事人的死刑，除非他能加入另一个群体。如果你名声太臭，人人都知道你以自我为中心，为人不可靠，你必须流浪到很远的地方，才能找到不清楚你过往的群落接受你。

同样，在江湖上，一旦你做出不讲义气的事情，成为某个门派的弃徒被扫地出门，这样的事情很快会被广泛传播，那么你就很难在江湖立足。

所以行走江湖必须讲义气，这并不是说江湖人士天生更讲义气，而是因为强调“义气”是江湖的占优策略，它更容易让江湖人士彼此达成合作，降低交易成本；另一方面，不讲义气面临很高的报复成本，尤其在多轮博弈，讲义气是种理性选择。

老大究竟喜欢怎么样的左右手

➤→ 忠心而无能的人就是“专用性资产”

在《鹿鼎记》中，洪教主的夫人微笑道：“哪一个忠于教主的，举起手来。”数百名少年男女一齐举起手，年长众教也都举手，大家同声道：“忠于教主，决无二心！”韦小宝见大家举手，也举起了手。

教主喜欢怎么样的人？自然是忠诚的人。可是天底下不会凭空掉下忠诚，任何人都是经济人，都会考虑自己的成本和收益。所谓忠诚，不过是审时度势，跟老大之间达成的微妙的默契。就像韦小宝此刻心里想的：我忠于乌龟王八蛋。

当权者如何保住他的位置？最大的危险往往不是来自邪恶的统治，而是身边觊觎宝座的人。任我行再是老谋深算，还是被篡位的东方不败囚禁到西湖底下的地牢，如果东方不败再狠一点，他就丢了性命永无翻身之日。

因此对教主来说，没有比出现一个拥有一颗聪明头脑的下属更让人担心的事情。

培养一个能干的左右手是一件危险的事情，因为他迟早会成为你潜在的对手。所以教主们心里明白，与其拥有几个能干的潜在对手，不如找到很多忠心耿耿的庸才。一个始终有效的策略是，选择那些无法登上权力顶峰的人作为自己的亲密战友。

教主如何挑选候选人，这是个大学问。选择能力差的候选人，除了因为无能能赢得信任，还存在其他原因。

被任命的人能力越差，他超越任命者的可能性就越小。

比如在神龙教中，洪教主选用了一批没江湖地位、没武功能力、只会拍马屁的新人，在教中，地位仅次于洪教主的是他的夫人苏荃，另外，不会武功却拍马屁一流的韦小宝也大受重用。

被任命者对任命者越是感激（当一个人得到他认为自己应得的荣誉与奖励时，他并不认为自己对给予他荣誉的人有任何义务）。当神龙教那些年轻人迅速爬到龙使地位，必然感恩戴德，而不像其他那些老部下，觉得自己劳苦功高，这个位置理所应得。

任命者能够炫耀自己的权力。越是随意能提拔某人，越显示出自己的权力的至尊，让属下臣服于自己的杀生予夺的权力之下。

因此，在江湖教派中，能力差有时反而会成为竞争优势。东方不败就是因为显示了自己的能力（任我行曾经说过他最佩服的人中第一个就是东方不败），引起任我行的猜忌，诱使他练习了《葵花宝典》，成为不男不女的怪物。

在现实世界，也有个有趣的例子。在意大利某些学术领域，一些掌权的大佬不仅表现出非常糟糕的学术水准，而且低于他们所在领域的平均水平。他们的论文发表记录几乎为零，对实质性的学术和研究毫无兴趣，他们只会当挂名主编，给门生写序言，自己几乎不发表任何和学术有关的东西。

最有趣的一点在于，他们并不打算遮掩自己的缺点，甚至在交往中往往让人感到，他们简直在夸耀自己的缺点。

真正的原因是如果表现出无能，就传递了这样一个信号，我不会逃跑，因为我没有能力跑去其他地方。相反，在一个腐败的学术市场中，热爱并擅长研究也就传递出一个信号，此人有能力，他不参与互惠式的腐败也能发展自己的职业生涯。这就令人害怕。

在意大利学界，当权的人如果是那些表现出对研究既无兴趣也无打算的人，这样其他人就确信，他们一定会遵守互惠协定，彼此提拔关照其他教授的门生。

在星宿派中，星宿老仙丁春秋门下弟子拍马屁吹法螺的本事一流，功夫却实在平平。丁春秋其实并不在乎弟子武功如何，而在乎弟子是否对自己忠心。这也和神龙教洪教主的想法是一致的。

这个现象，也可以用经济学家奥利弗·威廉姆森提出的“资产专用性”（specific assets）来解释。即将当事人牢牢绑定在特定的业务或贸易投资中，从而向他人表明，当事人并不打算改变他的业务范围或一夜之间消失。具有高度专用性的资产除非用到相关的交易中，否则没有价值。

忠心而无能的心腹就是“专用性资产”，他们并无所长，不能一拍屁股说：此处不留爷，自有留爷处。更不敢也没有能力觊觎教主的宝座——教主不就是喜欢这样的人吗？

因此，江湖上（现实生活中也是如此）有些人很乐意展示自己的无能，这其实证明他们懂得无能的“价值”，至少说明他们并不认为无能是一种负面特质。一个人显示出无能，他还可能在告诉别人，你完全可以相信我，因为即使我想欺骗你，我也没有这个能力。

韦小宝似乎也深知这种无能的价值，所以他不停地说，皇上是鸟生鱼汤（尧舜禹汤）；君子一言，什么马难追（驷马难追）；什么什么之中，什么千里之外（运筹帷幄之中，决胜千里之外）。康熙越觉得他不学无术，就越喜欢他（说明韦小宝是专用性资产）。

老大们除了找到这些合适的左右手，还有什么重要的事情？

纽约大学政治学教授布鲁斯·梅斯奎塔认为，对于统治者而言，建立一个稳固的执政联盟至关重要。那怎么建立这样的执政联盟？

教主的核心朋友圈人数不能太多。以神龙教为例，教主的核心圈包括了教主夫人和五龙使者。这个权力核心结构有一定的合理性。布鲁斯教授说，统治者需要给追随自己的人提供足够多的好处，才能让他们死心塌地听自己的话。如果执政联盟中的人数太多，需要用来收买人心的成本会太高。

同样，核心圈人数也不能太少。如果太少，尤其是如果这些少数的支持者是不可替代的，那么他们又可能成为潜在的竞争对手，令在位者寝食难安。另一个教派就犯了这个错误，在日月神教中，教主任我行的核心圈只有左使向问天，右使东方不败和任盈盈。由于核心成员过于集中，就很容易产生内部政变。

洪教主虽然看起来是个昏庸之辈，但他却深谙权力运作。他明白，五龙使者也是潜在的竞争者，难保不会有天和自己作对。于是，他在教中提拔一批年轻人，鼓励他们反对教中元老。七少年诛杀白龙使钟志灵时，“七剑齐至，（钟）竟无丝毫抗御之力，足见这七名少年为了今日在厅中刺这一剑，事先曾得教主指点”。

洪教主的这个策略和布鲁斯看法相同，布鲁斯认为：最佳的结果是，在执政联盟内部的人数很少，但在门外等着入场的候选者很多，随时可以替补，这将使内部的成员感到竞争的压力，天天想的都是如何紧跟，不敢有任何非分之想。

江湖的教派斗争和办公室政治也没什么两样。所以，我们在办公室里总能见到一些无能的窝囊废混得比你好多了，他们能把好好的事情搞砸却还能如鱼得水。现在你该明白了，他们为何能得到老大的青睐，他们从某种程度来说，比你可聪明多了。

第八章 神经科学：你了解自己的大脑吗

暗器高手柯子容的“呼喝功”

➤→ 大脑中的系统 1 和系统 2

金庸的小说《飞狐外传》有个武林人物，叫柯子容，他属于“柯氏七青门”，这个“七青门”善于使用袖箭、飞蝗石等七种暗器。在书中柯子容武功平平，但他除了善用暗器以外，还有一门金庸人物中独有的功夫——呼喝功。

在和凤天南的比试中，柯子容叫道：“铁蒺藜，打你左肩！飞刀，削你右腿！”果然一枚铁蒺藜掷向左肩，一柄飞刀削向右腿。凤天南先得到提示，轻巧地避过了。

柯子容掷出八九枚暗器后，口中呼喝越来越快，暗器也越放越多，呼喝却不是每次都对。有时口中呼喝用袖箭射左眼，其实却是发飞蝗石打右胸。

原来他口中呼喝乃是扰敌心神，接连多次呼喝不错，突然夹一次骗人的叫唤，只要稍有疏神便会上当。

丹尼尔·卡尼曼在其著作《思考，快与慢》中，开宗明义地提出了“系统 1”和“系统 2”两个概念。

卡尼曼说：“这里我且采用由心理学家基思·斯坦诺维奇和

理查德·韦斯特率先提出的术语，用以说明大脑中的两套系统，即系统 1 和系统 2。系统 1 的运行是无意识且快速的，不怎么费脑力，没有感觉，完全处于自主控制状态；系统 2 将注意力转移到需要费脑力的大脑活动上来，例如复杂的运算。系统 2 的运行通常与行为、选择和专注等主观体验相关联。”

如果要进一步了解大脑运作的这两个系统，我们先来看一个在 20 世纪 30 年代就已经广为人知的测验，这就是以发明者约翰·里德利·史楚普（John Ridley Stroop）命名的“史楚普作业”（Stroop Task）。当你用五色笔写下颜色的名称，受试者即使看到文字的意思和文字的颜色不一致，也必须无视这种不一致，而回答出文字的颜色。例如以蓝色笔写着“红”字，受试者必须念出“蓝”。请你亲自试试看。

假如你觉得自己说出文字颜色的过程不顺畅，那是因为你的思维受到了文字意思的严重干扰，在无意识中读取了“红”的意思，却与正确答案“蓝”相冲突。当然，也可以不用文字，而用一些没有任何意义的记号，此时受试者回答的速度就会变快。

假设你被催眠了，并且以核磁共振摄影观察你的大脑。你听到如下指示：“每次听到我的声音，屏幕上就会出现一些没有意义的记号。请把这些记号看作自己不懂的外文，不要在意记号代表的意思。”最新研究发现，进入催眠状态的人容易受到暗示，在清醒状态下进行实验所看到的效果，在催眠的状态下反而不会出现。例如受试者看到的明明是自己的母语，却认定那是自己不懂的外文，而能马上说出颜色。至于没有进入催眠状态的人，则需要花很长时间才能说出颜色的名称。

在实验过程中，以医学显像技术观察两组受试者的大脑，比较两者脑内活化的部位（尤其是前扣带皮层，可以协调认知上的纠葛，减少错误）。结果发现，进入催眠状态的受试者，脑内负责阅读功能的部位并未活动。换句话说，两个系统中有一个停止了，于是受试者能顺畅而快速地说出颜色的名称。

柯子容的招数和“史楚普作业”相似，当柯子容把暗器射向对方左肩，嘴里喊道，铁蒺藜，打你左肩。当他把暗器射向对方右腿，嘴里喊道，飞刀，削你右腿。你的大脑对对方的语言呼喊形成了系统 1 的运作，这就是无意识的直觉过程，于是对方喊什么，你会无意识地闪避那个部位。

然而柯子容的狡猾之处在于，口中呼喝越来越快，暗器也越放越多，呼喝却非每次都是正确的。有时口中呼喝用袖箭射左眼，其实却是发飞蝗石打右胸。这时闪避暗器就需要启动系统 2。系统 2 掌管着高度认知的过程，也就是分辨对方的手法和暗器的方位，不被他的呼喊所干扰。

柯子容口中呼喝乃是扰敌心神，接连多次呼喝不错，突然夹一次骗人的叫唤，只要稍有疏神，立时便会上当。卡尼曼说：“当人们太过专注于某件事时，就会屏蔽其他事情。”如果你只是专注柯子容的呼喊，那么就会无法注意到真正的暗器袭来。

系统 1 常常会超乎寻常的强大，我们再来看下面几道测试题，这是认知科学家谢恩 · 弗雷德里克为了测试认识思考而设计的实验：

1 双足球鞋和 1 个足球的总价为 110 美元，足球鞋比足球贵

100 美元，请问足球的价格是多少美元？

在 5 分钟内制造 5 个足球，需要 5 部机器。现在有 100 部机器，需要多长时间才能制造 100 个足球？

足球场有一部分是草地，草地以每个月都变成上个月的两倍的速度迅速扩大着。经过 48 个月后，整个足球场都会变成草地。请问，经过几个月后，足球场有一半是草地？

请你快速回答，这三道题的答案是什么？（答案分别为 5 美元；5 分钟；47 个月），给完答案请你回头再仔细想一想。

如果你回答错误，这也没什么大不了的。事实上，只有 20% 的人能迅速答对了所有问题（麻省理工学院的学生例外，有 48% 的人回答正确）。之所以会犯错，是因为人在看到问题时，系统 1 就开始活动了。在这种情况下，系统 1 会在无意识间快速得出错误的答案。虽然系统 2 负责检查答案的正确与否，可惜常常还来不及让它发挥作用，大脑就已经接受了错误的答案。

尽管柯子容的“呼喊功”干扰人心的呼喊常常能起到作用，但是这也不是绝顶武功，大多数高手还是能够躲避；上述的题目尽管会有很多人答错，但仍然有不少人能很快给出正确答案。这究竟是为什么？

卡尼曼解释说：我们在清醒状态中，系统 1 和系统 2 都处于活跃状态，系统 1 是自主运行的，而系统 2 则通常处于不费力的放松状态，运行时只有部分能力参加。通常情况下，一切会顺利进行，系统 2 会稍微调整或是毫无保留地接受系统 1 的建议。因此，在通常情况下，我们都会相信自己的最初印象，并且依照自己的想法做出相应的行为。

但是当系统 1 运行遇阻时，便会向系统 2 寻求支持，请求系统 2 给出更为详细和明确的处理方式来解决当前问题。系统 2 在系统 1 无法提供问题答案时，就会被激活，这就像当我们发现暗器并非总是按照对方口头所说的方位飞来，我们便会激活系统 2 来防御。当我们遇到令人吃惊的事情时，同样会感到自己有意识的那部分注意力会瞬间激增。

系统 1 和系统 2 的分工是非常高效的，它们总是让决策代价最小，效果最好。通常情况下，这种分工很有效。两个系统经常互相拉锯，但又唇齿相依，少了其中一个，另一个也将无法正常运作。也就是说，对于日常生活中的任何决策而言，情感和抽象的逻辑运作一样重要。我们的选择和行为，取决于系统 1 和系统 2 来回拉锯的结果。当中的关键在于大脑如何管理两者之间的纠葛，系统 2 如何抑制系统 1 冲动、无意识、迅速的反应，适度修正系统 1 所造成的决策偏差。

我们的大脑是以"付出最少努力"为原则思考的，这样做既节省了宝贵的能量，也能让我们在危险的情况下迅速作出决策（人类在狩猎阶段遇到猛兽时，没有大量的时间思考对策）。然而，系统 1 很容易让我们在无意识中犯错。同时系统 1 还有一个更大的局限，即我们无法关闭他，当蓝色笔写着"红"字，我们很难关闭对颜色的认识。

正是这个原因，当柯子容喊着那些暗器的方位时，你同样也很难充耳不闻。

杨康为什么会谎话连篇

➤→ 说谎者的大脑和我们有什么不同

没有谎言就没有江湖。

当黄药师寻找黄蓉遇到欧阳锋和灵智上人时，灵智上人张口就来："你找的可是个十五六岁的小姑娘吗？……三天之前，我曾在海面上见到一个小姑娘的浮尸，身穿白衫，头发上束了一个金环……"他说的正是黄蓉的衣饰打扮，黄药师听得心神大乱，顿时迁怒于江南六怪。

杨康是金庸小说中撒谎数一数二的人物（可能略输韦小宝）。撒谎完全融入他的日常生活，他对母亲撒谎，对恋人撒谎，对师父撒谎……

在丐帮大会上，杨康双手持定绿竹杖，高举过顶，开始了滔滔不绝的谎话："洪帮主受奸人围攻，身受重伤，性命危在顷刻，在下路见不平，将他藏在舍间地窖之中……洪帮主临终之时，将这竹杖相授，命在下接任第十九代帮主的重任。"

说谎可不是杨康的专利，事实上它早已渗入了我们的基因，可以这样说：说谎是人类的天性。

说谎可能是人类进化过程中的产物。研究者推测，说谎行为起源于语言出现后不久，不用武力而操纵他人的本领很可能为争夺资源与配偶的竞争提供先机，这与动物世界的欺诈策略（如伪装）的进化类似。哈佛大学伦理学家希瑟拉说："与其他获得权力的方式相比，说谎是如此轻而易举，依靠说谎骗取他人钱财比动粗或抢银行容易多了。"持刀抢劫的歹徒我们大多数人一辈子也撞不到一个，但是各种各样的骗子我们却常常会遇到。

加州大学圣芭芭拉分校的社会心理学家贝拉·德保罗首次系统性地记录了说谎行为的普遍性。德保罗及其同事曾经让147名成人在一周之内记录下每个试图误导他人的时刻，他们发现研究对象平均每天说谎一到两次。大部分谎言都是无害的，只是为了掩饰个人不足或避免伤害他们。其中一些属于借口，有人将没有倒垃圾归咎于不知道倒到哪里，还有人说谎为了个人形象，例如声称自己是外交官的儿子，这些都是轻微的不当行为。

但德保罗及其同事还发现，大多数人曾在人生中某个时刻说过一次或多次“严重的谎话”，例如向配偶隐瞒出轨，或在申请大学时虚报信息。

美国杜克大学心理和行为经济学教授丹·艾瑞里在十多年前就开始对不诚实和说谎行为着迷，有次他在乘坐长途飞机翻看杂志时，翻到一篇智力测试，回答了第一个问题后，他翻到后面查看是否正确，发现自己快速扫视了下一个问题的答案。他继续以这种方式完成整个测试后，不出所料得了高分，他说：“想必是因为我既想知道自己有多聪明，同时也想向自己证明我很聪明。”那次经历使他发展出持续一生的研究说谎和其他不诚实行为的兴趣。

回到杨康的问题，假如欺骗是为了获得利益的话，那这个养尊处优，什么都不缺的小王爷为何会谎话连篇呢？

为了搞清不诚实的行为和社会阶层的关系，加利福尼亚大学的心理学家设计了一系列实验。研究小组的调查结果表明，特权往往诱发了不诚实的行为。有钱的上流社会受试者更有可能欺骗别人，为了赢得一张在线的礼品券，他们撒谎的程度是普通人的三倍。研究小组把这一结果公布在了《美国国家科学院院刊》上。

丹·艾瑞里的一个实验发现，越是底层的劳动人民越诚实。在艾瑞里的这个实验中，实验人员安娜维是位盲人，她拄着手杖来到蔬菜店告诉店主，自己需要称两公斤西红柿，但现在要出去办点事，她会离开蔬菜店 10 分钟后再回来取。

安娜维把从各处买到的西红柿请人鉴定质量，结果发现那些商贩不计损失、不怕麻烦地为这个盲人顾客挑选外观和质量都很好的西红柿。

当安娜维乘坐出租车并要求打表付费时，她支付的出租车费用比别人相同的路程更便宜。出租车司机常常名声不佳，但事实上他们并没有欺骗她计价器上的价格，相反司机为她挑选更短的路程，还常常在没到终点时，就提前关了计价器。

艾瑞里发现那些有身份有地位的人却热衷撒谎和欺骗。比如高尔夫球是个高雅的绅士运动，但是他发现，球员常常会用球杆和脚移动球的位置，同时这些球员还普遍认为自己的行为和其他人的作弊行为比起来要好很多。

另外，那些德高望重的专家在收到高额的鉴定费用后常常给出片面和有失公允的鉴定报告。事实上，所谓的精英人士撒谎的动机更大，华尔街那些评估抵押证券的，只要在复杂的运算中把折价系数从 0.394 改成 0.395，马上就能看到证券的价值大幅上涨。奥斯卡获奖纪录片《监守自盗》展示了华尔街的金融服务业是如何付钱给学者，这其中包括著名大学的校长、系主任和教授，让他们撰写虚假的专业文章。

假如有机会研究和扫描杨康的大脑，他的大脑和常人有什么不同？

2015 年，旧金山加利福尼亚大学一个研究小组前往旧金山的临时就业机构。一些没有长期固定工作的人很难找到工作，但他们其实不是找不到工作，而是因为爱说谎，保不住工作。经过一系列的心理测试和面谈，他们把研究对象分成三组，并对这三组测试对象的大脑扫描图进行了对比，这其中包括 12 名有反复说谎史的成人、16 名符合反社会人格障碍标准但不常说谎者，以及 21 名既不属于反社会者也没有说谎习惯的人。

研究人员对每组对象进行了脑部扫描，以检测每个人的大脑结构，他们主要是看这些实验对象的前额皮质（即我们额头后面的那部分大脑，被认为负责高级思维活动，包括安排日程、决定如何抵制身边的诱惑等），这部分大脑还被我们用来协助做道德判断和决策工作。简而言之，就是支配思考、理性和道德的指挥塔。

总的来说，填满我们大脑的物质主要有灰质和白质，研究结果表明，病态说谎者的灰质平均要少 14%，这说明病态说谎者的前额皮质（区分是非的重要区域）中有较少的大脑细胞（灰质），他们在做决策时就较少考虑到道德，因此也更容易说谎。

同时病态说谎者前额皮层的神经纤维体积至少多出 20%，显示惯于说谎者大脑中有更强的连通性，将不同的记忆和想法联系起来。或许他们有能力更快地编造谎言，使其更倾向于说谎。但同时这一特点也可能是由不断说谎导致。

京都大学心理学家伸仁阿拜和哈佛大学的乔舒亚·格林，用功能性磁共振成像扫描测试者大脑，发现有欺诈行为者位于前脑基部的大脑伏隔核（nucleus accumben）显示出更强的活性，这一位于前脑基部的组织在处理奖赏中起关键作用。“你的奖赏系统在得到钱财的可能性面前越兴奋，你越可能行骗。”格林解释说。这一发现的潜台词是，贪婪令人说谎。

杨康的谎言和华尔街的大佬们没什么两样，都是贪婪，要么是对金钱的贪婪，要么是对权力的贪婪。

同时我们还会发现，杨康是个非常有创造力和想象力的人，扯谎简直不用打草稿。丹·艾瑞里认为，创造性越强，粉饰不诚实行为的能力也越强（要编个弥天大谎可不是件容易的事情），这是因为大脑不同区域连接越多，被认为越具创造力。

现在还有一个问题，如果说杨康在丐帮大会上撒谎是为了权力，那么为何他几乎会在每件事情上撒谎，对师父、恋人，甚至是母亲，有些谎其实根本不需要撒，也就是说，为何有人会撒谎成瘾？

研究者发现，一个谎言可能导致第二个、第三个谎言，最终一发不可收。伦敦大学的神经科学家塔利·沙罗特及同事开展的实验显示，大脑能适应我们说谎时产生的压力和情感不适，让下一次说谎更加容易。在通过功能性磁共振对参与实验者的大脑扫描中，研究者观察的是参与情感处理的杏仁核。他们发现，杏仁核对说谎的反应随着说谎次数的增多不断减弱，即使谎言不断变本加厉。

所以沙罗特说：“轻微的谎言也会通向严重的欺诈。”这也是杨康在撒谎的道路上一发而不可收的原因。

江南四友为何上瘾琴棋书画

➤—→ 成瘾消费中边际效用不再递减

在《笑傲江湖》中，老大黄钟公、老二黑白子、老三秃笔翁、老四丹青生，合称“江南四友”。四人都一度是武林成名人物，他们的任务就是受东方不败的命令在杭州西湖梅庄看守被囚的任我行。

当向问天带着令狐冲来搭救任我行时，他找到了江南四友的最大弱点。老大黄钟公对弹琴有瘾，一心想抄录嵇康的《广陵散》琴谱；老二黑白子对下棋有瘾，听到刘仲甫和骊山仙姥的对弈棋谱《呕血谱》就激动万分；老三秃笔翁对书法有瘾，想得到张旭的《率意帖》；老四丹青生对绘画有瘾，心心念念范宽的《溪山行旅图》。

向问天利用了这四个人的这几个弱点，让他们一步步落入圈套……

江南四友虽为武林中人，但又分别痴迷自己的爱好，明知道看守任我行责任重大，但是却没法抵抗自己成瘾事物的诱惑，结果就中了向问天的计，使得任我行得以逃脱。

“瘾”在金庸小说中随处可见，武林豪侠大多对武功上瘾；任我行、左冷禅、岳不群等对权力有瘾；曲洋、刘正风对音乐有瘾；洪七公对美食有瘾；萧峰对喝酒有瘾；周伯通对玩有瘾；韦小宝对赌成瘾；函谷八友各自都有上瘾的专项……

“瘾”到底是怎么一回事呢？行为经济学对此进行了深入的研究。

“上瘾”是指行为人在过去的实践中，体验到能使其感到快乐的行为，尽管很多情况下不良的上瘾行为会带来降低行为人效用水平的后果，但行为人还是会坚持满足自己的嗜好。

上瘾这件事用传统经济学似乎很难说得通。传统经济学通常假定边际效用是递减的，即人们对于一个消费物品的评价会随着消费量的增加而逐渐减少。但是行为经济学家则对此提出了质疑，边际效用真的是递减的吗？如果是这样，喝酒第一碗是最爽的，然后越喝带来的快感就会递减，也就是越喝越不带劲，可是事实上好像并不是这样，《天龙八部》“剧饮千杯男儿事”一章中萧峰分明越喝越来劲，几十碗酒下肚后反而越发豪气冲天。

为了解释这个问题，行为经济学家引入了“偏好”的概念。偏好是指消费者按照自己的意愿对可供选择的商品组合进行的排列。偏好是微观经济学价值理论中的一个基础概念，它是主观的，也是相对的概念，偏好实际是潜藏在人们内心的一种情感和倾向。

偏好会随着某些上瘾商品的消费而发生变化，例如人们长期喝酒，常常会增加对这些物品的欲望，并且随着时间的变化消费量也会不断增加。根据效用理论的观点，由于偏好发生了有利于这些商品或人的变化，这些商品或人的边际效用就会随着时间的变化而增加。

比如江南四友中老大黄钟公对音乐有特殊的偏好，当他美妙的音乐听得越多，就越容易引起他对音乐强烈的偏好，他的音乐鉴赏能力也不断提高，听音乐获得的边际效用也就越高。

不过有益的上瘾性行为和有害的上瘾性行为也是不同的，有害的上瘾性行为在长期内是边际效用递减的，即随着上瘾程度的加深，得到的快感会逐渐减少。行为经济学家的研究表明：着眼于当前利益的个体对有害商品的潜在上瘾程度，要高于着眼于未来利益的个体。也就是说，不考虑未来的人，越容易对不良嗜好上瘾。

为何江南四友各自都有上瘾的事物，这还有可能是因为看守日月神教前任教主是项压力巨大的工作。书中写到，当黑白子发现任我行逃走时，万分惊恐地发出一声悲号，声音中充满痛苦和恐惧之意，令人毛骨悚然。可见这几个人平时的压力有多大。

成瘾其实是一种学习模式，包括用于应对压力而进行的舒缓、愉快的活动。上瘾必须发生在这样一个情境中，那就是此人发现该种体验是愉快的、有用的，而且有意识地重复该体验直到大脑将其从特意的、有意的处理过程向自动的、习惯性的处理过程转移。

奖赏系统是大脑的原始组成部分，这点上人与老鼠差别不大，它的存在是为了保证我们追寻自己需要的东西，让我们对指向目标的声音、图像和味道提高警惕。它在本能和反射的领域运作，为的是抢在竞争对手之前获得食物和配偶。但在我们拥有时时刻刻满足欲望机会的现代世界中，这一系统却可能成为绊脚石。

欲求的产生依赖一连串复杂的大脑活动，但科学家认为触发它的可能是神经传递素多巴胺的飙升。作为传递信号的化学信使，多巴胺在大脑中扮演多个角色，它与上瘾的关联最大。每种成瘾物质都以其独特的方式影响大脑的化学状态，但共同之处是它们都让多巴胺浓度蹿升至远超自然水平。剑桥大学神经学者沃夫雷姆·舒尔茨将分泌多巴胺的细胞称为“我们大脑中的小魔鬼”，这些化学物质驱动欲望的能力极其强大。通过熟习系统，奖赏的信号或提醒或暗示会激起多巴胺的大量分泌。

书中这样描述道——黑白子道：“你当真见过刘仲甫和骊山仙姥对弈的图谱？难道世上真有这局《呕血谱》？”他进室来时，神情冷漠，此刻却是十分的热切。

此刻的“十分的热切”，就是多巴胺分泌后的表现。黑白子并没有看到所谓的《呕血谱》，为何仅仅听到这个名字就会如此激动？

宾夕法尼亚大学戒瘾研究中心的临床神经学者安娜·罗斯·奇尔德雷斯证实，上瘾的人不需要有意识地接受暗示来唤醒奖赏系统。在《公共科学图书馆》期刊上奇尔德雷斯发表的一项研究里，她扫描了22名康复过程中的可卡因上瘾者的大脑，同时在他们眼前闪过玻璃烟枪和其他吸毒工具的图片，每幅停顿33毫秒，仅为眨眼时间的十分之一。那些人并没有有意识地“看到”任何东西，但图片激发的奖赏系统中的特定部位，与可以眼见的毒品暗示产生刺激的部位相同。

在金庸小说中，我们看到各人上瘾的事物如此不同并且如此广泛。事实上任何过高回报，引起欢愉或有安抚作用的事物，都可能让人上瘾。

最新修订的美国精神病学宝典《精神疾病诊断与统计手册》，首次认可了一种行为瘾癖：赌博。一些科学家还认为，现代生活中的各种诱惑，比如垃圾食品、购物、电子游戏、智能手机都存在潜在的致瘾性，这是由于它们对负责产生渴望的大脑奖赏系统产生巨大影响。

妮科尔·阿韦纳是纽约市西奈山圣卢克医院的神经科学家，她发现老鼠在条件允许的情况下会不停吃糖。她说高含量和高度加工食品，例如精制面粉，可能和糖一样会造成上瘾的不良后果。

阿韦纳和其他学者在密歇根大学访查了384名成人，其中92%反映对吃某种食品的持续渴求，反复试图停止未果，这正是成瘾的两个标志。受访者将比萨饼——通常由白面粉烘制的饼皮和饱含糖分的番茄馅饼面制成——被评为最易上瘾事物，而薯片和巧克力并列第二，阿韦纳对于食品上瘾的存在性毫不怀疑，她说，这是人们难以摆脱肥胖症的主因之一。

“瘾”控制了江南四友的大脑，他们很快中计。四个原本应该在艺术文化领域大放异彩的武林人士以悲剧收场，或被逼服下三尸脑神丹，臣服于任我行，或不甘受辱而自尽。

武林高手是如何做到“快”的

➤→ 我们的反应是如何绕过大脑的

天下武功，唯快不破。

风清扬在华山顶向令狐冲传授独孤九剑时说：“田伯光那厮的快刀是快得很了，你却要比他更快……你料到他要出什么招，却抢在他头里。敌人手还没提起，你长剑已指向他的要害，他再快也没你快。”

“快”在武林中是至关重要的法则，令狐冲使用“破箭式”在内力全失的情况下，瞬间打败15个高手，方法就是“快”。

东方不败也是快到了匪夷所思的地步。他诛杀童百熊时，“突然之间，众人只觉眼前有一团粉红色的物事一闪，似乎东方不败的身子动了一动。但听得当的一声响，童百熊手中单刀落地，跟着身子晃了几晃”。

高手的“快”究竟是如何做到的？这个问题可不是武侠小说才有的奇思异想，在现实世界，专业运动员的快就达到了不可思议的地步。

1974年，拳王穆罕默德·阿里和乔治·福尔曼在扎伊尔首都金沙萨进行了一场比赛，美国作家诺曼·梅勒在报道这场比赛时，是这样描述阿里的拳击的：“两秒钟内能迅速挥出12拳，出拳的方式变化多端，速度快到尖叫的观众只能看到模糊晃动的手套。”如果梅勒的计算是正确的，那么阿里的一拳从挥出到结束只要166毫秒。事实上，赛后更准确的统计数据显示，阿里的左刺拳只要40毫秒就能完成。

有一段李小龙在拍摄《猛龙过江》时留下来的纪录视频里显示，当时李小龙每天抽出4个小时练习，其中练拳占了大部分时间。视频是用高速摄像机拍摄，只能感到李小龙出拳迅猛无比，很难分清拳的路线。把影像放慢至原速的1/25观察，李小龙在一分钟之内一共击出170多拳，平均速度相当于在0.8秒内跑穿整个篮球场。李小龙的最快的出拳速度约每秒18米，也就是约65公里/小时，1米之内对手只有50毫秒的时间来做出反应。

运动员在比赛中做出的反应同样和令狐冲一样，必须快得不可思议。时速 145 公里的板球只需要 500 毫秒，就能飞过 20 米的距离，击中击球手身后的三柱门；时速 225 公里的网球只需要 400 毫秒就能飞到对方场地的发球线处；足球比赛中罚球只需要 290 毫秒就能飞跃 11 米的距离破门；从蓝线击出的冰球只要不到 200 毫秒就能砸到守门员的头盔；乒乓球的球速在每小时 110 公里左右，两个运动员之间的距离只有五六米，回球的一方只有 160 毫秒的反应时间……

然而体育比赛中的反应速度却与神经科学研究的某些结果是相悖的。

比如，当视网膜感知到某一物体时，需要 100 毫秒的时间。而且我们的视觉体系是很迟缓的，当视网膜感知到光时，光子先要转化为化学信号，然后再转化成电子信号，有神经纤维传送到大脑背面的视觉皮质区域，再通向两条不同的通道，分辨出物体的方位和运动与否。接着两条通道会融合为一个影像，只有到这个时候，影像才会出现在我们的意识世界中，这个过程又需要 100 毫秒时间。

当我们的视线从一个物体转到另一个物体时，我们需要很长时间看清模糊的物体，眼睛不断地记录也需要占用大量的大脑资源。在 1 秒钟内我们最多进行 5 次视线的转换，也就是说，要进行一次视线的转换，至少需要 200 毫秒。

这样的话，100 毫秒的时间还不够板球运动员完成一次视线的转移，他压根就意识不到球的存在，那他是如何在 100 毫秒的时间内接到球的呢？认知决策系统还需要 300~400 毫秒的时间启动，运动系统也需要50毫秒的时间将指令送达给肌肉，当我们完成这些后，球早就砸到了脑袋上了。在武侠世界中，当对方从十米远的地方扔出暗器时，可能只有100毫秒的时间做出反应，他们又是如何做到准确躲过（或者接住）高速飞行的暗器呢？

运动员，或者说那些武侠小说中的大侠，是如何在十分之一秒或者更短的时间内做出决策呢？

当人类还处在冷兵器甚至是更早的时代，例如人类还在非洲大草原狩猎的史前时代，一头狮子忽然从隐藏的树林里冲了出来，它以每小时80公里的速度从30米的地方向你扑过来，只需要一秒钟的时间，它的利牙就能穿透你的脖颈，你根本来不及考虑逃跑、爬上树，或是拉弓射箭。在另一些时候，一个敌对的部落出现在面前，他们向你投掷长矛，长矛以每小时100公里的速度从10米远的地方飞来，只要三分之一秒就能穿透你的脑袋。

我们今天之所以能够幸运地在咖啡店里喝着咖啡，或者悠闲地在音乐厅里听着交响乐，就归功于我们的祖先像闪电一样的反应速度，进化就如同奥林匹克的资格赛，它让反应更快的人才有资格存活下来。

然而等信息传递到大脑，再由大脑做出决策指挥我们的身体做出反应时，我们可能早就成为猛兽的食物了。大脑还有一个更有效的方法来弥补意识的延迟。当需要快速反应时，大脑会切断意识世界的通路，依靠反射、自动行为和所谓的“前意识”（preconscious）处理。前意识（不同于我们熟悉的“潜意识”）处理是指大脑意识到某件事之前，我们已经有所感知，做出决定并采取行动，意识大脑完全没有参与其中。

没错，真正的高手只有通过无数次的练习达到自动反射从而实现那些匪夷所思的速度。当他们听到出剑的风声，或者对手肌肉细微的变化，便会本能地出手。那么这些习得性的动作是如何变成条件反射，在电光石火的一刻，破解对手的凌厉招式的呢？

要回答这个问题，首先我们要理解反射和自动行为的一个基本原则：我们的神经系统从脊柱、到脑干、到皮质（处理有意识的运动），越往上走，参与的神经元越多，神经信号传递的距离越远，反应时间就越慢。为了加快反应速度，在人类学会一个动作后，大脑会把这个动作的控制权下放给大脑下半部分，也就是负责无意识的自动行为那部分。一个习得动作一旦成为自动行为，便可以在短短的 120 毫秒内触发。

有一个实验可以验证这一过程，让实验对象学习玩俄罗斯方块，刚开始，实验对象大脑的大部分区域都是亮的，表明大脑在经历复杂的学习过程。一旦掌握了游戏方法以后，就变成了习惯性的动作，大脑皮质的活动逐渐停止了，大脑消耗的葡萄糖和氧气量也大大减少了，反应速度却大大加快了，实验对象玩得熟练以后，玩游戏时就不再需要思考了。这点，老司机一定有所体会，长期的驾驶经验会让他们本能地操作而无需思考。

尽管自动行为的反应速度已经很快了，但是还不足以让我们应对很多挑战，依然会有滞后的感觉，这主要的问题在于它们是“反应”，等到对方球发过来，或者拳打过来以后才决定要怎么应对。好的运动员会进行预判，棒球比赛中，击球手会研究投手的动作，判断球的大致轨迹；板球比赛中，球还在击球手手中时，内野手就会研究击球手的每一个细节，包括姿势、目光、抓球的方式；拳击比赛中，拳手会无意识地观察对手的步伐、头部运动和稳定肌的状态，为出拳做准备。

在武侠世界也同样如此，预判至关重要，比如“令狐冲内力虽失，但一见他右肩微沉，便知他左手要出掌打人，急忙闪避”。有技巧地预测对于减少反应时间是至关重要的。

在《笑傲江湖》中，我们看到剑术顶尖的令狐冲出招也不受大脑控制，而出于反射本能，尤其当危险出现时。在令狐冲和岳不群比剑的时候，令狐冲就误伤岳不群。令狐冲随手挡驾攻来的剑招，不知如何，竟使出了“独孤九剑”中的剑法，刺中了岳不群的右腕。他立即抛去长剑，跪倒在地，连称自己罪该万死。

而当令狐冲和岳灵珊在嵩山比剑时，再次出现这种情况。当岳灵珊长剑已撩到他胸前，令狐冲脑中混乱，左手中指已经本能弹出，把岳灵珊的长剑震得脱手飞出。

这些看似夸张的描写其实相当真实。肯·德莱登是著名的冰球守门运动员，他有一段谈话可以从侧面说明高手的快速反射行为是如何产生的。

“我感觉到威胁靠近时，我的意识大脑一片空白，没有任何感觉。我什么都听不到，也没告诉身体要往哪里移动，怎么移动，但是身体就是在移动。我的眼睛盯着球，所看到的东西也不是我命令眼睛去看的……我看到了射手握杆的方式，看到他身体的角度，看到他面对的防守，并预测他会做什么样的动作。我的身体无意识地移动着，我相信我的无意识动作。”

这些话听起来更像一个武林高手的描述。

灭绝师太为何怀有强烈的报复心

➤→ 复仇是如何让大脑产生快感的

灭绝师太人如其名，武功虽高，却是个令人憎恶的老尼。

出家前的灭绝师太和她的大师哥孤鸿子有嫁娶之约，孤鸿子与明教光明左使杨逍比武落败被夺倚天剑而气死。灭绝师太一心想为大师哥报仇，所以非常痛恨明教。

为了报仇，灭绝师太让弟子纪晓芙去杀了杨逍，承诺事成之后将衣钵和倚天剑全部传给纪晓芙，并立她为本派掌门的继承人。面对诱惑，纪晓芙极为坚决地拒绝了，于是这个老尼恼羞成怒，手起掌落，杀了纪晓芙。

不过在灭绝师太眼里，并不会认为是自己杀了纪晓芙，而是魔教害死了纪晓芙。

在我们生活中，其实也能碰到很多“灭绝师太”，虽然他们不会一掌把我们的头盖骨拍碎，但是他们的思维方式却是一样的，并且，从某种程度来说，我们都带有“灭绝师太”的复仇基因。

报复这件事不但存在人类的基因中，它在动物中同样存在。

德国莱比锡的马克斯·普朗克进化人类学研究所的研究人员在一次实验中，想弄清楚黑猩猩是否有正义感。他们的实验设计是把两只黑猩猩分别关进两个相邻的笼子里，笼子外面放一张堆满食物的桌子，这两只猩猩都能够得到。桌子装有脚轮，两只猩猩都能将桌子拉近自己或者推出去。桌子两头分别拴一根绳子，绳子连在桌子底部。如果任何一只猩猩拉动绳子，桌子就会翻倒，食物就会散落一地，它们谁都够不到了。

当他们在笼子里只放一只猩猩，另一个笼子空着的时候，猩猩会把桌子拉过来，想吃多少就吃多少，它不会拉绳子。但是临近的笼子里再关一只猩猩后情况就变了。只要两只猩猩都能吃到食物，它们会相安无事；但如果其中一只有意无意地把桌子拉到自己这边，另一只一旦够不到食物，它会发怒拉动“报复”的绳子把桌子掀倒。

不仅如此，恼火的猩猩还会暴跳如雷，狂叫不休。

人类与黑猩猩相似，即使要付出代价，他们也会采取报复。在灵长类和人类的社会秩序中，报复都具有深层次的作用。建立在信任基础上的社会契约一旦被破坏，我们就会非常愤怒，即使付出自己的时间和金钱，有时还冒着人身伤害的危险，也要使违约者受到惩罚。

当灭绝师太出手惩罚魔教的人，或者惩罚她认为该惩罚的人时，其实并不是她想象的那么高尚，这很大程度出自一种动机，即可以享受惩罚别人的快感。而这种快感，和我们看到令人垂涎的菜肴，或者股市上狠狠赚了一票，甚至是和爱人亲密时一样，它们都出自人的本能。

人的这种快感来自于大脑，产生快感时，大脑内控制喜悦、满足等情绪的部位会剧烈活动，该部位称为“纹状体”。纹状体是基底神经节的主要组成部分，位于皮质底下深处，靠近脑干上方的脑中心。纹状体有丰富的多巴胺神经元，负责处理精细的情绪。科学家们早已知道，纹状体这个部位与“复仇的美妙滋味”有关。

灭绝师太对魔教中人大开杀戒，可能就是在享受着这“复仇的美妙滋味”。

我们来看一个经济学研究团队进行的“信任博弈”游戏（我们已经在之前的章节中介绍过这个游戏）。

甲和乙匿名商讨。两人各得到10美元，甲可以把钱留给自己，也可以给乙。如果选择后者，那么甲给乙的钱会扩大至原来的3倍。也就是说，假如甲把自己的10美元全部给乙，就会变成30美元。乙加上自己一开始就得到的10美元，将拥有40美元。

假如乙是值得信任的人，愿意和甲合作，最后可以与甲平分这笔钱，那么甲得到的就不是10美元，而是20美元，这对两人都有利。不过乙也可能不把钱分给甲，自己独吞40美元，这代表着甲遭到了乙的背叛。

研究者想知道的是，当甲基于信任，把10美元给乙，结果却遭到对方背叛时，甲的大脑活动会出现什么样的变化？

研究者进一步设计这个博弈游戏。甲在遭到乙背叛后可以选择惩罚乙，并且每惩罚乙一次就意味着从乙身上拿走2美元。不过重点是，甲的钱并不会因此增加，甚至还会因惩罚乙而减少。因为每当甲惩罚乙一次，虽然从乙身上拿走2美元，但甲自己也会损失1美元。

同时，这个游戏不会重复进行，因此甲并不是出于教导乙要合作的目的，以便下次玩游戏时彼此都能拿到更多的钱才惩罚乙。甲通过惩罚给予乙“利他的”教训。换句话说，甲惩罚乙，是“花钱教乙做人”，让乙知道如何与人合作，并不是为了甲自己，而是为了下次和乙一起玩游戏的人。

在实验过程中，研究者发现，甲的纹状体后部的血流增加，代表着该部位的活动剧烈。这个部位能提前感受到对特定对象采取行动之后带来的喜悦。虽然复仇未能给自己带来经济利益，但却能给自己带来强烈的喜悦感，否则在甲必须付出代价才能惩罚乙的游戏中，甲就不会甘冒经济损失之痛也要惩罚乙了。

事实上，大家都想惩罚那些违反社会规范的人，即使我们无法因此得到好处，甚至还得为此付出代价，但我们依然想惩罚那些做了不该做的事的人。在这种情况下，合乎经济理论、出于自私考虑、让自己获得最大利益的念头完全消失了。

苏黎世大学的多米尼克·奎尔凡和恩斯特·费尔以杰出的研究证明了这一结论。他们运用正电子发射断层成像技术（PET）扫描了惩罚者的大脑，从而揭示出惩罚是一种由人类大脑自我奖赏系统（brain reward circuit）所驱动的自激励行为。

原来“为了正义”复仇是件很爽的事情。

在六大门派围攻光明顶之战时，灭绝师太仗着倚天剑的威力向身负重伤的张无忌挑战，作为一派之尊的武林前辈，为了帮助武林诛灭魔教，也为了自己复仇的快感，灭绝师太连自己作为前辈的尊严和荣誉都完全不要，置江湖的基本道义不顾，居然向一个身负重伤，并且是早已赢了她的人下毒手。显然她心里很明白，这会让她的名誉受损，但她为何坚持要这么做？

其实我们的大脑也产生了成本和收益的交锋，我们之所以会不顾一切采取报复行动，是因为这种行为带来的快感（收益）超过我们所要支付的成本。在“信任游戏”中，研究者发现甲的大脑内出现了认知上的纠葛，“更多的金钱损失”和“惩罚乙带来的快感”出现了交锋，但最终快感战胜了损失。

复仇的快感每个人都会有，比如林平之为了报余沧海灭门之仇，并不一剑杀了余沧海，而是慢慢地和他玩猫捉老鼠的游戏，先把他的弟子一个个杀死，让余沧海处于死亡的恐惧中，林平之就是在一点点地折磨余沧海至死的过程中享受复仇的快感。

当我们读完《笑傲江湖》后，我们会惊讶地发现，即便是侠义心肠的令狐冲，也同样享受这种复仇带来的快感。

岳灵珊临死前托付这个大师兄，让他好好照顾林师弟，那么令狐冲做了什么呢？

令狐冲因为恨林平之杀了岳灵珊，最后把林平之“照顾”到了梅庄关押任我行的地牢，在这个西湖地下地牢滋味如何呢？难道令狐冲不知道吗？他自己不是在这个地牢里“想到要像任老先生那样，此后一生便给囚于这湖底的黑牢之中，霎时间心中充满了绝望，不由得全身毛发皆竖”。令狐冲把林平之余生关在这样生不如死的地牢，远远比一剑杀了他更残酷，这不是“复仇的快感”又是什么？

虽然我们的大脑朝着利他的方向运作，惩罚破坏合作关系的个人，以便让受惩罚者在未来懂得与他人合作，但很显然，这种行为在很多时候并非出于高贵的动机或崇高的人本思想，而只是为了满足利己的本能的喜悦。

令狐冲为何会和向问天同仇敌忾

➤→ 镜像神经元让我们产生同理心

在《笑傲江湖》中有一段扣人心弦的描写，这就是令狐冲初次遇到“天王老子”向问天的情景。当时令狐冲不知道眼前老者姓名来历，也不知为何有这许多武林中人要和他为难，更不知他是正是邪，只是钦佩他这般旁若无人的豪气，不知不觉间起了一番同病相怜、惺惺相惜之意，于是令狐冲大踏步向前，当着老者的对手朗声说道:“前辈你独酌无伴，未免寂寞，我来陪你喝酒。”

令狐冲这“不知不觉间起了一番同病相怜、惺惺相惜之意”是怎么来的？在神经科学家和小说家眼中这一切的发生恐怕有点不同。

我们与他人之间的联结关系，比一般人想象的更加深刻，这种联结关系甚至已深植于大脑之中。更准确地说，是一种叫作“镜像神经元”（mirror neuron）的神经细胞的作用创造了这种联结关系。

20 世纪 90 年代，意大利神经生理学家贾科莫 · 里佐拉蒂和他在帕尔玛大学的研究伙伴做了一项非凡的研究。在研究大脑功能的时候，研究者把电极植入猴子的大脑。一天，一位饥肠辘辘的研究者想吃点零食，靠近食物的时候，他注意到猴子大脑前额叶皮层的神经元开始兴奋，兴奋的区域正是它自己拿食物时的兴奋区。但是，猴子只是静静地坐在一旁看人类拿食物而已，那么兴奋现象是怎么发生的呢？

随后，研究人员发现，这是因为这些特殊的神经元不仅会在个体亲自拿食物时产生反应，它们在别人做出这个动作时也会兴奋，研究人员将这些神经元称为“镜像神经元”。

当时著名的神经科学家维莱亚努尔·拉马钱德兰认为：这项研究是20世纪90年代最重要的事件，镜像神经元在心理学界的作用将会像脱氧核糖核酸（DNA）在生物学界的作用一样，它们将为至今为止无解也无法实验的心理之谜，提供解释和框架。

今天几乎没有任何科学家再质疑这一发现的重要性。在这一发现之前，科学家普遍认为我们理解和预测他人的举止时，主要通过系统R（指受意识控制的思考方式）进行理性思考。现在，他们明白社会理解和共情作用可能会自发产生，就像镜像神经元不仅会刺激人们的行为，还会刺激他们的意图和情绪一样。比如说，看见别人微笑，我们的镜像神经元就启动了，并在我们的思维里产生一种与微笑相关的情绪，而没必要去思考他人微笑背后的意图。

科学家对灵长类动物的大脑所进行的研究实验尺度太大，无法在人类身上进行。介入灵长类动物大脑的电极可以检测到小至单个细胞的电活动，可证明镜像神经元存在的实验证据虽然都较为间接，但仍然很有说服力。

神经科学家现在又开始使用功能性磁共振成像技术来探究人类的镜像神经元，这种技术可以显示出大脑不同区域所增加的耗氧量。功能性磁共振成像的图像表明，人做出某项运动行为时，某些大脑区域会显示出活动迹象，而看到其他人做出同样行为时，这些区域也处于活跃状态。

回到《笑傲江湖》中令狐冲遇到向问天这段，令狐冲眼中的向问天相貌、神情和举止是这样的，“只见他容貌清癯，颏下疏疏朗朗一丛花白长须，垂在胸前，手持酒杯，眼望远处黄土大地和青天相接之所，对围着他的众人竟正眼也不瞧上一眼”。

正是这天不怕地不怕的豪迈气概和神情，不但让令狐冲钦佩，也同样刺激了令狐冲的镜像神经元，此刻，他也表现出置生死于度外的气概。也是镜像神经元的缘故，让令狐冲“不知不觉间起了一番同病相怜、惺惺相惜之意”。

当我们察觉到他人的某种情绪，并自己亲身体验同样的情绪时，所刺激到的神经细胞就会开始剧烈活动。最具代表性的例子就是观赏电影或逼真的戏剧演出时，自己也仿佛成了剧中人，一起欢笑或者哭泣。

能看穿别人的内心，好处多多。我们可以借此避开危险，在可能遭遇伤害时思考对策，也能与别人建立互信、互助、互爱的关系。连刚出生才几天的婴儿都能辨识母亲的表情是喜还是怒，并以婴儿独有的方式给予响应。

“共情”（empathy），也称“同理心”，即感受他人情感体验的能力，对象甚至包括我们并不熟悉的陌生人，以及电影、小说中虚构的人物。所以，即便令狐冲从来不认识向问天，也不知他是正是邪，但是看他双手系着铁链，又被这许多江湖人物追杀，想到自己也有这样的经历，于是顿时产生共情之心。

脑科学家已达成共识，认为“共情”正是镜像神经元活动的结果，它与负责肢体运动的运动镜像神经元不同，共情是由情感镜像神经元引起的。2009 年，一项利用功能性磁共振成像技术进行的研究调查表明，儿童在观看他人遭受痛苦的影片时，有活跃迹象的大脑区域与他们本人承受这种痛苦时的大脑活跃区域相同。在成人身上进行的研究也发现，受试者看到他人处于悲痛或恐惧状态的照片时，大脑活动也会出现类似的现象。

大脑到底是通过怎样的机制，让人得以洞悉他人表情背后的情绪呢？人体真的有像镜像神经元这种了解他人行为的情绪读取装置吗？

这一切来自大脑中一个称为“脑岛”的部位。根据实验和临床数据显示，脑岛内（尤其是左侧的前脑岛）有共通的神经基质，当自己不开心或看到别人脸上显现出不高兴的表情时，这个区域便会开始剧烈活动。例如你在咖啡馆喝到又苦又涩的咖啡，或是你看到朋友喝到那杯咖啡的表情时，同样的神经元就会开始活动。

目前已经证实，脑岛受损的患者无法感知别人的厌恶，但依然能辨识他人脸部表情的变化（如愤怒、害怕等）。除此之外，这种患者自身也无法表现出不高兴的情绪。

科学家由此推测，脑岛可能是镜像机制的核心，将接收到的脸部表情的视觉信息解读为各种情绪。同时，脑岛也是统筹感觉信息和体内反应的中心。举例来说，若我们看到有人恶心想吐，也会跟着有想吐的感觉。大脑内有情绪的共鸣机制是很自然的，感同身受的能力是人际关系的基础。普通人都是如此，更何况嫉恶如仇的令狐冲呢？

向问天见令狐冲疯疯癫癫，毫没来由地强自出头，不由得大为诧异，低声道：“小子，你为什么要帮我？”令狐冲道：“路见不平，拔刀相助。”

第九章 幸福探索：获得幸福是一种智慧

杨过和小龙女重逢是最好的结局吗

➤→ 我们的记忆受到“峰终定律”的影响

关于《神雕侠侣》有一个争论（这个争论有点残酷），就是小龙女跳入绝情谷后，是不是还应该活着。

有一种说法，金庸当时在《明报》写连载，读者基本上就是冲着金庸的武侠小说来看报纸的，而那些读者强烈要求小龙女复生，面对这些热情的读者（同时也是为了报纸的销量），金大侠用回天神力，居然令神雕大侠一跃跳入绝情谷，和小龙女重逢，杨过结束了十六年的凄苦等待，使他漂泊的情感得到如意的归宿。

而后神雕大侠和小龙女重出江湖，大战蒙古大军，最后这对神仙眷侣归隐南山，百年后，他们的后人还穿着杏黄衫，在江湖神龙一现，读者对这样的结局非常满意。

但这是最好的结局吗？

从小说的结构来说似乎不应该如此。

还记得小说从头至尾反复出现的那首元好问的《摸鱼儿·雁丘词》（问世间，情为何物，直教生死相许），这首词的序中写道：乙丑岁赴试并州，道逢捕雁者云："今日获一雁，杀之矣。其脱网者悲鸣不能去，竟自投于地而死。"

书中关于双雕之死的描写，似乎也对应这首词里的故事。"只见那雌雕双翅一振，高飞入云，盘旋数圈，悲声哀啼，猛地里从空中疾冲而下。雌雕一头撞在山石之上，脑袋碎裂，折翼而死。"

这段描写，我们隐约能看到原本应该有的小龙女跳崖而死杨过殉情的情节。

从小说创作来说，杨过和小龙女一再面临正常世界不太可能发生的"极限情境"，小龙女失贞，杨过断臂，两人明明刻骨铭心相爱，却生生分离十六年。金庸通过这种武侠的象征结构，来抒写人生的"极限情境"。

杨过和小龙女的爱情为世俗所不容，即便是郭靖这样的大侠也将其视为洪水猛兽，所以这种爱情，一开始就是一场悲剧。而悲剧还不止这种单纯的冲突。杨过断臂，主要是杨过激越而自负的性格所致，因此属于"性格悲剧"；小龙女失贞，是一种"场合悲剧"，待情节发展到两人在绝情谷中被迫分离，生死茫茫，再见无期，这时场合悲剧和性格悲剧已经完全纠结在一起。

《神雕侠侣》的悲剧已达情境交融，首尾呼应，天残地缺继而女死男殉，才是结构上应有的安排。难怪金庸的好友倪匡说，让小龙女复生并非是金庸本意，要不好好的小龙女为何要被个破道士糟蹋了呢？

假如是小龙女死了，杨过殉情，整部小说的魅力是否将大大提升（虽然杨龙重逢的《神雕侠侣》同样是经典之作）？

如果是悲剧收场，人们将更加牢牢记得这两个人物。这点经济学家一定会同意。

丹尼尔·卡尼曼曾说:“比起整个人生，我们更在意人生的结局。”

卡尼曼所说的就是峰终定律（peak-end rule），他对这一问题进行了开创性的研究，并取得了卓有成效的研究成果。

根据峰终定律，我们对过去体验的记忆由两种因素决定：事情达到极限（最好或最坏）时我们的感受，以及事情结束时我们的感受。我们用它总结自己的体验，并作为日后评价新的体验的参考依据。这种体验总结又反过来影响我们是否再来一次的决定。而其他一些因素，比如体验过程中快乐和不快乐所占的比例，或者体验持续的时间，几乎对我们的记忆毫无影响。

卡尼曼在医学领域找到了一个例子。在上世纪 80 年代末期，病人对结肠镜检查可谓谈虎色变，检查过程让人极度不适，那种滋味没人愿意再尝一遍，但另一方面每年因结肠癌而死亡的病患在美国达到了 6 万人，如果能在患病早期接受检查，很多人完全可以治愈。

而导致结肠癌直至晚期才被发现的一个重要原因是，人们在第一次结肠镜检查后感受到了太多的不适，所以拒绝做第二次检查。

为了解决这个问题，一个名叫雷德梅尔的医生用了一年的时间，在差不多 700 人身上开展了实验。在给其中一组病人进行检查时，医生在结束检查后直接把结肠镜从病人身体中抽了出来；而给另一组病人做检查时，医生在结束检查后将结肠镜在病人的直肠内又停留了三分钟左右，这多出来的三分钟当然也不舒服，只不过这段时间没有前面那样痛苦。

检查结束后的一个小时，研究人员让病人对刚才的经历进行评价，结果显示，第二组病人，即结束时不那么痛苦的这些病人，所记住的痛苦要比第一组病人少。更有意思的是，在后续研究中，第二组病人要比第一组更乐意再做一次结肠镜检查。

卡尼曼说，威尔第的歌剧《茶花女》最后一幕中，薇奥莉塔即将死去，她躺在床上，周围有几个朋友。薇奥莉塔的爱人知道了她病危的消息，匆匆赶往巴黎，而她在听到这个消息后，也仿佛看到了希望，感受到了喜悦，尽管她的病情在快速恶化……无论他看了多少次这部歌剧，还是会为这个紧张而危险的时刻揪心，这位年轻的爱人会及时赶到吗？当然，他做到了，美妙的二重唱响起，但薇奥莉塔也在这10分钟的美妙音乐过后死去。

卡尼曼的观点是在评估整个生命以及一些有趣或重要的事情时，高潮和结局很重要，过程通常会被忽略。

我们可能把包法利夫人追求爱情的渴望遗忘，只记得她吃下的那些砒霜；我们也会忘了于连改变人生的努力，只记得他被砍下的头颅。如果卡门没有死在唐·何塞的手中，那么小说还能这么让人难忘吗？

同样，一次旅行无论多么美妙，但在最后付款的时候你和旅行社发生了激烈的争执，那么这场争执就会毁掉你整个旅行美好的记忆；一台交响乐如果在结尾的时候发出刺耳的声音，那么无论中间的过程多么完美，我们都认为这是糟糕的体验；当我们从自己的记忆角度思考失败的婚姻，离婚就会像以刺耳的音符结束的交响乐，事实上，这虽然很糟糕，但这并不意味着自己的婚姻从来没有幸福过……

聪明的商家常常会利用这一点来实现完美的营销。

当我们在逛宜家商场时，你或许走得筋疲力尽还没找到心里想买的商品，心中不免有点沮丧，在你结完账离开时，你会经过销售食品的柜台，这里提供的冰淇淋在周一到周五仅需 1 元一个，小孩子最爱的热狗只需两元，美味的黑巧克力也只需 8.9 元。当我们吃着 1 元一个的美味冰激凌满意地离开时，很快就会忘记刚刚的不快，想着下次再去逛逛。这就是峰终定律的魔力。

在日本一些店面里，门口站着接送客人的店员。当客人离开的时候，他们必须站在门口目送客人远去。店员常常一直会在门口躬身目送，直到对方看不见为止。顾客走了很远回头时，仍能看到他们在躬身相送，于是对整个消费的过程评价大大提高。

峰终定律是一种启发性策略，人们在对过去的情感性经历进行回溯性评价时，几乎大多依靠这一经历过程在高峰时期和结束时期的相关信息。当我们这样做的时候，事实上忽略了几乎所有其他信息，包括幸福经历或不幸经历的完整性信息及事件持续有多久。

上世纪 90 年代的日剧《东京爱情故事》让一代人念念不忘，这其中，男女主人公最后没能在一起的结局起了至关重要的作用。女主角莉香说：“一生中能爱上别人并不是一件简单的事……喜欢过完治，因此觉得很珍惜。”

《东京爱情故事》的结局让我们陷入了永远的遗憾中。如果是个大团圆结局，我们可能早就把《东京爱情故事》这个故事给忘了。

有个反面的例子，美剧《权力的游戏》前面七季，观众的豆瓣打分都保持在 9 分以上，可是最后一季第八季，出人意料地只获得了 6.1 的评分，是制作水准断崖式下滑吗？当然不是，最后一季也拍得相当精彩，只不过有一个让人厌恶的结局，观众喜爱的龙妈忽然被黑化，出现了男主杀了女主这样莫名其妙的结局。一个糟糕的结尾坏了观众对整季剧的评价。

而《雪山飞狐》中，金庸给全书留了一个完全开放式的精妙结尾，胡斐对苗人凤的这一刀，到底有没砍下去，作者并没有写下去。“胡斐到底能不能平安归来和她相会，他这一刀到底劈下去还是不劈？”全书到这里戛然而止，这个耐人寻味的结局，给全书添色不少。

同样，《神雕侠侣》中，如果是以悲剧收场，那么这部小说的震撼力将远远超过目前这个大团圆的版本，人们会对小龙女和杨过更加念念不忘。

在同样的情境下，英国作家狄更斯则采取完全不同的方法。他当时在杂志上连载《老古玩店》大受欢迎，读者对善良的少女小耐儿的遭遇非常同情，在连载快要结束前，狄更斯每天收到几十封读者来信，恳求他“发发慈悲”，“不要将小耐儿弄死”。许多读者来到老古玩店前，乞求店主开恩，饶小耐儿一命。他们明知小耐儿不在店里，仍扒着窗子探视，为垂死的小耐儿而哭泣。

此景此情，狄更斯深受感动，他说：“这篇故事使我心碎，我简直不敢写出它的结局。”但是，狄更斯是一个严肃的现实主义大师。他的“心肠更硬”，没有让情感的随意性替代生活逻辑的必然性。在小说的最后结局中，小耐儿还是香消玉殒了。

《神雕侠侣》原本的大悲剧最后被另一个小小的悲剧替代，我对这个悲剧故事的印象却比对杨过小龙女成为神仙眷侣的印象更深刻，这个小小的悲剧发生在对杨过深深爱恋的郭襄身上，郭襄看着杨龙二侠的背影怅惘不已。

书中最后这样写道："却听得杨过朗声说道：'今番良晤，豪兴不浅，他日江湖相逢，再当杯酒言欢。咱们就此别过。'说着袍袖一拂，携着小龙女之手，与神雕并肩下山。其时明月在天，清风吹叶，树巅乌鸦呀啊而鸣，郭襄再也忍耐不住，泪珠夺眶而出。"

茅十八的命到底值多少钱

➤→ 托马斯·谢林测定生命价格的方法

《鹿鼎记》中，扬州城里贴满了榜文，说是捉拿江洋大盗茅十八，只要有人杀了茅十八，就赏银二千两，倘若有人通风报信而捉到茅十八，就赏银一千两。

看到榜文的韦小宝心中闪过一个念头，要是去举报得了这一千两赏银，几年也花不光。可是他又觉得自己不能为这一千两银子就出卖朋友，就算有一万两、十万两银子的赏金，也决不会去通风报信。接着他又想到，倘若真有一万两、十万两银子的赏格，出卖朋友的事要不要做？这让他颇有点打不定主意。

茅十八的命到底值多少钱？韦小宝考虑的问题也是经济学家

一直在考虑的，他们一直试图为生命标价，并且认为生命的价格是有高低的，事实似乎也是如此。

“9·11”事件发生后，美国国会成立了一个受害者补偿基金，那么这些钱是每位受害者的家属平分吗？当然不。基金首先要测定的是每个人的经济损失。一说到损失差别就大了，世贸中心北楼105层的期货公司高管，年薪数百万美元；而同一座楼110层“世界之窗餐厅”的厨师，一个来自秘鲁的非法移民，每年才挣17000美元。

基金最后支付给2880位遇难者“平均每人”200万美元左右的赔偿，年轻人的生命要比老年人值钱，30多岁的男性生命价格大概是280万美元，而70岁以上的男性要少60万美元。男性的生命要比女性值钱，女性家庭得到的补偿金比男性少37%。8个年薪超过400万美元的遇难者家庭平均得到640万美元，而补偿最少的遇难者家庭只拿到25万美元。

有意思的是，98个最有钱的家庭决定放弃赔偿金，转而“吃大户”和航空公司打官司，虽然这要花上一大笔律师费。几年之后，有93个家庭与航空公司达成协议，平均的赔偿金是500万美金。

这只是对逝者的生命定价，那么活人呢？经济学家认为同样可以。20世纪60年代，2005年诺贝尔经济学奖得主美国经济学家托马斯·谢林建议，可以根据人们肯为自己的生命安全花多少钱，来测定他们给自己生命的定价。一项关于家长为孩子购买自行车头盔意愿的研究得出结论，在美国父母的心中孩子的价值为170万到360万美元之间。

根据世界银行2007年的估测，一个印度公民生命每年的维系成本为3162美元，那么其一生的成本大概就是9.5万美元。2005年一项关于墨西哥城工人工资的研究把他们的生命价值量化为每人32.5万美元。

美国前总统奥巴马首席经济顾问劳伦斯·萨默斯曾签署一份备忘录，该备忘录暗示富国向穷国出口垃圾是合理的。他说，穷国工资水平低，工人生病或死亡损失要小一点。备忘录表明："把污染环境的垃圾倾销给工资水平最低的国家，这一经济学逻辑无可指责，人们应当接受。"萨默斯的话受到了广泛的批评，但他说出了一个事实：今天的环境污染、水污染种种问题，都源自我们生命的廉价。

关于生命的定价还发生过一起骇人听闻的事件。福特汽车公司明知其1971年产的平托汽车的油箱在追尾事故中容易起火，却选择不改进，结果这款汽车上市后车祸不断，在一些追尾事故中，由于油箱起火，受害人在车内被活活焚烧致死。

当受害人家属诉诸公堂，其中内幕大白天下，福特公司早已发现问题，他们计算了改良成本，将这一成本同预计死亡人数和对这些死者的法定赔偿数额进行了比较，他们所参照的是美国对生命价值的裁定。经过一番成本效益的分析之后，福特公司发现不对汽车进行改良的成本较低，于是其工程师出于成本考虑，放弃了安全性。

虽然福特公司最后付出了天价赔偿，但也说明生命在生产商心里都是有价格的。

美国有一个著名的广播讽刺小品，一个名叫本尼的人从邻居家回来，路上遇到了强盗，强盗拿刀威胁说：“伙计，要钱还是要命？”本尼是有名的守财奴，半天没回答，强盗急了，继续问：“要钱还是要命？”不料本尼回答道：“你急啥，我这不正在考虑嘛。”

再说说韦小宝，当茅十八扔过一个元宝说，你的就是我的，我的就是你的，拿去使便了，说什么借不借的？韦小宝顿时被他的义气打动，茅十八性命的估值也随之大大提高，韦小宝心想：这好汉真拿我当朋友看待，便有一万两银子的赏金，我也不能去报官。十万两呢？这倒有点儿伤脑筋……

在《鹿鼎记》的最后，韦小宝又重新给出了茅十八性命的价格。他想托拜把子兄弟多隆放了茅十八，但被多隆一口拒绝，多隆说，皇上吩咐了要自己严加看管，明天一早由你监斩。倘使自己徇私释放，皇上就要砍我的头了。韦小宝心里一凉，心想：现在连一百万两银子都买不到茅大哥的一条命。

此时茅十八的命在韦小宝眼里，其实远远超过一百万两银子，于是他铤而走险，冒着掉脑袋的风险，在法场用了调包计，救下了茅十八。

像靖哥哥一样出手大方

➤→ 花钱给自己和花钱给别人哪个更快乐

当郭靖初遇叫花子打扮的黄蓉时，慷慨程度让黄蓉大吃一惊。

黄蓉在酒楼里点了一桌昂贵的菜，让店小二惊讶得嘴巴都合不拢，郭靖对此却毫不在意。他又见黄蓉衣衫单薄，当下脱下貂裘，披在她身上，还把身边剩下的四锭黄金，取出两锭，送给了眼前这个刚刚认识的朋友。

靖哥哥挥金如土也罢了，黄蓉继续提出了过分的要求——自己喜欢郭靖的那匹汗血宝马，没想到郭靖毫不迟疑地答应了。

郭靖之所以眉头都没皱一下，就把自己的黄金、貂裘、宝马送给了别人，这固然和他在蒙古草原养成的重友轻财的豪爽个性有关，而另一部分，也是行为经济学家们一直所关注的内容。

伊丽莎白·邓恩是加拿大英属哥伦比亚大学心理学社会认知和情绪实验室的教授，迈克尔·诺顿是美国哈佛大学商学院工商管理专业的教授，两人的主要研究问题是：金钱财富的花销方式是否会和获得金钱财富一样影响人们的幸福感？花钱给自己与花钱给别人对人们幸福感的影响是否会有不同？

两人最终把研究成果发表在了《科学》杂志上。在这篇名为《花钱给别人能促进幸福》的文章中，他们介绍了自己的研究方法和结论。

两人首先探讨的是花钱方式与人们幸福感之间的相关关系。他们采用了调查法，随机抽取 632 名有代表性的美国人样本，男女比例为 45 比 55，要求评价并报告他们的总体幸福感和他们的年收入，并报告他们在有代表性的一个月内四项花销的情况。四项花销分别为：还账单和日常花销费用；为自己买礼物的开销费用；为别人买礼物的开销费用；向慈善机构捐赠的费用。

这项调查研究初步证实了人们的消费方式和幸福感之间的关

系，即人们怎样花他们的钱对于他们幸福感的重要性，或许和他们挣多少钱对其幸福感的重要性一样大。进一步讲，就提高幸福感而言，为别人花钱也许是比花钱给自己获得幸福感更有效的一条路径。

人们常常会说，“我从前太亏待自己了，以后要好好心疼自己，给自己多花钱，不能只是给配偶或者孩子们花钱”，事实上，给配偶或者孩子们花钱所带来的幸福感，可能比给自己花钱带来的幸福感更高。最典型的例子就是欧·亨利的小说《麦琪的礼物》中，德拉把心爱的长发卖了，买了送给吉姆的表链，这件事情虽然让德拉有些不舍，但是能够给吉姆送上礼物这件事却能给德拉带来深深的幸福感；而吉姆也一样，虽然卖了自己心爱的挂表，但是想到能给德拉送去礼物，他也有深深的幸福感。如果两人都只想着给自己买礼物，那他们就无法体会到彼此深爱的那种幸福。

邓恩和诺顿的另一个实验中也得到了几乎相同的结论，也就是当得到意外之财后，将其花销给别人比花在自己身上能体验到更大的幸福感。

他们的实验过程是这样的，在某一天的早上，每位实验者都拿到一个装有数十美元的信封，他们被要求在当天下午五点前将各自信封里的钱花出去。一些实验者被随机分到个人消费组，这一组的实验者被要求将钱花在为自己付账单、给自己付日用品花销或者给自己买一件礼物等方面。而另一些实验者则被随机分配到亲社会消费组，这一组的实验者被要求将钱花在为别人买一件礼物或者进行慈善捐赠等方面。

当天下午 5 点之后，所有实验者都被电话访问，并报告他们的幸福感状况。研究者对他们的幸福感进行了评定，实验的结果直接支持了研究者的因果判断：花钱给别人对幸福感的提高远高于花钱给自己对幸福感的提高。

邓恩和诺顿的这些实验，证明了郭靖如此慷慨的一个原因——给别人花钱能带来更大的幸福感。这项研究的重要意义在于，将传统研究中聚集于收入本身对幸福感影响的观点，转向了探讨消费方式的选择对幸福感的影响。

金钱的获得并不能带给我们幸福。来自纽约州立大学布法罗分校的心理学教授罗拉·帕克认为：当一个人把自我价值建立在金钱之上时，那么便有可能在对金钱的追逐中变得消极不安。当人们把自我价值建立在经济成功的基础上时，他们在日常生活中常常会感到孤独。

所谓把自我价值建立在金钱之上，是指个人的价值和价值感取决于实现经济上成功的能力，即赚到自己满意数量的金钱的能力，这种外部的、有条件的来源又构成了自尊，它反映了一种渴望，即获得经济上的成功以作为自尊的基础。

那些把自我价值建立在金钱之上的人，会承受更大的压力与困扰、更少的自主性、更多的负面性情绪，面对问题变得更加消极，想着逃避。而不被金钱奴役，不看重金钱，不把自己价值和金钱捆绑的人，则表现出更大的自信和满足感。

当一个人的自我价值与金钱无情地联系在一起时，他们会把经济上的成功视为自我价值的基础，这些人在经济上的成功程度直接影响到他们对自己的看法。当他们做得好的时候感觉很好，但是如果他们在经济上没有安全感，就会觉得自己一文不值。所以在生活中，那些时时努力表现出自己很有钱的人，自尊心其实是很脆弱的。

研究者克拉克、格林伯格等人在2011年的一项研究表明：人们增加财富积累或看重财富拥有主要是为了增加自身的安全感，而提高人们的人际支持系统或提高人们的人际交往安全感，则可以降低人们对财富拥有的积极评价。简单地说，坚实亲情和友情才是最可靠的财富，它们可以降低人们对金钱的依赖性。

在另一项实验中，参与者包括800多名加拿大人和东非乌干达人，参与者需要回忆曾花掉的一小笔个人财富：20加币或1万乌干达先令，两者购买力大致相当。在这两个国家，分别有一部分人被要求回忆一个将这笔钱花在自己身上的事例，而另一部分人则要回忆一个将这笔钱花在别人身上的事例。

加拿大和乌干达几乎在任何方面都不一样，包括历史、宗教、气候以及文化，最重要的是，这两个国家的人均收入属于两个极端。加拿大人均收入排名全球前15%，而乌干达排名后15%。

无论是加拿大人还是乌干达人，幸福的感受都是一样的。对于两国人民而言，当想起把钱花在别人身上时比想起花在自己身上时的感觉更加幸福。即使在相对贫困的国家，尽管人们手头紧张，但把钱用来帮助更加急需钱的人，也会增加他们的幸福感。

在小说中，郭靖一定觉得黄蓉更需要钱，于是慷慨解囊。他的这些举动也深深打动了黄蓉。她本是随口开个玩笑，心想郭靖对这匹千载难逢的宝马爱若性命，自己是存心要瞧瞧这老实人如何出口拒绝，哪知他豪爽答应，不禁愕然。黄蓉心中感激，难以自已，忽然伏在桌上，呜呜咽咽地哭了起来。

在黄蓉的内心，已经深深认定眼前这个人是可以依靠终身的。

裘千尺是怎样在地牢中煎熬过来的

➤→ 适应性偏见随处可见

在《神雕侠侣》中，裘千尺的故事是个悲剧。裘千尺本是铁掌帮的帮主裘千仞的妹妹，她年轻时是一位美人，下嫁给了绝情谷谷主公孙止，她看不起丈夫，对公孙止随意辱骂。当丈夫爱上了侍婢柔儿，她便逼他杀了这个婢女。于是，心怀怨恨的公孙止骗裘千尺服下迷药，挑断她手足筋络，并将她抛入深穴之中。

当杨过与公孙绿萼在地穴遇见裘千尺时，她的形象已几与野兽无异，她的衣服早已破烂不堪，只能在地上爬行。裘千尺尽管眼看没有重回地面的希望，但她仍顽强地活着，靠枣树上掉下来的枣子为生，并且就地取材，练成以口喷射枣核钉的厉害功夫。

究竟是什么支持她继续活着？只是单单凭着胸中的对公孙止的仇恨，或者是求生的本能吗？

在日常生活中，我们理所当然地认为幸福的事件发生使人更幸福，而不幸事件的发生毫无疑问会降低人们的幸福感。假如成为“手足筋络挑断”的残疾人，那每一天必定生活在无比的痛苦之中。

美国社会心理学家菲利普·布里克曼等人依据“适应水平理论”（adaptation level theory）采用实证研究的方法，研究了一个人们在日常生活中根本不会存有任何疑问的问题：买彩票有幸获得百万美元巨奖的幸运儿彩民的幸福感，一定会比事故中致残的人高吗？

这还用说。人人都愿意成为那个中奖的幸运儿，中了巨奖可以买车买房，甚至下半辈子都不用工作了，而那个遇到事故的不幸的人，恐怕从此离不开轮椅了。两者幸福感相差何止千万倍。

那么我们来看看布里克曼的这个研究吧。

布里克曼等人首先把研究对象分为三个小组。

第一个是事故受害组，他们从一家康复机构抽取了因事故致残的 11 位截瘫患者和 18 位四肢伤残者。

第二组是彩票中奖组，该组来自伊利诺伊州彩票中奖者名单中的 22 位中奖者，其中 7 位中奖金额为 100 万美元，6 位中奖金额为 40 万美元，其余几位分别为 20 万美元、10 万美元和 5 万美元。

第三组是对照组，被试成员是 28 位和彩票中奖者生活在同一地区的人。

这其中无论是中奖的事件还是伤残的事件都已经过去了一段时间。

研究者采用了打分的方法对他们的幸福感采取评价，在量表中，0 代表一生中可能发生的最坏的事，2.5 作为假设的中立点，5 代表可能发生的最好的事情。

在评估总体幸福感的时候，作为对照组，测试的平均得分为

3.82 分，而中大奖者的幸福度也并没有高出很多，平均为 4 分，事故受害组也比对照组低了不到一分，为 2.96 分。

三者的差别远比我们想象的来得小。

更耐人寻味的是，当预测未来的总体幸福感时，三者更为接近，中奖组为 4.20，对照组为 4.14，事故组为 4.32。

而三组在评估日常快乐时，也很接近，中奖组为 3.33，对照组为 3.82，事故组为 3.48（在日常生活中似乎中奖者成了最不快乐的人）。

行为经济学家将之称为“适应性偏见”（adaptive bias）。适应性偏见指的是人们常常低估了自己的适应能力，从而高估某些事情在一段时间之后对自己的影响。比如我们冬天参加冬泳运动，刚开始会觉得水冰冷刺骨，游了一会儿以后就会觉得没有原来那么冷了。这些都是适应性起的作用。适应性是普遍存在的，正因如此，它才不太容易被人们所认识和重视，于是，适应性偏见也在不知不觉中产生。

我们在日常生活中，遇到升职、加薪、买了心仪的汽车或者房子都会非常开心，并且会高兴好长一段时间，但是随着时间的过去，我们很快会产生适应性，我们的幸福程度又会回到原来的水平。

举个例子，如果你住在哈尔滨，那里冬天冰天雪地，假如住在昆明，那里则是四季如春。那么你觉得，住在哪个城市的人比较开心呢？

事实上，就气候而言，住在两个城市的人愉悦程度差别并不大。一直住在昆明的人，早就对昆明的气候产生了适应性，并不会因为自己能够住在四季如春的城市感到格外高兴，同样，住在哈尔滨的人也早已适应了冰天雪地，不会觉得这样的天气有什么特别难熬。

行为经济学家沙凯得和卡尼曼等人的研究证实了上面的现象，他们发现住在美国中西部和加利福尼亚的人的愉悦程度实际上并没有显著差别，而住在中西部的人觉得住在阳光明媚的加利福尼亚的居民更开心，加利福尼亚人也觉得自己比中西部的人更高兴，只可惜人们的推测都是错误的。

曾经有人做过这样的研究，追踪一批人，调查他们在结婚前五年到结婚后五年的幸福程度。实验证明，结婚的确可以给人带来幸福，从结婚前五年开始（那时候还是单身），越临近结婚那个时刻，幸福程度越高，当结婚那个美好的时刻终于来临时，这种幸福程度达到了顶峰。很快，多数人的幸福程度就开始下降，一直到结婚后的第五年，此时的幸福程度已经和结婚前五年没有差别了，整个婚姻的幸福度呈现“倒U形”，难怪有我们常说的“七年之痒”，在婚后的七年，再热烈的感觉也可能变得平平淡淡了。

我们刚搬进一幢新房子，可能会为精致的装修而感到兴奋不已，或者会为浴室瓷砖格格不入的颜色感到不舒服。过了几个星期，这些因素逐步淡化为背景。又过了几个月，浴室瓷砖的颜色不再显得那么刺眼。但是同时，精美的装修也失去了原来的魅力。

这种情绪上的逐渐稳定的现象，即原有的正面感觉淡化，负面感觉也减弱，这一过程称为“快感适应”。

回到布里克曼等人的实验中，行为经济学家在解释之所以中百万大奖者和事故伤残者幸福感相似时，提出了两个重要机制，一个是对比机制，另一个是习惯化机制。

所谓“对比机制”，是指在短时间内，大的幸福事件的发生，会导致一些小事件失去驱动幸福的作用，而重大不幸事件的发生，同样导致以往给自己带来苦恼的小事件失去对幸福感的消极影响。

那些因事故给自己带来了巨大不幸的人，以往小的不幸事件便无足轻重，而以往不引人注意的小的幸福事件却会给他们带来更大的幸福感，反过来降低了他们总体的不幸感。

中大奖的幸运彩民因中奖给自己带来巨大的幸福，但很快会觉得以往一些小的导致幸福的事件不再有特别意义，反过来降低了自己的总体快乐和幸福。

所谓的习惯化机制，是针对长时间而言的，随着重大幸福事件或不幸事件发生的事件远去，中大奖后的激动心情或因事故致残的剧烈痛苦和不幸会逐渐消失（即人们常说的时间会抹平一切）。

中大奖者会把中奖给自己带来的快乐幸福看得习以为常，这些快乐不再强烈，因而对他们的日常快乐水平不再有很大影响；因事故致残者也会把事故给自己带来的不幸和痛苦看得习以为常，这些不幸和痛苦也不再强烈，故而对他们的日常不幸和痛苦水平不再有很大的影响。

1995 年的春天，电影《超人》的扮演者克里斯托弗·里夫因在比赛中不慎坠马而导致四肢瘫痪。作为明星的所有特权一下子消失了，他的生活就是围着轮椅和病床转，还得需要别人为他用海绵来擦身体。正如他在自传中写道，他觉得自己的生活全完了，他想："我为什么不死呢？也省得给大家添麻烦。"

可是仅仅几年之后，克里斯托弗就又回到了公众的视野中，他开始积极资助脊髓研究，1996 年他在奥斯卡颁奖典礼上做了发言。1997 年自己担任导演，执导了《黄昏时刻》。1998 年他重返银幕，参加了《后窗》一片的演出。虽然他已离不开轮椅，脖子以下的部位都无法控制，但是他仍然保持高度乐观，信心百倍地宣称："当我放眼未来时，我看到了更多的可能性，而不是局限性。"

当生活出现巨大转变后，我们应该避免迅速作出重大决定，在美国监狱里的自杀行为有一半都发生在入狱的第一天。当我们陷入绝望或者狂喜之中，都很难相信这些强烈的情感会消失。就像克里斯托弗回忆当初人们告诉他，可以从绝望和痛苦中恢复过来，他只简单地回了句"我不信"。

哪一种生活让令狐冲更幸福

➤→ 幸福感严重依赖局部排名

在嵩山封禅台推举五岳派掌门人时，令狐冲已经名震江湖，不过他遇到的对手却是小师妹岳灵珊。一接上手，顷刻间便拆了十来招，令狐冲又回到了昔日华山练剑的情景之中，心中感到欢喜无限。

究竟是在小小的华山派做大师兄更幸福，还是在偌大的江湖中"沧海一声笑"更幸福，这个问题也许困扰令狐冲，也许他早有答案。

美国经济学家罗伯特·弗兰克说，我们社会生活的质量取决于我们渴望成为哪个池塘里的大鱼，如果只有一个池塘，每个人都把自己的地位跟别人进行比较，那么绝大多数都是失败者。毕竟，在一个有鲸鱼的池塘，即便是鲨鱼也会显得渺小。与其和全部人比，不如从整个世界里划出一个小群体，在这个小池塘里，每个人都是成功者。

幸福感是一件相对而言的事情。我们曾经盼望着“楼上楼下，电灯电话”的时代到来，可是这个时代真的来了，就算有水晶吊灯、智能手机，也觉得不过如此。1993年诺贝尔经济学奖获得者罗伯特·福格尔说，美国公民获得的生活舒适程度甚至是100年前皇室贵族所无缘享受的，但又有几个美国人的幸福度超过了百年前的皇室贵族？

神经学专家的研究告诉我们，人类感受快乐和幸福的潜能是有限的。假如只要随着财富的增加，我们就会变得越来越快乐，那么我们恐怕早就幸福无比了——很显然，事实并非如此，我们可能正坐在高级私家车里，望着被堵得一动不动的车流骂骂咧咧，对着最新款的平板电脑里老板传来的工作邮件闷闷不乐。

人类是一群靠比较存在的家伙，当邻居新买了宝马，你开着宝来的愉悦度就会陡然下降；同事买了别墅，你会顿时觉得自己原本还宽敞的公寓变得非常狭小。20世纪美国作家亨利·路易斯·门肯说：富人是一个比他的亲戚多赚100美元的人。门肯还说过一句很经典的话：一个人对自己的工资是否满意，取决于他是否比他的连襟挣得多。

1975年到1995年，美国人均收入实际增长了近40%，但美国人在这一时期并没有感到更幸福。尽管拥有了等离子电视机、游戏机和第三辆小汽车，但是人们对生活并没有感到比20年前多一丝半点的满足。

美国经济学家理查德·伊斯特林早在1974年就注意到这一现象：就财富和幸福的关系而言，只有在贫穷国家，总体生活满意度才与平均收入呈线性增长关系。只要最低生存标准达到了，这种相关性很快就会瓦解。一旦某个国家达到一定的发达水平，收入的绝对价值就不再重要，而相对价值的重要性则开始显露。人们会和左邻右舍攀比财产，或者和亲朋好友攀比车房，再或是和同事之间攀比奖金工资。

其中的原因很简单，绝对收入对人们生活的影响越来越小，大多数人主要关心的是他们相对于其他人的境遇差异。比如你是一个大学毕业生，相比于得到的第一份薪酬的具体数字，你更在意的可能是这个收入在班上排到什么样的位置。

科学家莎拉·索尔尼克等人曾做过一个广为人知的实验：他们调查学生更愿意生活在哪一个世界里，一个是他们有5万美元收入，而其他人都只有他们一半的收入；另一个是他们有10万美元的收入，而其他人的收入是他们的两倍。结果大部分人都选择了前者，尽管选择后者其收入会得到明显的提高。

针对幸福感的早期研究表明，虽然针对某一国居民在较长时间内测定的幸福感水平往往具有高度稳定性，但是在任何一个国家，个别居民在既定时刻的幸福感则严重依赖于收入水平。近期研究资料则显示，个人的幸福感与周围人群的收入之间存在明显负相关性。

事实上幸福感存在着一种重启机制，只要别人过得比你好，这个重启键便会被无情地按下。经济学家在观察这类攀比现象时，还用了一个有趣的术语，叫作“赶上琼斯家”（意思是比邻居和朋友们富有）。

20 世纪 90 年代，美国联邦证券委员会强制上市公司披露高管的薪酬。当时高管们的薪酬已经是工人薪酬的 131 倍。证券委员会的意思就是让公众看看，你们好意思拿这么多钱吗？

薪酬公开后不久，媒体就按高管们的收入高低开始排名，可是大众低估了高管们脸皮的厚度，这样做不但没有降低薪酬，反而使得各路高管互相攀比。结果，他们的薪酬像火箭一样往上蹿，和普通工人的收入比达到了 369 比 1。要知道，高管们的比较对象是其他公司的高管。

丹尼尔·卡尼曼和阿莫斯·特沃斯基曾经提出“参照依赖”（reference dependence）理论，认为多数人对得失的判断往往由参照点决定。人们的价值总是基于某个参照点来进行得失判断，在参照点之上，个体感受是收益，反之感受为损失。中国古代的老子也说：“不患寡而患不均。”所谓不均，就是对比参照物所产生的落差。薪酬丰厚的高管把参照点设置在收入顶尖的高管上，而不是普通的工人身上，所以他们才会贪得无厌地觉得自己的薪酬还不够多。

神经科学家也从理论上证实了上述观点，局部排序不仅影响到调节情绪和行为的神经传递素复合胺的浓度，也反过来受到它的影响。在一定限度内，神经传递素复合胺浓度的升高表明人的幸福感增加。

男性睾酮的浓度与局部排序存在类似的关系。局部排序的降低往往会带来血液睾酮水平的下降，而排序的提高通常会伴之以血液睾酮水平的上升。比如说，在一场网球赛中，夺取最终胜利的选手在比赛结束后通常会出现血液睾酮水平上升的现象，而失利的对手血液睾酮水平则会在赛后出现下降。和血清素一样，睾酮浓度的升高似乎可以刺激人们采取有助于实现或维持较高局部排序的行为。

这点也证实了为何武林中人，尤其是男性，热衷于所谓江湖排名，所以才有这么多武林大会、华山论剑。在这些局部排序（比试武功）的活动中，胜利者的血液睾酮水平获得上升，从而提高成就感，而那些被打败的人，总是那么垂头丧气。

那么令狐冲应该退回到华山这个小圈子，和师弟师妹过着幸福的日子（如果他能够回去），还是去更大的江湖不断地回应挑战呢？同样，在现实世界中，我们应该把互联网和朋友圈关了，回到自己悠闲的小池塘吗？

美国《国家地理》杂志报道过一件有趣的事情：我们养在鱼缸里的金鱼通常只能长到十几厘米，然而在2013年的时候，美国生物学家目瞪口呆地从塔霍湖中钓起一条近40厘米长的金鱼，而且它还不是湖里的独苗。有些住户把不要的观赏鱼丢进湖里，于是这些小金鱼便自由繁殖并且恣意长大。由于这里对小小的金鱼而言食物充足而天地宽广，内华达大学水生生态系统的专家认为，将来有可能会在塔霍湖看见比它更大的金鱼。

更广阔的池塘的确使我们感到气馁，但是同时也促进了我们的迅速成长。

在这个互联网的时代里，每一个人都不可能单独生活，或者只活在一个封闭的小圈子中，因为我们随时随刻能得到别人的信息。如果把时间倒退三四十年，我们并不会在意和自己太遥远的事情，我们的收入只会和身边的亲戚邻居比较，大家的状况也差不多，并没有什么东西能激发出人们强烈改变自身境遇的欲望。

然而今天则大不相同，我们没法回到自己的池塘，世界是彼此连通的大海洋。我们可以从各种渠道了解他人的生活，比如富人们的豪宅和游艇……在这个世界上人和人的差距是如此之大。因为这种比较，会让我们的幸福度下降，但是另一方面，和塔霍湖的金鱼一样，我们得以拥有一个更大的世界，这个世界让我们努力变得强大。

在金庸小说《笑傲江湖》中，华山派放在整个江湖上来看只是个不大的池塘，令狐冲在这个池塘里幸福感很强，他不但是受同门师弟尊敬的大师兄，还有他喜爱的师妹。然而命运却把他推到了更大的世界，在这个武侠世界的沧海中，他既遭遇各种险境，看见人性的险恶，但同时也迅速地成长。

从个体而言，弗兰克说的是对的，在一个小池塘里我们的幸福感会更强，令狐冲也无时无刻不想着回到华山和小师妹一起练习“冲灵剑法”。当师父岳不群在嵩山争夺五岳派掌门人之前表示愿意将他重列门下，令狐冲欣喜若狂。但是从更广阔的角度来说，大海的存在让每一个物种不敢懈怠并更加进取，竞争增加了整个社会的总体财富。而在武侠世界的沧海中，才会英雄辈出，令狐冲最终也成为笑傲江湖的绝顶人物。

写在本书最后

从金庸小说中了解和学习行为经济学的旅程将在这里结束。了解这些知识，或许能帮你做出更明智的决策，避免财务和投资上的损失。不过更重要的是，我们能在了解这些知识的同时去思考幸福的真谛——什么样的人生才是真正值得我们追求的。

在金庸的故事中，如果一个人的人生目标是追求权力和江湖地位，那他最后难免走火入魔。就像任盈盈所说："一个人武功越练越高，在武林中名气越来越大，往往性子会变。他自己并不知道，可是种种事情，总是和从前不同了。"

行为经济学家乔治·洛温斯坦、丹·艾瑞里和斯库勒提出了相同的观点，他们认为当人们为了追求像金钱、权力这样的外在奖励而执行某些行动时，往往会忘记这些行动的内在诉求。

三位经济学家进行的一项研究证实了这个观点，他们考察了 475 名参与者欢度千禧夜的目标、计划和实现程度。结果发现，那些制订了最为庞大的计划并且为了狂欢投入最多精力的参与者，最有可能感到失望。

如果你的人生目标是得到某个掌门

或教主（上级领导）的肯定，那么最后难免会疲于奔命，今天肯定你的人明天也会用同样的理由否定你。

如果你的目标是武功天下第一（比身边的人更有钱和地位），那么你会不断感到挫折，会发现天外有天，总有人比你更厉害。

如果你想时时刻刻安排和掌控别人的人生，不容出错，那么你很可能到头来什么都抓不住。

如果你喜欢不停地比较，比孩子、比父母、比爱人，而忘记他们都是独一无二的，那么你这一生难免会心力交瘁、迷失自己。

如果你的目标是想成为快乐而充实的人，你时刻珍惜当下所拥有的一切，并且知道帮助别人也是件幸福的事，那么你的幸福感就会不断累积。

这让我想起香港 1983 年版电视剧《射雕英雄传》中的主题曲《世间始终你好》，这首由黄霑作词，歌手罗文、甄妮合唱的歌曲脍炙人口。它看似歌颂爱情，但同时也唱出了行为经济学的某种真谛——

问世间，是否此山最高，或者另有高处比天高。

在世间，自有山比此山更高，但爱心找不到比你好。

无一可比你，一山还比一山高。

真爱有如天高，千百样好，爱更高。